Un fascinant rival

Sept ans de secrets

SUSANNAH ERWIN

# Un fascinant rival

*Traduction française de*
MARIE MOREAU

PASSIONS

HARLEQUIN

*Collection :* PASSIONS

*Titre original :*
MORE THAN RIVALS...



**HARPERCOLLINS FRANCE**
83-85, boulevard Vincent-Auriol, 75646 PARIS CEDEX 13
Service Clients — www.harlequin.fr
ISBN 978-2-2805-0043-2 — ISSN 1950-2761

Édité par HarperCollins France.
Composition et mise en pages Nord Compo.
Imprimé en octobre 2024 par CPI Black Print (Barcelone)
en utilisant 100% d'électricité renouvelable.
Dépôt légal : novembre 2024.

FSC
www.fsc.org
MIXTE
Papier issu de sources responsables
FSC® C159065

Pour limiter l'empreinte environnementale de ses livres, HarperCollins France s'engage à n'utiliser que du papier fabriqué à partir de bois provenant de forêts gérées durablement et de manière responsable.

# Prologue

Keith Lochlainn ne pouvait plus nier l'évidence.

Il allait mourir.

Oh ! pas aujourd'hui. Ni même peut-être cette année.

Mais le courrier qu'il avait à la main, celui du cinquième médecin qu'il avait consulté, ne faisait que confirmer les quatre diagnostics précédents. Son cœur n'allait plus tenir très longtemps et rien ne pourrait changer cela. Aucun traitement ne lui permettrait d'échapper à l'inévitable.

Il n'était pas surpris, seulement sa succession était loin d'être organisée. Il ignorait encore qui allait lui succéder à la tête de la Lochlainn Company, le groupe de médias international créé par son père, Archibald. Jusqu'à maintenant, la famille était restée actionnaire majoritaire de l'entreprise, mais qu'adviendrait-il après sa mort ?

Il froissa le document qu'il avait à la main pour en faire une boule. C'était l'avantage du papier : contrairement aux ordinateurs, on pouvait facilement le détruire et faire comme s'il n'avait jamais existé.

Il avait prévu de léguer sa société à son fils unique, Jamie. Keith regrettait de n'avoir pas eu plus d'enfants, et surtout il regrettait de s'être éloigné de Jamie en quittant sa mère pour une femme plus jeune dans l'espoir d'accroître sa descendance. Quand Keith avait divorcé de Diana, Jamie était adolescent. Ce tournant avait marqué la fin de leur relation. Keith avait eu trois autres épouses et sa peur de se trouver sans héritier n'avait fait que grandir, puisqu'aucun de ses mariages ne lui avait apporté ce qu'il attendait et que son seul enfant lui avait complètement tourné le dos, refusant tout contact et toute aide financière de sa part.

Jusqu'au jour où, sept ans plus tôt, Jamie était revenu verslui. Brillant, déterminé et ambitieux. Jamie s'était fait connaître mondialement en tant que journaliste d'investigation, en utilisant le nom de sa mère pour éviter d'être relié à son père. Puis, envisageant de fonder une famille, il avait voulu cesser de parcourir le monde. C'est là qu'il avait repris contact avec Keith et lui avait fait part de son envie d'intégrer la Lochlainn Company. Keith l'avait accueilli à bras ouverts, heureux de tirer un trait sur leurs griefs passés.

Hélas, cette réconciliation avait été trop belle pour durer.

Keith soupira et sentit un poids s'abattre sur ses épaules. Il avait encore de l'énergie, suffisamment pour dominer les cadres surdiplômés qui constituaient le comité de direction de la Lochlainn Company et qui se croyaient plus compétents que lui pour tenir les rênes du groupe. Pour rien au monde il ne léguerait l'entreprise à ces requins.

Il tourna la tête quand Catalina, son épouse actuelle, entra dans la bibliothèque. Elle portait un plateau chargé de verres et d'assiettes remplis. Keith chercha vainement du regard le café dont il rêvait mais auquel il n'avait plus droit. Lorsqu'il repéra un généreux assortiment de fromages, ses yeux se fixèrent dessus.

Catalina posa un bol de salade devant lui.

— Le chef l'a préparée spécialement pour toi, dit-elle. Le reste est pour ton invité de 13 heures.

Keith hocha la tête et prit une bouchée de jeunes pousses d'épinards qu'il mâcha méthodiquement. Catalina s'assit près de lui et le dévisagea.

— Tu penses encore à Jamie, devina-t-elle.

Keith grommela avant de croquer une tomate cerise.

— Je sais quel jour nous sommes, poursuivit Catalina d'une voix douce. Difficile de croire que cela fait sept ans...

Keith posa sa fourchette.

— Sept ans de démêlés bureaucratiques avec les autorités françaises, asséna-t-il. Sept ans pour une enquête gâchée. Je ne voulais pas le faire déclarer mort. C'est toi qui m'y as poussé.

Elle lui sourit tristement.

— Keith, Jamie est mort sur le coup. Il n'aurait pas pu survivre à l'explosion. Le yacht était en mille morceaux. Et s'il en avait miraculeusement réchappé, il se serait noyé de toute façon. Tout le monde est d'accord sur ce point.

— Tu veux tourner la page, grommela Keith. Tu veux qu'il soit déclaré mort afin d'être mon unique héritière.

— Tu sais que c'est faux. Je n'ai droit à rien venant de toi. Et je ne veux pas de ton argent.

Elle lui servit un verre d'eau et lui tendit un comprimé qu'il avala avant de demander :

— Où est Bingham ?

À cet instant, on frappa à la porte.

— Il est pile à l'heure, répondit Catalina en allant ouvrir.

Bingham Lockwood s'avança dans la pièce.

— Alors ? lui demanda Keith.

Bingham regarda Catalina, qui était restée dans la bibliothèque.

— Vous pouvez parler devant ma femme, reprit Keith.

Bingham lui donna alors une épaisse enveloppe kraft. Au lieu de l'ouvrir, Keith la posa à côté de lui et fixa sur Bingham un regard autoritaire.

— Je vous écoute, lui dit-il.

— Nous avons deux résultats avérés, répondit Bingham. Nous continuons à chercher, mais il est peu probable que nous en trouvions davantage.

Deux. Keith respira profondément.

— Nom ? Âge ? Genre ?

— Attendez, intervint Catalina en s'emparant de l'enveloppe. Vous en êtes certain ?

Bingham secoua la tête de haut en bas.

— Le personnel de la clinique de fertilité s'est montré très coopératif. Le nom des Lochlainn ne laisse personne indifférent.

— Et leur carnet de chèques encore moins, répliqua Catalina à voix basse. Pitié, dites-moi que vous n'avez enfreint aucune loi sur le respect de la vie privée.

Bingham gardait les yeux rivés sur Keith.

— Selon le camarade de chambre de Jamie à l'université, votre fils a financé ses cours privés en vendant des échantillons de sperme à la clinique. Deux naissances sont reliées à son numéro de donneur. Nous avons pu vérifier le nom et les coordonnées de chacun de ces deux enfants.

— Je ne crois pas..., commença Catalina.

Mais Keith l'interrompit.

— Dites-moi tout sur eux, ordonna-t-il. Tout de suite.

Keith était mourant, soit. Mais désormais il avait des héritiers. Et il n'était pas question qu'il quitte cette terre avant de voir l'un d'eux lui succéder à la tête de la Lochlainn Company.

La seule question était la suivante : lequel des deux devait-il choisir ?

# 1

Ian Blackburn évitait trois choses.

Premièrement, les grandes assemblées. Il préférait les réunions en petit comité où l'on pouvait facilement se parler – et facilement échapper à la conversation.

Deuxièmement, les fêtes de fin d'année. Il les voyait comme un simple prétexte pour stimuler la consommation et pousser les gens à s'amuser, qu'ils en aient envie ou non. Il aurait été mal placé pour critiquer les entreprises qui vivaient de ce commerce, puisque Blackburn Amusements, la société familiale qu'il dirigeait et qui était plus connue sous le nom de BBA, faisait le maximum de son chiffre d'affaires à cette période. Mais Ian avait appris trop tôt à se méfier de la manipulation des émotions.

Enfin, la troisième chose qu'il évitait, c'était Lakes of Wonder, le parc d'attractions qui appartenait à la Lochlainn Company, le plus grand rival de BBA.

Cette soirée du 31 octobre promettait donc d'être un vrai cauchemar. Car Ian se trouvait sur le toit du Shelter Cove Hotel, qui offrait une vue imprenable sur Lakes of Wonder, pour célébrer Halloween au milieu d'une multitude d'invités enthousiastes.

Mais il était prêt à ignorer la foule et à surmonter son aversion pour ces choses trop sucrées et artificielles. Si tout se passait comme prévu, il allait atteindre l'objectif qui le faisait avancer jour et nuit, en dépit des difficultés auxquelles il faisait face depuis plusieurs années. Un dernier obstacle se dressait en travers de son chemin : Anna Stratford. La dirigeante récemment nommée chez Lochlainn dont dépendait l'avenir de Ian.

Mais qui était Anna Stratford ? Si seulement il l'avait su...

Il promena les yeux autour de lui en observant les convives. C'était un mélange intéressant. La plupart d'entre eux avaient payé cher pour avoir le privilège d'être présents ce soir. Ils portaient des accoutrements élaborés, souvent inspirés des personnages qui parcouraient les allées du parc de loisirs dans la journée. Sur la terrasse, chacun pouvait se servir à volonté de bonbons et de boissons sans alcool disposés sur les buffets, mais la principale attraction restait la vue spectaculaire sur Lakes of Wonder et ses éclairages féeriques. Dès l'ouverture des portes, chacun s'était mis en quête de la meilleure place pour admirer le feu d'artifice et n'en avait plus bougé.

Heureusement, Ian n'avait pas à affronter la cohue. Il se trouvait dans la partie de la terrasse réservée aux invités de marque, séparée du reste par un cordon en velours rouge et gardée par des agents de sécurité. Ici, les gens rassemblés par petits groupes discutaient dans une ambiance feutrée en sirotant les alcools de grande marque mis à leur disposition. Ils scrutaient tous Ian avec curiosité et détournaient les yeux dès qu'ils rencontraient son regard. De toute évidence, chacun s'interrogeait sur la présence du P-DG de BBA, grand concurrent de la Lochlainn Company, à la soirée de Lakes of Wonder.

Ian ne faisait pas attention à eux. Ils auraient bientôt la réponse à leurs questions.

— Tu n'imagines pas ce que j'ai dû endurer pour les avoir.

Tai Nguyen, directeur de la stratégie et des opérations chez BBA, venait d'apparaître à son côté. Il tenait deux verres à moitié remplis d'une boisson vert fluo, dans lesquels flottaient des glaçons en plastique représentant le serpent de mer Seamus, mascotte de Lakes of Wonder. Ian vit les glaçons passer du jaune au fuchsia, puis du fuchsia au bleu vif. À qui ces couleurs pouvaient-elles bien faire envie ?

Il refusa le verre que lui tendait Tai.

— Tu ne sais pas ce que tu perds, assura son ami.

— Les humains ne sont pas faits pour consommer des breuvages qui luisent dans le noir. Et je ne parle même pas des faux glaçons.

— Cette boisson renferme la quintessence de l'expérience Lakes of Wonder, répliqua Tai. La fantaisie. Les couleurs. La féerie.

Il porta son verre à ses lèvres et but une gorgée.

— En surface, ajouta-t-il. Diluée à l'excès et privée de sa saveur d'antan.

— Ton analyse m'impressionne, reconnut Ian en souriant. C'est une très bonne métaphore pour décrire ce qu'est devenu cet endroit.

Ian observa le Phare des Surprises, la tour emblématique du parc, éclairé en orange et violet à l'occasion de Halloween. Le Phare avait autrefois été connu dans le monde entier, non seulement comme symbole de Lakes of Wonder, mais aussi comme logo de la Lochlainn Company. En plus du parc, cette multinationale possédait un studio de cinéma, plusieurs médias et chaînes de télévision et une maison d'édition, entre autres. Sept ans plus tôt, ses dirigeants avaient décidé de changer son logo, le Phare n'y apparaissait plus.

Et bientôt le parc de Lakes of Wonder n'appartiendrait plus au groupe Lochlainn.

— C'est vraiment dommage, dit Tai en suivant le regard de Ian.

— Quoi donc ?

— Que Lochlainn ait laissé péricliter Lakes of Wonder ces dix dernières années. Et dire que c'était un parc plus populaire que Disneyland autrefois...

— Brièvement, tempéra Ian. Les premiers parcs d'attractions, comme celui de Coney Island, ressemblaient plutôt à des carnavals mal fréquentés, dont les manèges ne respectaient que vaguement les règles de sécurité. Lakes of Wonder fut le premier parc à thème ayant l'ambition de créer un véritable univers. Puis Walt Disney est arrivé, et aujourd'hui tout le monde le prend pour l'inventeur de ces lieux de divertissement dédiés à la famille et au rêve. Bien sûr, BBA est né par la suite, et désormais nos parcs sont ceux qui offrent le plus de frissons. Mais il faut bien dire qu'à son époque l'architecture de Lakes of Wonder était révolutionnaire, et la technologie de certaines attractions était si en avance sur son temps qu'elle n'a pas été améliorée jusqu'ici.

Ian était bien placé pour le savoir car le nom de Cooper Blackburn, son arrière-grand-père, figurait sur les brevets. Cooper avait été le premier associé d'Archibald Lochlainn à la naissance de Lakes of Wonder, mais, finalement, les deux amis s'étaient brouillés et Cooper était parti pour fonder sa propre entreprise, Blackburn Amusements.

— Personnellement, dit Tai, je préfère Lakes of Wonder à Disneyland. Je sais que ce n'est pas aussi grandiose, mais le fait de monter dans ce bateau pour voguer tranquillement d'une île à l'autre a selon moi un charme unique. C'est... étonnamment relaxant.

— D'un *port* à l'autre, corrigea Ian. Buccaneer Bayou, Valhalla Fjord et Heroic Harbour représentent des ports sur différents lacs. Seul le Phare se trouve sur une île située au centre, à la convergence de tous les lacs.

C'était aussi une idée de son arrière-grand-père, qui avait passé son enfance sur l'île Mackinac dans le Michigan et s'était inspiré des Grands Lacs pour dessiner le parc. Bien sûr, on racontait une tout autre histoire dans la famille Lochlainn, dont le nom signifiait « pays des lacs » en gaélique, mais Ian savait à quoi s'en tenir.

— Eh bien moi, répliqua Tai, j'ai hâte de conquérir ces ports. Dès que le parc nous appartiendra.

— D'ici peu, promit Ian.

La vente serait signée demain. À condition que personne ne vienne se mettre en travers de son chemin, et c'était justement pour éviter cela qu'il était là ce soir. Il avait besoin de savoir à qui il allait avoir affaire.

— T'es-tu renseigné sur Anna Stratford pendant que tu bravais la foule pour aller au bar ?

— J'étais trop occupé à lutter pour ma survie, répondit Tai. Mais tout à l'heure, j'ai croisé plusieurs cadres de chez Lochlainn qui la cherchaient aussi. Elle doit venir du siège new-yorkais. Au bureau de Los Angeles, personne ne semble la connaître, ni même savoir qui elle est.

— Intéressant.

— Tu crois ? Ce doit être une responsable du développement commercial ou du service juridique qui s'est arrangée pour se faire offrir un voyage en Californie. Tu as constaté comme moi combien les grands chefs de la Lochlainn Company se désintéressaient de la vente de Lakes of Wonder. Le fait qu'ils aient envoyé cette Anna que personne ne connaît semble le confirmer.

— Peut-être.

Ian avait du mal à croire à la théorie de Tai. Son expérience et celle de sa famille lui en avaient trop appris sur les Lochlainn.

Il y avait de plus en plus de monde, même dans l'espace VIP, à mesure que l'heure du feu d'artifice approchait. Ian regarda autour de lui. L'une de ces personnes était forcément Anna Stratford, mais qui ? Aucune, parmi les femmes qui lui étaient inconnues, n'avait l'allure d'une dirigeante de multinationale.

L'une des invitées attira son attention. Visiblement une fan de Lakes of Wonder qui avait réussi à franchir le cordon rouge. Elle était toute seule et ne cherchait pas à faire de mondanités. Debout dans un coin de la terrasse, cramponnée à la rambarde en fer forgé, elle fixait avec émerveillement le Phare des Surprises.

Contrairement aux autres personnes présentes dans l'espace VIP, qui avaient préféré les costumes et les tailleurs sombres aux déguisements de Halloween, elle portait un habit de fée, une petite robe rose sans bretelles et des ailes scintillantes attachées à ses épaules. Une couronne de fleurs roses ornait ses longues boucles blondes et ses pommettes étaient parsemées de paillettes. Sa présence était aussi inattendue que délicieuse.

Son déguisement lui allait bien. En l'observant, Ian ne put s'empêcher de remarquer la silhouette sensuelle que dévoilait sa robe. Et plus il la regardait, plus il avait de mal à détourner les yeux.

Il n'avait pas de « genre de femmes ». Pour lui, c'était un concept puéril et trop peu pragmatique. Le coup de foudre lui semblait encore plus absurde, voire ridicule. Mais il dut admettre que cette femme avait tout pour lui plaire, et bien plus encore.

— Alors, tu as repéré ta proie ? demanda Tai, interrompant le fil de ses pensées.

Ian sursauta avant de comprendre que Tai faisait allusion à Anna Stratford et non à la fée qui avait attiré son attention. Il se rappela mentalement à l'ordre. Non seulement c'était grossier de sa part de fixer cette jeune femme de la sorte, mais il devait aussi rester concentré sur sa mission professionnelle.

— Pas encore, répondit-il.

— Oui, tu as mieux à faire apparemment, plaisanta Tai en finissant son deuxième verre.

Ian le dévisagea. Il y avait des avantages et des inconvénients à travailler avec son meilleur ami. Tai était un excellent directeur du développement commercial, pour qui la finance n'avait pas de secret. Ian n'avait pas hésité une seconde avant de lui proposer d'intégrer BBA. Mais Tai le connaissait par cœur, ce qui pouvait parfois être perturbant.

— Si je m'inflige cette soirée ennuyeuse, rétorqua Ian, c'est dans un seul et unique but.

— Si tu le dis.

Tai essuya les glaçons en plastique avec une serviette et les mit dans sa poche.

— Linh va les adorer, dit-il. Mon équipe devrait peut-être étudier le coût d'événements comme celui-ci dans nos parcs d'attractions, non ?

— Le jour où les enfants de trois ans comme ta fille constitueront notre cible, oui.

Ian se tourna machinalement vers la femme habillée en fée. Elle était au téléphone maintenant et riait en regardant la foule qui l'entourait. Comme elle rejetait la tête en arrière, il découvrit sa gorge couleur crème. Son rire semblait sincère et généreux. Authentique.

Ian n'avait pas l'habitude de voir des gens montrer leurs émotions aussi librement en public. Cette femme le fascinait et il avait beau se répéter qu'il devait cesser de la fixer avec autant d'insistance, il ne pouvait pas s'en empêcher.

Tai suivit son regard et ricana.

— Je vais faire quelques mondanités, dit-il. On se retrouve plus tard dans la soirée ou demain matin ?

— Demain, répondit Ian. Ce n'est pas comme si nous avions une stratégie à mettre en place. Rendez-vous directement en salle de conférences.

Tai fit un sourire en coin et un signe de tête en direction de la femme habillée en fée.

— Bonne soirée, dit-il d'un ton moqueur.

Puis il s'éloigna.

— Elle sera bonne si j'arrive à identifier Anna Stratford, grommela Ian en attrapant une flûte de champagne sur le plateau d'un serveur.

Ce ne fut qu'en portant la flûte en plastique à ses lèvres qu'il se rendit compte que le champagne était coloré en bleu. Il fit la grimace et renonça à boire.

Il pensait ce qu'il venait de dire à Tai. La signature de demain serait une simple formalité. Cependant, l'apparition à la dernière minute d'une mystérieuse négociatrice mettait ses sens en alerte. Il serra nerveusement sa flûte dans sa main, l'entendit craquer et se hâta de la reposer.

Il était en train de faiblir face aux Lochlainn, comme il l'avait fait de nombreuses années auparavant. Tout juste sorti de son école de commerce, chargé de mener sa première négociation pour BBA, il avait sous-estimé la rivalité qui opposait les deux entreprises depuis qu'Archibald et Cooper avaient brutalement mis un terme à leur association. Persuadé que les deux familles avaient à y gagner, il avait eu la naïveté de proposer un partenariat au groupe Lochlainn concernant une nouvelle technologie pour le développement de certaines attractions. Keith Lochlainn s'était finalement joué de lui, parvenant à s'approprier ce progrès technique au seul bénéfice de Lakes of Wonder.

Ce revers avait nui à Ian, sur le plan tant personnel que professionnel. Humilié, il avait surtout perdu la confiance du conseil d'administration de BBA qui avait renoncé à le nommer P-DG de la société quelques années plus tard. À sa place, ils avaient choisi Harlan Bridges, son beau-père.

Si les rapports étaient conflictuels entre les Blackburn et les Lochlainn, ce n'était rien en comparaison de l'hostilité qui régnait entre Harlan et Ian. Et pour couronner le tout, le groupe Lochlainn n'avait même pas utilisé la nouvelle technologie en question. Quelle ironie..., songea Ian. L'acquisition de Lakes of Wonder allait enfin lui permettre de l'utiliser. Hélas, elle n'était plus si révolutionnaire à présent.

Au diable les Lochlainn. Anna Stratford était peut-être le rebondissement de dernière minute qu'ils avaient trouvé pour le déstabiliser, mais Ian avait acquis de l'expérience et de la sagesse. Une fois la vente conclue, les Lochlainn ne posséderaient plus aucun parc d'attractions – et Ian aurait enfin la perspective d'exclure Harlan de BBA.

Il regarda l'heure sur sa montre connectée. La fête allait bientôt toucher à son terme. Il allait faire un dernier tour dans le carré VIP pour essayer d'identifier la mystérieuse protagoniste, puis il irait se coucher.

Évitant soigneusement de regarder le coin où la fée se balançait maintenant au rythme de la musique diffusée par les haut-parleurs, il aperçut un groupe au sein duquel il reconnut

Catalina Lochlainn. Catalina, devenue une Lochlainn par alliance, était le seul membre de la famille qu'il appréciait. Comme c'était elle qui lui avait parlé d'Anna Stratford, elle allait sûrement être en mesure de lui dire de qui il s'agissait.

En le voyant, Catalina lui sourit et vint à sa rencontre.

— Bonsoir, Ian ! Comment allez-vous ? Je n'imaginais pas que ce genre d'événements était votre tasse de thé.

— Je m'efforce de rester consciencieux jusqu'à la fin du processus de vente.

— Pour ma part, les invitations à ces fêtes et mon accès libre au parc vont me manquer.

— Vous êtes la bienvenue quand vous le souhaitez dans les parcs d'attractions du groupe BBA.

— Merci, mais ce ne sera plus pareil. J'imagine que vous aviez quelque chose à me demander et que vous ne vous adressez pas à une Lochlainn pour le plaisir ?

— Qu'est-ce qui vous fait dire cela ?

— Peut-être le fait que Keith a toujours une cible à votre effigie depuis que vous avez débauché son chef préféré.

— C'était un moindre mal ! répondit Ian en riant. Que dire de la fois où la Lochlainn Company a arraché à BBA le contrat avec Apex Comics ? Tout cela pour que ses personnages n'apparaissent jamais dans les allées de Lakes of Wonder ! Keith voulait juste nous en priver.

Ce souvenir blessait encore Ian aujourd'hui, même si cet épisode n'avait pas eu autant de conséquences sur sa carrière que sa première humiliation.

— Peut-être, mais vous avez perturbé les habitudes alimentaires de Keith, ce qui est impardonnable. Toujours est-il que je suis heureuse que cette vente se fasse. Alors en quoi puis-je vous aider ?

— Anna Stratford.

Catalina le regarda avec surprise.

— Que voulez-vous savoir sur elle ?

— À vous de me le dire. C'est vous qui avez jugé utile hier de m'avertir à son sujet.

— C'est pour cela que vous êtes venu ce soir ? Pour rencontrer Anna ?

— Par acquit de conscience, lui rappela-t-il. Pour quelle autre raison serais-je ici ?

Catalina soupira.

— Je ne fais pas officiellement partie de la Lochlainn Company, répondit-elle. Et je ne joue aucun rôle dans la vente. Mais j'attache de l'importance à la transparence.

Le ton de voix sérieux de Catalina disait à Ian qu'il avait raison de se méfier.

— Anna Stratford. Est-elle présente ?

Catalina promena les yeux autour d'elle et, après quelques secondes, son regard s'adoucit.

— Vous voyez la jeune femme blonde debout toute seule, là-bas, dans le coin de la terrasse ?

Ian fronça les sourcils. La femme en rose ? *Sa* femme en rose ?

— Vous parlez de la grande fan de Lakes of Wonder qui a réussi à se faire inviter dans le carré VIP ?

— Qu'est-ce qui vous fait penser que c'est une fan ?

— Elle est déguisée. Elle ne parle à personne, ce qui veut dire qu'elle n'est pas là pour raisons professionnelles. Elle a à peine quitté des yeux le Phare des Surprises depuis son arrivée. Conclusion : c'est une fan.

Catalina esquissa un sourire amusé avant de répondre :

— J'ai l'impression que vous n'avez pas eu besoin de moi pour repérer Anna Stratford.

Non. Impossible. Elle plaisantait forcément.

— La fan habillée en fée, c'est elle le nouveau requin envoyé par le groupe Lochlainn ?

— En effet, Ian. C'est bien Anna Stratford que vous voyez.

Il lutta pour garder un visage impassible.

Où était le piège ?

— J'assume ma responsabilité concernant mon appel d'hier, ajouta Catalina, mais j'ai outrepassé mes fonctions en vous parlant d'Anna. S'il vous plaît, ne me faites pas regretter ma décision. Si Keith est en colère contre nous, nous serons tous les deux perdants, croyez-moi.

Ian regarda fixement Catalina. Il sentait qu'elle ne lui avait pas tout dit, mais c'était déjà beaucoup.

— Ne vous inquiétez pas, répondit-il. Ce coup de téléphone restera entre nous.

— Bonne chance pour demain, conclut-elle.

Puis elle tourna les talons et s'éloigna.

Ian se concentra aussitôt sur Anna. Quand elle sourit en acceptant la flûte de champagne bleu que lui offrait un serveur, ce fut comme si l'on avait allumé une lumière plus éclatante que les projecteurs du parc.

Jusqu'à présent, chez Lochlainn, Ian n'avait rencontré que des gens aussi blasés et cyniques que lui. Aucune des personnes présentes dans ces espaces VIP ne prêtait la moindre attention au personnel.

Il fallait qu'il élucide le mystère Anna Stratford.

# 2

Anna frissonna, sans savoir si c'était à cause de la fraîcheur du soir ou de l'atmosphère spectrale de la musique de Halloween. Quand elle avait enfilé sa robe d'été préférée dans sa chambre d'hôtel, il faisait presque aussi chaud que chez elle à Fort Lauderdale. Mais le sud de la Californie ne connaissait pas l'humidité de la Floride, et une fois le soleil couché, la température baissait brutalement. Le champagne bleu, aussi bon et amusant soit-il, n'avait pas le pouvoir de la réchauffer. Elle avait tout de même envoyé une photo à sa cousine Maritza et sa petite Pepa âgée de cinq ans.

— Vous avez froid ? Voudriez-vous une boisson chaude ?

À qui appartenait cette belle voix masculine ? Anna s'était pourtant débarrassée des dirigeants de Lakes of Wonder qui s'étaient crus obligés – manifestement à contrecœur – de s'occuper d'elle toute la soirée. Elle avait dû répéter plusieurs fois à Teri McWilliams, le directeur de la communication, qu'il pouvait vaquer à ses occupations et qu'elle serait capable de retrouver le chemin de sa chambre d'hôtel après les festivités.

Manifestement, on avait chargé quelqu'un d'autre de prendre de ses nouvelles.

Curieuse de voir qui avait accepté cette corvée, elle se retourna et resta bouche bée. Celui qui se tenait devant elle était le plus bel homme qu'elle ait jamais vu. Dans un genre sévère et intimidant. Avec une allure et un charisme que son costume noir sur mesure ne faisait qu'accentuer. Elle se sentit presque nue sous son regard sombre et profond. Heureusement, ses cheveux bruns en bataille contrastaient avec son apparence impeccable et lui donnaient un air un peu plus accessible, voire humain.

Qui était-ce ? Visiblement pas l'un des cadres de Lochlainn ni de Lakes of Wonder. Peut-être un acteur ? Cela n'aurait pas été étonnant en Californie, même à deux heures de route de Hollywood. Ou un grand sportif ?

Il haussa les sourcils mais elle était incapable de parler. Incapable de réfléchir. Elle était trop captivée par ce qu'elle voyait.

— Est-ce un oui ? demanda-t-il. Il y a du chocolat chaud. Et aussi des biscuits.

— Euh...

Elle ouvrit et referma plusieurs fois la bouche. Malgré ses efforts, elle n'arrivait pas à articuler un mot. Elle n'avait pas l'habitude de croiser des hommes tels que lui, et encore moins qu'ils l'abordent pour lui offrir un verre.

— Si vous êtes méfiante, vous pouvez me surveiller pendant que je vais jusqu'au buffet et que j'en reviens. Je ne ferai rien de mal, promis, dit-il en levant ses grandes mains.

— Je, euh... Merci beaucoup, parvint-elle enfin à répondre. Un chocolat chaud, oui, avec plaisir. Merci.

Il sourit et elle crut défaillir tant cela le rendait irrésistible.

— Ne bougez pas, lui enjoignit-il.

Il y avait du monde autour d'elle maintenant que l'heure du feu d'artifice approchait. Chacun voulait avoir la meilleure place pour profiter du spectacle.

— Pour rien au monde, assura-t-elle.

Il lui adressa de nouveau son sourire charmeur avant de se frayer un chemin en direction du chocolat chaud. Elle inspira profondément. Lui avait-elle donné l'impression de flirter avec lui ?

L'avait-elle fait volontairement ?

Elle avait si peu d'expérience dans ce domaine... Elle avait passé les six dernières années en couple avec le même garçon et ils n'avaient rompu qu'un mois plus tôt, même si leur relation était terminée depuis bien plus longtemps. Le jeu de séduction n'était donc qu'un lointain souvenir pour elle.

Elle s'agrippa à la balustrade et secoua la tête. Eh oui, c'était bien cela, sa vie, désormais. Elle était sur le toit d'un palace, au milieu d'invités de marque, pour admirer le célèbre feu d'artifice de Halloween du parc Lakes of Wonder, avec des hommes au physique de stars de cinéma qui venaient lui proposer à boire et à manger.

Il fallait qu'elle parle à Maritza pour revenir à la réalité. Tout était devenu si étrange depuis la visite qu'elle avait reçue dans son bureau... Seule sa cousine était au courant de tout. Sa cousine, qui était aussi sa meilleure amie et sa colocataire. Quand Maritza s'était retrouvée célibataire seulement un mois après avoir accouché, Anna s'était installée chez elle pour l'aider à s'occuper du bébé. Cinq ans plus tard, elle y vivait encore.

Cela ne faisait même pas une heure qu'Anna leur avait téléphoné, mais elle l'avait fait pour souhaiter une bonne nuit à Pepa. Maintenant que sa petite-cousine dormait, elle allait pouvoir parler librement avec Maritza.

— Alors que se passe-t-il maintenant ? demanda Maritza en décrochant. Tu as déjà vendu le parc ? Je croyais que c'était pour demain.

— Chut ! Tu n'es pas censée savoir pourquoi j'ai fait ce voyage.

Anna aurait dû garder son secret pour elle, mais ce qui lui arrivait était tellement fou qu'elle avait eu besoin de se confier. Et elle avait une confiance aveugle en Maritza.

— Et ne me parle pas de demain, ajouta-t-elle. Je ne sais même pas avec qui j'ai rendez-vous et personne n'a daigné me faire lire les documents que je devrai signer. D'après la direction de Lakes of Wonder, ce sont des détails dont je n'ai pas besoin de me soucier. Je dois signer, serrer des mains, poser pour la photo et m'en aller.

Tout en parlant, elle gardait les yeux fixés sur l'homme qui lui avait proposé une boisson chaude. Il était dans la file d'attente.

— Ces gens ont l'air infects, jugea Maritza.

— Pas tant que cela.

Si, sa cousine avait raison. Ils s'étaient montrés plus condescendants envers elle que n'importe quel client fortuné pour qui elle avait travaillé comme décoratrice d'intérieur. Mais Maritza avait suffisamment de soucis, ce n'était pas la peine de la préoccuper davantage.

— C'est juste une situation... peu commune, dit Anna.

— Bel euphémisme ! Qui fait appel à une personne sans expérience pour signer une vente aussi importante ? Une vente qui sera suivie par les médias, les instances économiques, le ministère de la Justice...

— Keith Lochlainn, apparemment. Va savoir ce qui se passe dans la tête d'un milliardaire.

Elle continuait à observer son bel inconnu. Était-ce une farce ? Pour quelle autre raison un homme comme lui se montrerait aussi prévenant avec elle ?

— Excuse-moi, dit Maritza. Je ne voulais pas t'angoisser davantage. Tu es encore sous le choc de tout ce que tu as appris et...

— Je t'assure que tout va très bien. Et la fête de ce soir est très réussie.

Elle ne précisa pas qu'elle était la seule invitée déguisée de l'espace VIP, et que les autres ne se gênaient pas pour la regarder avec des sourires moqueurs.

— Les desserts sont délicieux et la vue... Je n'ai pas de mots pour te la décrire. Je vois le parc et le Phare comme jamais. Le spectacle va bientôt commencer, alors dis-moi vite comment va Pepa.

— Mieux, maintenant que nous avons enfin un diagnostic. Mais elle ne cesse de te réclamer. Elle veut te montrer qu'elle est désormais capable de préparer son déjeuner sans avoir mal au cœur.

— Je suis désolée d'être partie juste au moment où vous devez apprendre à gérer son diabète.

— Arrête, tu n'as aucune raison de t'en vouloir. Mes parents sont là, je ne suis pas abandonnée.

— Oui, tes parents, murmura Anna avec un nœud dans la gorge. C'est bien.

Maritza soupira.

— J'ai vu ton père aujourd'hui...

— Pardon, je dois raccrocher, dit Anna en voyant l'inconnu revenir avec deux grands gobelets et un sachet dans les mains. Si c'était une plaisanterie, elle aurait tout de même gagné un chocolat chaud.

— Il faut que tu parles à tes parents, insista Maritza. Ils s'inquiètent.

— Je sais. Tu peux leur dire que je vais bien.

— Anna...

— Je dois te laisser. Je t'embrasse.

Anna raccrocha au moment où l'homme la rejoignait.

— Vous êtes revenu beaucoup plus vite que je ne m'y attendais, dit-elle.

— Je sais jouer des coudes, répondit-il d'un ton pince-sans-rire.

Il lui tendit un récipient en plastique et ouvrit le sachet rempli de biscuits décorés.

— Halloween marque le début de la saison des fêtes, fit-elle observer. À mon avis, ce n'est pas en chassant les enfants de votre chemin pour arriver plus vite au buffet que vous allez vous attirer les faveurs du Père Noël.

Elle souleva le couvercle de son gobelet et huma l'odeur du chocolat avant d'en prendre une gorgée. Un délice. Jusqu'ici, cela n'avait pas l'air d'une farce.

— C'était bien ce que vous attendiez de moi, non ?

— Pourquoi devrais-je attendre quelque chose de vous ? s'étonna-t-elle. Excusez-moi mais je ne crois pas que nous nous connaissions. Peut-être que vous me confondez avec quelqu'un d'autre.

Cela aurait expliqué qu'il l'ait abordée. Oui, il la prenait certainement pour une autre. Il était trop… trop *tout* pour avoir la moindre raison de s'intéresser à elle.

— Vous avez raison, admit-il après avoir marqué un temps d'arrêt. Nous n'avons pas été officiellement présentés. Ian, annonça-t-il en lui serrant la main.

Sa poignée de main était celle d'un homme puissant et déterminé, mais aussi respectueux. C'était son père- enfin, Glenn – qui lui avait appris tout ce qu'une poignée de main disait de quelqu'un.

— Anna, répondit-elle. Enchantée.

— Et moi donc.

Son regard était chaud et intense, et quand il lui lâcha la main, elle éprouva une curieuse impression de manque. Elle sentit ses joues s'enflammer mais, par chance, les lumières s'éteignirent et un animateur annonça le début du spectacle. Soulagée que personne ne puisse la voir rougir, Anna posa son gobelet de chocolat chaud sur une table à côté d'elle et croisa les bras en s'efforçant d'avoir l'air calme et sophistiquée. Comme s'il était tout naturel pour elle de se trouver ici, au sein de cette élite, près d'un homme tout droit sorti de ses fantasmes les plus fous.

Hélas, son attitude ne produisit pas l'effet escompté.

— Vous avez encore froid ?

Elle fit non de la tête. Ce n'était certainement pas le froid qui lui faisait sentir ces petits picotements dans tout le corps.

— Non, non, tout va bien.

— Vous frissonnez.

Sans lui laisser le temps de le contredire, il ôta sa veste de costume et la lui mit sur les épaules, par-dessus ses ailes de fée.

— Vous ne semblez pas habituée à la fraîcheur des nuits californiennes, je me trompe ? demanda-t-il.

— En effet. J'habite en Floride et c'est la première fois que je viens ici.

Sa veste l'enveloppait comme une étreinte. Anna avait appris à connaître les tissus en travaillant dans le magasin de meubles et de décoration de ses parents, et ce vêtement en laine fine avec sa doublure en soie était d'un luxe exquis. Elle inspira profondément, envoûtée par son parfum de pin et de musc.

Elle n'avait pas besoin de sa veste. Mieux valait la lui rendre. Mais elle se blottit dedans avec délices.

— Merci, dit-elle.

— Je ne vais tout de même pas vous laisser mourir de froid. Ce serait contraire à mon sens de l'accueil. Vous devez au moins avoir le temps de faire tout ce que vous avez prévu pendant votre séjour.

— Tout ce que j'ai prévu ?

Il avait dit cela comme s'il était au courant de ce qui l'amenait ici, alors qu'on lui avait assuré que seuls quelques membres de la famille Lochlainn avaient été mis dans le secret. Même la direction de Lakes of Wonder ne savait rien.

Elle devait se faire des idées. Elle était tellement perturbée depuis les événements du mois dernier... Il ne fallait pas surinterpréter la moindre remarque ! Si Maritza avait été là, elle lui aurait dit de se détendre et de profiter du moment.

Un bruit d'explosion la fit sursauter et le jaillissement d'étincelles dorées et argentées au-dessus du Phare des Surprises mit un terme à ses réflexions.

— Oh ! s'exclama-t-elle, émerveillée.

Une musique d'orchestre accompagnait le feu d'artifice. Ce fut un véritable spectacle son et lumière aux tonalités tantôt héroïques, tantôt romantiques, avec quelques touches d'humour. En entendant les chansons de son enfance, Anna ne put s'empêcher de mêler sa voix au son des haut-parleurs. Elle poussa des cris d'admiration lorsque des disques de feu et des cœurs entremêlés apparurent dans le ciel. Puis la féerie laissa place à l'ambiance de Halloween, avec ses musiques inquiétantes et ses fusées orange et violettes. Des silhouettes de fantômes apparurent au-dessus du Phare. Le volume augmenta jusqu'à ce que tout s'arrête net.

Le public applaudit. Anna se tourna vers Ian.

— C'était vraiment...

Elle s'interrompit en voyant du coin de l'œil des flammes qui s'élevaient du Phare. Elle bondit et saisit le bras de Ian, ferme et fort sous le coton de sa chemise.

Dès qu'elle prit conscience de son geste, elle ôta ses mains. Il sourit à peine et désigna le Phare.

— Attention, dit-il, vous allez manquer le bouquet final.

Elle regarda les flammes et comprit qu'elles faisaient partie du spectacle. La tour semblait en feu, mais c'était une illusion créée par des images projetées sur ses murs extérieurs. Puis Seamus, le serpent de mer, sortit du lac. Il replongea et, en émergeant de nouveau, il cracha virtuellement de l'eau pour éteindre les fausses flammes.

La musique reprit, triomphante, pour accompagner un bouquet final à couper le souffle.

Il y eut des acclamations assourdissantes, auxquelles Anna participa de bon cœur.

— Cette fois, c'est bien la fin, dit-elle.

— Oui. C'était impressionnant mais, selon moi, le coût est excessif pour un retour sur investissement inexistant. La technologie utilisée sera bientôt obsolète et il faudra faire de nouvelles dépenses.

La lumière fut rallumée sur la terrasse.

— Vous n'êtes pas d'accord, si j'en crois votre expression ? reprit Ian en se tournant vers elle.

— L'investissement, ce n'est pas seulement de l'argent, répliqua-t-elle.

Certaines personnes considéraient que ses parents vendaient seulement des meubles. Pour elle, Stratford's Fine Furniture fournissait du confort, du bien-être, un cadre agréable pour vivre en famille.

La famille. Anna ne pouvait plus y penser sans avoir un pincement au cœur. Maritza lui avait encore dit qu'elle devait parler à ses parents. Mais elle n'était pas encore remise du choc. Pourtant, ses parents restaient ses parents. La Visite n'avait pas changé cela. Elle le savait au fond d'elle.

Elle avait seulement besoin de temps. C'était surtout pour cette raison qu'elle se trouvait en Californie.

— Et la joie ? Et le plaisir ? ajouta-t-elle. Le spectacle crée des souvenirs, une chose qui n'a pas de prix.

Elle lui montra les gens qui, de l'autre côté du cordon en velours rouge, échangeaient leurs impressions avec enthousiasme.

— Regardez ces enfants, dit-elle à Ian. Ils parleront encore de cette soirée quand ils auront le double de mon âge.

Ian la dévisagea comme s'il avait affaire à une extraterrestre.

— Votre argument est intéressant, reconnut-il.

Elle reprit son chocolat chaud.

— Les parcs d'attractions sont des lieux de bonheur et de partage, cela me paraît tellement évident ! s'exclama-t-elle. Êtes-vous en train de me dire que vous n'y aviez jamais pensé ?

— Maintenant je sais que vous n'êtes pas sérieuse. Ce n'est que du marketing. Nous savons tous les deux que ce n'est pas la réalité.

Elle ne put s'empêcher de rire.

— Je ne crois pas...

Un petit enfant qui courait la percuta. Déséquilibrée, Anna bascula en avant. Elle serait tombée si Ian ne l'avait pas rattrapée juste à temps. En sentant ses mains la retenir, elle prit instinctivement appui sur ses larges épaules et se retrouva contre lui.

Il sentait si bon...

Elle se redressa en se rendant compte qu'elle venait de se cramponner à lui pour la deuxième fois en moins d'une demi-heure. Sans lui demander la permission.

Elle leva les yeux vers lui. Était-il fâché ? Ou pire, amusé de la voir se jeter à son cou au moindre prétexte ?

Non, son regard était plutôt... inquiet.

— Vous n'avez rien ? demanda-t-il.

— Non, non, balbutia-t-elle.

Enfin...

Elle baissa la tête et écarquilla les yeux. Son chocolat chaud s'était intégralement renversé sur la veste qu'elle avait sur les épaules. La veste de Ian.

— Oh ! non.

Elle attrapa plusieurs serviettes en papier sur la table pour tamponner la veste tachée.

— Ne vous inquiétez pas, s'empressa-t-elle d'ajouter, je vous la rapporterai propre après un nettoyage à sec.

Il secoua la tête.

— Je quitte l'hôtel tôt demain, répondit-il. Je serai pris toute la matinée, et je m'envolerai ensuite pour une conférence à Hong Kong. Inutile de vous tracasser, je ferai porter ma veste au pressing à mon retour la semaine prochaine.

— La semaine prochaine ? Vous ne pouvez pas attendre aussi longtemps pour traiter une tache. Le chocolat et le lait vont détruire les fibres. Je peux vous la renvoyer propre par colis.

— C'est juste une veste. Cela n'a pas d'importance.

Juste une veste ? Si elle avait possédé un vêtement d'une telle qualité, Anna l'aurait porté à même la peau pour mieux l'apprécier.

— Vous dormez ici, au Shelter Cove ?

— Oui.

— Moi aussi. Quand je voyage, j'ai toujours du détachant dans ma valise. Un vrai produit miracle. Vous voulez bien me confier la veste, le temps que je la nettoie au moins en partie ? Je pourrai vous la déposer tout de suite après dans votre chambre ? Ce serait dommage de la laisser s'abîmer, ajouta-t-elle en la caressant. De la laine mérinos, si je ne me trompe pas. De fabrication italienne.

Elle releva les yeux. Il la regardait de nouveau avec stupeur.

— Qu'y a-t-il ? demanda-t-elle.

— Vous n'allez pas...

Il s'interrompit, puis hocha la tête, comme s'il avait eu une discussion avec lui-même.

— Donc vous proposez de faire disparaître la tache ce soir ?

— Du moins j'espère y arriver. Cela ne devrait pas être long.

— Et de rapporter la veste dans ma chambre ?

— Je peux la déposer à la réception si vous préférez. Mais je serais plus tranquille si je vous la remettais en main propre.

Il esquissa un demi-sourire. En voyant ses yeux briller, elle frissonna de tout son être.

— Entendu, répondit-il. Je ne pensais pas me coucher tout de suite de toute façon. Je dois me préparer pour demain, précisa-t-il en s'éclaircissant la voix.

Ses occupations de demain matin étaient sans doute liées à son travail.

— Comptez sur moi pour vous la rapporter rapidement.

— Chambre 3140, dit-il. La Wonder Suite. Dans une heure, si cela vous convient ?

Un homme de type asiatique, les mains pleines de biscuits, s'approcha et réclama l'attention de Ian. Ce dernier se tourna aussitôt vers Anna.

— Alors à tout à l'heure ?

— À tout à l'heure, répondit-elle, la bouche sèche.

Ian la salua d'un signe de tête et alla rejoindre le nouveau venu. Ils se parlèrent une minute avant de se diriger vers la sortie. Anna mit alors ses mains froides contre ses joues brûlantes.

La voix rauque de Ian, son sourire chargé de sous-entendus... Avait-elle imaginé tout cela ou lui avait-il promis tacitement un autre feu d'artifice ?

Si seulement elle avait eu plus d'expérience avec les hommes ! Comment savoir s'il s'amusait pour passer le temps ou s'il était réellement intéressé par elle ? Elle était attirée par lui, cela ne faisait aucun doute, mais était-ce réciproque ?

Elle rougit encore plus en se revoyant agrippée à son corps musclé. Comment avait-elle osé ? Elle n'était pas comme cela d'habitude, et surtout pas avec les gens qu'elle voyait pour la première fois.

Pourtant elle n'avait qu'une seule envie : recommencer. Parce que tout était différent avec Ian, à commencer par elle-même.

Sa dernière relation ne lui avait réservé aucune surprise.

Elle n'avait pas été désagréable, mais assurément monotone. Comment en vouloir à son ex-petit ami d'avoir rompu avec elle ? *Elle* était monotone. Anna, l'étudiante sérieuse, la fille obéissante, la compagne dévouée.

Elle avait toujours eu devant elle une vie toute tracée : poursuivre ses études, rencontrer un homme bien, décrocher son diplôme. Travailler dans le magasin de ses parents, apprendre à satisfaire les clients et à mettre à leur service ses compétences de décoratrice d'intérieur. Prendre la tête de l'entreprise le jour où ses parents partiraient à la retraite. Passer deux semaines de vacances chaque été dans la résidence familiale des Smoky Mountains. Épouser l'homme bien et transmettre à leurs enfants ce qu'elle avait reçu de ses parents.

Tout avait été parfaitement réglé et satisfaisant. Elle n'avait jamais eu à remettre sa vie en question.

Jusqu'à la Visite. À présent, elle n'était plus sûre de rien. Ni de ce qu'elle était, ni d'où elle venait, ni de ce qu'elle devait faire. Et elle ne pouvait s'empêcher d'être en colère depuis qu'elle savait que son histoire reposait sur un mensonge.

Ici, loin de chez elle, elle venait de rencontrer un homme irrésistible qui lui donnait l'envie folle de se libérer. D'oublier son image de première de la classe et d'écouter le désir brûlant qui s'était éveillé en elle. D'accepter la possibilité que cet homme, aussi charismatique et charmeur qu'une star de cinéma, s'intéresse à elle.

La fête touchait à sa fin. Les invités quittaient le toit-terrasse et se dirigeaient vers les ascenseurs. Toujours couverte de la veste de Ian, Anna regagna sa chambre en se demandant si la magie allait continuer à enchanter sa soirée.

# 3

Ian remua la tête et les épaules. Malgré le confort du coin bureau de sa suite, il n'arrivait pas à se débarrasser de la tension qu'il sentait le long de sa nuque et entre ses omoplates.

Son ordinateur portable était ouvert devant lui et le contrat affiché sur l'écran. La concentration n'avait jamais été un problème pour lui. Mais, ce soir, l'image d'Anna Stratford lui revenait à l'esprit avec obstination, l'empêchant de vérifier encore une fois les détails de l'accord de vente, comme il avait prévu de le faire.

Anna Stratford, cette femme énigmatique et tellement… séduisante.

Elle ne ressemblait pas à la personne qu'il avait imaginée. Pas du tout. Elle n'avait eu aucune réaction quand il s'était présenté, ce qui avait de quoi surprendre. On aurait même pu croire qu'elle ne savait pas qui il était. Mais c'était impossible. Elle avait forcément étudié le profil de ceux qui se trouveraient demain face à elle.

Quel talent d'actrice ! C'était bien la première fois qu'il se trouvait incapable de cerner un interlocuteur. Les dirigeants de la Lochlainn Company avaient sans doute mis au point cette stratégie : lui imposer une adversaire de dernière minute, si inattendue qu'il serait déstabilisé et en viendrait à accepter une hausse de prix ou des concessions désavantageuses.

Ou bien il se trompait et Anna était aussi candide et transparente qu'elle en avait l'air.

Il aurait peut-être la réponse à ses questions si elle tenait sa promesse et venait frapper à sa porte. Allait-elle se contenter de lui rendre sa veste nettoyée ou avait-elle autre chose en tête ? Il avait hâte de le découvrir.

Le souvenir de ses seins plaqués contre son torse réveilla son excitation. L'accident du chocolat chaud lui avait offert le moment le plus agréable de sa soirée.

Toutefois, il ne valait mieux pas se faire d'illusions. Anna Stratford n'était sans doute que le nouveau piège imaginé par Keith Lochlainn.

Son téléphone sonna. C'était Tai.

— Tu as trouvé quelque chose ? demanda Ian en décrochant.

— Mon équipe a réexaminé à deux reprises le contrat et toutes les annexes, répondit Tai. Tout est conforme.

Ian se leva et se mit à faire les cent pas dans la pièce.

— Vérifiez encore, insista-t-il.

— Gagnons du temps. Dis-moi quel est le problème.

— Je ne sais pas encore.

— Alors pourquoi es-tu certain qu'il y en a un ?

— Parce qu'il faut toujours se méfier des Lochlainn.

— Je crois que tu te fais des idées. J'ai tellement relu le contrat que je le connais par cœur. Il correspond parfaitement à l'accord qui a suivi les négociations.

— Les Lochlainn nous cachent quelque chose.

Il revit le regard d'Anna, émerveillé comme celui d'une petite fille devant le feu d'artifice. Son sourire avait paru si sincère… Était-il possible de feindre une telle joie ?

Et pourquoi avoir tenu à nettoyer elle-même sa veste alors que rien ne l'y obligeait ? Personne d'autre n'aurait fait cela !

— Écoute, dit Tai, je ne suis pas né comme toi au cœur d'une guerre des clans…

— On m'a simplement appris à rester toujours sur mes gardes, rétorqua Ian. À ne rien laisser au hasard. C'est cette exigence qui a mené BBA au deuxième rang mondial dans le secteur des parcs d'attractions.

Il avait pourtant oublié ce principe de précaution en acceptant qu'Anna Stratford le rejoigne ce soir dans sa chambre. Soit, elle avait quelque chose à lui rapporter, mais de toute évidence elle s'était servie de ce prétexte. Allait-elle venir dans son déguisement de fée ? Pourvu que oui. Il se demandait si elle allait devenir aussi rose que sa robe quand...

La voix de Tai le ramena à la réalité.

— Je sais que tu as des excuses. C'est Harlan qui t'a élevé.

— Qu'est-ce que tu veux dire ?

— Que ton beau-père est un sale type. Depuis qu'il a pris le contrôle du conseil d'administration, ta position est fragilisée. Et l'achat de Lakes of Wonder est le plus gros événement depuis que tu es P-DG de BBA. Je comprends donc que tu te montres particulièrement minutieux, mais crois-moi, nous avons fait tout ce qu'il fallait pour assurer nos arrières.

— Harlan n'aura plus aucun poids une fois que la vente sera signée. Olive et Preston ont promis de voter avec moi pour l'exclure du conseil.

Et il sortirait de la famille pour de bon, songea Ian. Sa mère avait suffisamment souffert.

— Tu sais, dit Tai, en parlant d'Olive et Preston, j'ai une question à te poser : pourquoi ta cousine et ton oncle se mettent-ils maintenant de ton côté alors que cela fait des années que tu essaies de te débarrasser de Harlan ?

Ian soupira avant de répondre :

— Nous n'en parlons pas publiquement, mais Cooper, mon arrière-grand-père, était l'associé d'Archibald Lochlainn à la création de Lakes of Wonder. Selon la légende familiale, c'est Cooper lui-même qui a dessiné le Phare des Surprises, mais Archibald l'a chassé avant l'ouverture du parc. C'est là que Cooper a fondé Blackburn Amusements, donc nous n'avons plus de raisons de le plaindre. Mais Olive et Preston sont obsédés par Lakes of Wonder depuis toujours. J'ai promis à Preston qu'il serait en charge de Lakes of Wonder quand le parc nous appartiendrait.

— D'accord ! s'exclama Tai. Je comprends maintenant. Cette acquisition est une affaire d'honneur familial, c'est pourquoi tu es convaincu que Lochlainn veut flouer BBA. Je me doutais bien que l'influence sicilienne de ta mère n'était pas pour rien dans cette histoire.

— Ce n'est pas une vendetta, protesta Ian en riant.

— Tu en es sûr ? Ou faut-il que je cherche une tête de cheval pour la mettre dans le lit de Keith Lochlainn ?

— Nous ne sommes pas dans *Le Parrain*, mais la Lochlainn Company est connue pour ses coups bas et je ne compte pas me faire avoir. Quant à la tête de cheval, elle serait plutôt pour Harlan.

Tai rit et demanda :

— Je peux te donner un conseil ?

— Non, mais tu vas le faire quand même.

— Arrête de te faire du souci et dors un peu. J'ai un petit déjeuner d'affaire à propos du projet à San Diego. Je te retrouve directement en salle de conférences ?

— 9 heures, au sixième étage du bâtiment administratif de Lakes of Wonder.

Ils se dirent bonsoir et raccrochèrent.

Peut-être que Tai disait vrai et que Ian avait tort de s'obstiner à chercher la petite bête. Peut-être qu'Anna n'avait aucune arrière-pensée. Mais Ian n'était pas paranoïaque. Il avait appris qu'il y avait souvent des raisons de se méfier, à force de fréquenter des gens comme les Lochlainn… et son beau-père.

Quand Guilia, sa mère, avait divorcé de Harlan, celui-ci avait exploité une lacune de leur contrat de mariage pour devenir propriétaire de ses parts dans BBA. C'est ainsi qu'il était devenu un homme fort du conseil d'administration. Jusqu'à présent, Ian avait réussi à éviter les flèches et les coups de couteau dans le dos, mais il avait hâte de se débarrasser de Harlan pour de bon. Si Olive et Preston tenaient parole et le soutenaient lors du prochain vote, il aurait enfin le pouvoir de le faire.

On frappa à la porte de sa chambre.

Enfin.

Il se hâta d'aller ouvrir.

— Je me demandais quand vous alliez…

Il s'interrompit en voyant l'employé de l'hôtel qui se tenait sur le seuil et le regardait avec étonnement.

— Pardon de vous avoir fait attendre, dit poliment le jeune homme en lui tendant un grand seau à glace. Avec les compliments de la Lochlainn Company. Bienvenue au Shelter Cove Hotel.

S'efforçant de masquer sa déception, Ian prit le seau qui contenait trois bouteilles et remercia le jeune homme en lui donnant un généreux pourboire.

— Je vous souhaite un excellent séjour, monsieur.

Une fois seul, Ian regarda l'une des bouteilles. Du champagne de grande marque. Le groupe Lochlainn considérait donc qu'il avait quelque chose à fêter ?

On frappa de nouveau, de la même façon que deux minutes plus tôt. Il ouvrit en pensant que le jeune homme avait oublié quelque chose.

— Anna, dit-il dans un souffle.

— Bonsoir !

Elle affichait un sourire aussi sincère que sur la terrasse, mais un peu plus hésitant.

— Pardon d'avoir été aussi longue, ajouta-t-elle en lui tendant sa veste. Le chocolat chaud était plus tenace que prévu et je ne voulais pas abîmer le tissu. Mais je crois qu'elle est comme neuve, non ?

Elle avait parlé si vite qu'il mit quelques secondes à assimiler ses paroles. D'autant qu'il était fasciné par ce qu'il voyait. Elle avait remplacé son déguisement par une tenue de sport rose vif, ses cheveux avaient perdu leur couronne de fleurs et il n'y avait plus de paillettes sur ses joues. Son rouge à lèvres rose était à présent son seul maquillage. Une minuscule goutte d'eau attira le regard de Ian et il se surprit à admirer la beauté de son nez. Tout ce qu'il aurait dû trouver ordinaire était métamorphosé par la lumière qui émanait d'elle.

Elle était maintenant immobile face à lui et attendait, l'air interrogateur.

— Entrez, dit-il. Je n'ai pas de chocolat chaud, mais l'hôtel offre le champagne. Une gamme bien supérieure à celui qui était servi à la fête.

— Je ne veux pas vous déranger. Vous avez dit que vous deviez vous lever tôt et j'allais moi-même me coucher. Je tenais seulement à vous rendre votre...

Elle se tut et regarda fixement derrière lui.

— Attendez. Vous voyez Lakes of Wonder depuis votre fenêtre ? s'exclama-t-elle.

Il fit un pas de côté pour l'inciter à entrer.

— On m'a assuré qu'il n'y avait pas de meilleure vue que celle-ci. Pas même celle du toit-terrasse.

Elle n'hésita pas plus d'une seconde. Elle traversa la pièce et s'arrêta lorsqu'elle fut presque collée à la baie vitrée.

— On ne vous a pas menti, dit-elle. Regardez, on voit non seulement le Phare des Surprises, mais aussi Mythic Springs et Buccaneer Bayou.

Il prit le temps de déboucher le champagne et de servir deux flûtes avant de la rejoindre. Elle accepta le verre qu'il lui tendit.

— La terrasse offrait un meilleur point de vue pour le feu d'artifice, répondit-il, mais cette vue d'ensemble est incomparable. D'ici, on pourrait dessiner le plan du parc.

Il lui montra du doigt un drapeau argenté qui flottait au loin, éclairé par en dessous.

— C'est Black Hole Bay, indiqua-t-il.

— C'est plus près d'Olympic Cay que je ne le pensais. Quand j'étais dans le parc tout à l'heure, j'ai eu l'impression de marcher des kilomètres pour aller de l'un à l'autre.

— Pure illusion. Le concepteur a créé un parcours sinueux pour donner une impression de longue distance. De cette manière, les visiteurs ont la sensation de voyager d'une destination à l'autre. Et plus ils ont marché, plus ils sont heureux de s'asseoir pour assister à l'un des spectacles. Et pendant la durée du spectacle, ils ne sont pas debout dans la file d'attente d'une attraction, ce qui permet de répartir le public sur le site et de réduire le temps d'attente de chacun.

— Ah oui ? C'est très intelligent.

Intelligent ? Il haussa les épaules.

— C'est un fonctionnement classique. Trouver des moyens de disperser les visiteurs.

Il but une gorgée de champagne en gardant les yeux fixés sur Anna.

— Mais c'est le modèle du parc 101, comme vous le savez.

Anna ouvrit la bouche et la referma. Ses lèvres formaient une ligne parfaite, aussi ravissante que celle de son nez. Mais depuis quand prêtait-il attention à ces détails ?

— Faisons comme si je n'y connaissais rien, dit-elle finalement. Vous m'expliquez ?

# 4

C'était une mauvaise idée d'être venue dans la chambre de Ian Blackburn. Anna n'en doutait plus. Il aurait mieux valu qu'elle se fie à sa première intuition et confie aux services de l'hôtel le soin de livrer cette veste. Elle faisait vraiment tout en dépit du bon sens depuis quelque temps.

Ian la fascinait, non seulement par sa beauté mais aussi parce qu'elle n'arrivait pas à deviner le fond de sa pensée. Que se disait-il quand il la regardait dans les yeux, comme à cet instant ? Comment devait-elle interpréter son petit sourire ?

— Vous voulez tester mes connaissances sur les parcs d'attractions ? demanda-t-il.

— Je fais juste appel à vos lumières.

Plus tôt, en s'échinant à faire disparaître la tache de sa veste, elle avait essayé de comprendre pourquoi Ian l'avait abordée. Peut-être qu'elle avait la réponse maintenant. C'était le destin qui lui offrait l'occasion de suivre un cours intensif sur le fonctionnement de Lakes of Wonder, puisque la Lochlainn Company n'avait pas pris la peine de lui donner des explications sur la réunion de demain.

— Je suis tout ouïe, dit-elle. Que devrais-je savoir d'autre ?

Il leva les sourcils, sourit avec amusement et répondit :

— D'accord, je veux bien jouer le jeu.

Son bras gauche la frôla quand il leva la main pour indiquer un point au loin.

— Pour commencer… Vous voyez la structure au centre du parc ? Vous savez de quoi il s'agit, n'est-ce pas ?

— Facile. Le Phare des Surprises.

— C'est son nom. Mais qu'est-ce exactement ?

— Une grande tour surmontée d'un phare ?

— C'est l'appât. L'élément qui attire les visiteurs vers le centre du parc.

— Et le parcours qui y mène les fait aller d'un endroit stratégique à l'autre poursuivit-elle en repensant à ce qu'il avait dit plus tôt.

— Vous m'interrogez sur les techniques utilisées pour attirer l'attention des visiteurs ? Il y en a plusieurs. Les couleurs vives, par exemple, dit-il en pointant du doigt son sweat-shirt rose. Elles ont ce pouvoir d'attraction.

Elle vit alors le regard de Ian, aussi noir et profond qu'un ciel nocturne, se fixer sur sa bouche.

— Vous le savez, ajouta-t-il. Lorsqu'on voit votre rouge à lèvres rose, il est difficile de se concentrer sur autre chose.

Elle se figea. Ce n'était plus la peine de nier la vraie raison pour laquelle elle était venue dans sa chambre. Elle n'espérait qu'une chose. Mais s'il se rendait compte à quel point il la troublait, il risquait fort de se moquer d'elle ! Lui qui avait forcément l'habitude de recevoir dans sa chambre des femmes sophistiquées et sûres d'elles, pleines d'esprit et de repartie.

Portant sa flûte à ses lèvres, elle lutta pour se donner une contenance. Elle savait pourtant que le champagne n'allait pas l'aider à garder sa lucidité, bien au contraire. Mais elle avait si chaud que cela lui faisait du bien de boire quelque chose de frais.

— C'est pour cela que vous portez des couleurs sombres ?

— Moi ?

Elle vida son verre et le posa.

— Si certains portent des couleurs vives pour attirer l'attention, les autres – comme vous – font le choix contraire pour passer inaperçus, non ? C'est vrai, Batman ne poursuit pas les criminels dans un habit jaune fluo.

Il émit un rire grave.

— Les vêtements sombres sont sans doute préférables de nuit, admit-il. Pour les super héros qui veulent agir furtivement, en tout cas.

Elle baissa les yeux et vit que sa flûte était de nouveau pleine.

— Étant donné que ma flûte de champagne était vide il y a quinze secondes, je dirais que vous parlez en expert. Alors ? insista-t-elle. C'est pour cela que vous vous habillez de cette façon ? Pour éviter d'être remarqué ?

— Vous me demandez si je poursuis les criminels à mes heures perdues ? Désolé, mais non.

— Je crois que j'ai vu juste, affirma-t-elle tandis qu'il remplissait son propre verre. Non que vous ayez une identité secrète de justicier, mais vous voulez éviter d'attirer l'attention.

— Ah oui ? Et pourquoi cela ?

— Je l'ignore. Peut-être parce que vous craignez que les couleurs vives alertent votre proie et la mettent en fuite.

Il ne répondit pas, mais elle vit sa main se crisper sur le pied de son verre.

Anna devait son succès professionnel à sa capacité à déchiffrer le langage corporel de ses clients. Si un client exprimait verbalement du plaisir et de l'enthousiasme mais qu'elle le voyait se raidir, elle comprenait qu'elle devait encore chercher la bonne réponse à ses attentes.

Ian était toujours appuyé contre la vitre, mais il contemplait désormais les lumières multicolores du parc. Après un silence, Anna leva son verre à moitié vide et demanda :

— Il en reste ? C'est de loin le meilleur champagne que j'aie jamais goûté.

Il sourit et vida la bouteille dans la flûte qu'elle lui tendait.

— Oui. Et vous vous trompez.

— Non, assura-t-elle. Je suis certaine que je n'ai jamais bu un champagne aussi bon.

— Je parlais des couleurs. Les parcs d'attractions utilisent le vert et le bleu pour masquer les bâtiments et les éléments qui doivent rester ignorés du public. Ce sont des teintes qui se mêlent à la végétation ou au ciel. Le regard passe dessus sans les remarquer.

— Ah.

Elle avait la sensation de se détendre pour la première fois depuis des semaines.

— Mais cela ne peut marcher que la journée, poursuivit-elle. Une fois le soleil couché… il faut des couleurs sombres pour rester discret. Jusqu'à ce qu'il soit trop tard pour la proie trop candide ! plaisanta-t-elle en mimant une scène de film d'horreur.

Il rit et ouvrit une deuxième bouteille.

— Vous me faites passer pour un vampire, se plaignit-il.

— Pour l'instant, je ne vous ai vu que de nuit. Peut-être que vous portez du bleu et du vert la journée. Ou peut-être que vous êtes réellement un vampire et que vous ne pouvez pas sortir dans la lumière du soleil.

Elle leva doucement les yeux vers lui en se demandant si elle commençait à maîtriser le jeu de séduction. En tout cas, elle était prête à lui parler de n'importe quoi tant qu'il continuait à la regarder avec cette intensité.

— Vous en êtes un ? demanda-t-elle.

— À votre avis ?

Elle but une gorgée du champagne qu'il venait de lui servir et constata qu'il était différent du premier. Plus acide. Plus audacieux. Devait-elle s'en inspirer ? C'était peut-être elle, la nouvelle Anna. Une femme qui buvait du champagne avec un homme qui la faisait frissonner comme seul le danger savait le faire. Et qui n'en avait pas peur.

— À mon avis, la personne que vous mordriez s'en délecterait, quitte à le regretter le lendemain matin.

Il allait boire mais arrêta net son geste. Cette pause ne dura qu'une fraction de seconde, mais Anna était sûre de ce qu'elle avait vu. Sa remarque ne l'avait pas laissé indifférent.

— Mais peut-être que votre compagne n'est pas d'accord pour que vous mordiez d'autres gens.

Il but une longue gorgée de champagne, puis posa sa flûte sur la table et fit un pas vers Anna. Il était si près qu'elle distinguait des reflets dorés dans ses pupilles.

— Elle ne le serait sûrement pas, répondit-il. Si elle existait.

Il avait relevé les manches de sa chemise noire, dévoilant des avant-bras bronzés et musclés.

— Je n'ai personne dans ma vie non plus que cela dérangerait. Si j'étais un vampire, ce que je ne suis pas, de toute évidence.

— Non, admit-il avec un léger sourire. Mais vous n'êtes pas non plus celle que j'imaginais. Je commence à penser que vous portez des couleurs vives pour distraire et désarmer ceux qui vous approchent.

— Ou bien j'aime le rose, tout simplement.

— Personne n'aime le rose à ce point-là.

— Personne ne peut autant aimer les couleurs sombres, et pourtant je vous vois.

Il se pencha vers elle.

— Je m'interroge, murmura-t-il. Qui êtes-vous, Anna ?

Elle fut aussi troublée par sa voix que par sa question. Qui était-elle ? Comment lui répondre alors qu'elle n'en avait plus aucune idée ?

Elle pouvait commencer par être honnête et lui dire sans détour ce dont elle avait envie. Ce soir.

— Je suis quelqu'un qui vous trouve très séduisant. Et je me demande si vous m'avez abordée ce soir parce que je vous plaisais aussi. Si c'est le cas, nous pourrions peut-être faire quelque chose de cette attirance réciproque.

Elle retint son souffle, sidérée par ses propres paroles.

— Les ailes de fée et les paillettes ont éveillé ma curiosité.

Mais je découvre que la femme qui les portait est encore bien plus intéressante.

Il lui caressa la joue du revers de la main et susurra :

— Est-ce pour cela que vous êtes venue dans ma chambre ?

— Je n'ai pas fait exprès de renverser le chocolat chaud, précisa-t-elle.

— Vous auriez pu faire apporter ma veste par quelqu'un d'autre.

— C'est vrai. J'avais envie...

Elle s'interrompit, le cœur battant. Il y avait tant de manières possibles de finir cette phrase ! Elle avait envie que Pepa soit en bonne santé, elle avait envie de trouver sa nouvelle place après les révélations qu'on lui avait faites, elle avait envie...

Ian passa le pouce sur sa lèvre inférieure et elle cessa de réfléchir.

— De vous.

Elle crut fondre sous le charme de son sourire.

— Excellente nouvelle, dit-il.

— Je pars demain.

— Moi aussi. Après la réunion, bien sûr.

C'est vrai, il avait déjà mentionné ses obligations du lendemain. Et elle en avait aussi.

— Rien qu'une nuit, déclara-t-elle. Ni questions ni regrets.

Ian prit alors le visage d'Anna entre ses mains et répondit avec malice :

— Je vous promets que le regret est le dernier mot qui vous viendra à l'esprit.

Elle n'en doutait pas. Elle brûlait de sentir ses caresses sur ses seins, entre ses cuisses... Mais elle s'amusa tout de même à le mettre au défi.

— Prouve-le.

Le regard de Ian s'enflamma. Puis il plaqua la bouche contre la sienne, l'emportant dans un tourbillon de sensations.

Elle n'était plus que désir et excitation. Sans savoir comment, elle se retrouva allongée sur le grand lit, débarrassée de ses vêtements, ne portant plus que la culotte et le soutien-gorge en dentelle qu'elle avait mis en espérant qu'il se passerait... ce qui était en train de se passer.

Ian l'attira au bord du matelas et se mit à genoux en lui tenant les jambes ouvertes. Elle se redressa en prenant appui sur un coude et lui caressa le mollet de son pied nu. Contrairement à elle, il était encore habillé.

— Alors ? demanda-t-elle. Nous n'avons qu'une nuit. Tu comptes rester là et te contenter de regarder ? Ou vas-tu me montrer ce que tu sais faire avec tes mains ?

Jamais elle n'avait parlé comme cela à un partenaire. Elle avait toujours laissé l'initiative aux hommes. Mais cet aplomb semblait plaire à Ian. Il lui offrit l'un de ses sourires ensorcelants et fit remonter ses mains à l'intérieur de ses cuisses. S'il allait un centimètre plus haut...

Il saisit délicatement sa culotte et la fit glisser le long de ses jambes. Après la lui avoir enlevée, il regarda Anna en laissant échapper un murmure de délectation. Puis il posa la main sur son sexe et elle se cambra en poussant un gémissement de plaisir. Elle se sentait tout près de l'orgasme alors qu'il commençait juste à la toucher.

Jusque-là, elle avait toujours eu du mal à jouir. Peut-être à cause de son incapacité à se détendre, ou de son souci de donner du plaisir à son partenaire au lieu de penser à elle.

Mais avec Ian...

Elle s'abandonna à ses caresses en soupirant de plus en plus fort. Lorsque sa bouche remplaça ses doigts, ce fut un feu d'artifice encore plus éclatant que le premier. Les mouvements de sa langue ne tardèrent pas à lui faire atteindre l'extase et elle crut s'envoler dans un autre monde.

Quand elle rouvrit les yeux, Ian était allongé à côté d'elle et la regardait. Il avait encore tous ses vêtements sur lui.

— Magnifique, dit-elle d'une voix encore essoufflée.

— Je prends, répondit-il en riant.

Elle roula sur elle-même et commença à déboutonner sa chemise.

— C'était… magnifique, répéta-t-elle.

Quand il fut torse nu, elle prit le temps de jouer avec le trésor qu'elle avait rien que pour elle. Quel plaisir de sentir sous ses doigts ses pectoraux, ses abdominaux, la toison brune qui menait à son bas-ventre… Enfin, elle baissa son pantalon et son boxer et trembla d'excitation en découvrant son imposante érection. Elle la prit dans sa main et la massa avec délice. Encouragée par les soupirs rauques de Ian, elle essaya plusieurs mouvements, guettant ses réactions pour savoir ce qui lui plaisait le plus. Jamais elle n'avait eu l'occasion d'explorer ainsi le corps d'un homme, qui ne la pressait pas d'« aller à l'essentiel », comme le disait son ex-petit ami.

Sans cesser de le caresser, elle prit son pénis dans sa bouche et le mena à son tour à l'orgasme.

Elle le regarda avec émerveillement tandis qu'il reprenait sa respiration. Elle, Anna Stratford, avait fait succomber cet homme brillant et splendide, dont elle n'aurait même pas osé rêver.

— Tu veux recommencer avant la fin de la nuit ? demanda-t-elle en lui souriant. Autant profiter du temps dont nous disposons.

La lueur qu'elle vit dans son regard la réjouit. Il la prit par la taille, l'attira sur lui et prit ses seins dans ses mains.

— Nous n'allons pas en perdre une seule seconde, promit-il.

Et il l'embrassa comme jamais personne ne l'avait embrassée.

# 5

Anna eut un rire nerveux et plaqua la main sur sa bouche en regardant autour d'elle. Si quelqu'un l'avait vue, elle n'allait pas avoir une image très professionnelle. Mais la nuit qu'elle venait de passer l'avait mise dans un état second. Le couloir des bureaux de Lakes of Wonder lui paraissait interminable et elle avait l'impression de flotter.

Est-ce que tout le monde se sentait aussi vivant après une aventure d'un soir ? Et dire qu'elle s'était privée de cela pendant toutes ces années ! À moins que la nuit dernière n'ait été la parfaite confluence entre les circonstances, le moment et le partenaire ?

Elle sentait comme des coups de marteau dans sa tête malgré les deux cachets qu'elle avait pris à l'aube en regagnant sa chambre d'hôtel. Elle avait besoin d'une carafe de café et d'un tonneau d'eau. Sa démarche était mal assurée et elle préféra ralentir, quitte à perdre quelques minutes. Ses courbatures lui rappelaient avec quelle fougue elle s'était enroulée autour de Ian tandis qu'il allait et venait en elle, les yeux rivés sur les siens.

Ce souvenir manqua de la faire défaillir. Heureusement qu'ils s'étaient mis d'accord pour une seule nuit, car elle allait avoir besoin d'un certain temps pour s'en remettre.

Elle respira profondément. Elle avait le reste de sa vie pour repenser à cette nuit et la revivre en rêve. Pour l'instant, elle devait se concentrer sur sa mission. Et elle pouvait remercier

Ian pour autre chose : grâce à lui, elle n'avait pas eu le temps de s'angoisser à propos de la réunion. Jusqu'à maintenant.

Elle avança en regardant le numéro des portes qu'elle dépassait. Elle avait refusé la présence d'un accompagnateur et se félicitait d'être dispensée de conversation dans l'état où elle se trouvait, mais n'avait en conséquence personne pour la guider. Elle finit tout de même par arriver à une grande salle de conférences vitrée. Plusieurs personnes étaient déjà là, occupées à discuter par petits groupes ou à se servir au buffet. Ian aurait été dans le ton avec son costume sombre sur mesure. Elle, en revanche...

Après avoir lissé sa robe jaune du revers de la main, elle franchit la porte et son cœur se mit à battre plus fort. On lui avait pourtant répété qu'elle n'aurait qu'un rôle mineur à jouer : signer, serrer des mains et s'en aller.

Elle pensa de nouveau à Ian. Où qu'il soit, elle espérait que son rendez-vous se passait bien.

Comme elle entrait dans la salle, les têtes se tournèrent vers elle et elle marcha droit vers le premier cadre de Lakes of Wonder qu'elle reconnut.

— Bonjour, Teri, lui dit-elle en lui serrant la main. Ravie de vous revoir. J'espère que je ne suis pas en retard.

— Pas du tout, l'équipe de BBA n'est pas encore arrivée. Vous prenez quelque chose ?

— Du café. Beaucoup de café.

— Est-ce qu'une grande tasse fera l'affaire ? demanda Teri en riant.

— Pour commencer, oui.

Teri fit signe à un serveur et, quelques instants plus tard, Anna était assise à un bout de la grande table avec une tasse fumante posée devant elle. Son fauteuil en cuir était si large et le dossier si haut qu'elle se sentait comme une enfant autorisée exceptionnellement à dîner avec les adultes.

Elle regarda les documents posés devant elle. Même si elle ne les avait pas lus, elle avait eu connaissance des sommes engagées et le montant de cette transaction ne cessait pas de la stupéfier, elle qui n'avait jamais traité d'affaire plus importante que celle d'une vente de meubles au sein du commerce de ses parents.

Ses parents.

Anna ferma les yeux en serrant les paupières. Quand elle les rouvrit, elle put constater que personne ne faisait attention à elle et que personne d'autre n'avait encore pris place à table. Elle percevait des bribes de conversations sans les comprendre. Au cas où elle ne l'aurait pas encore compris, le message était clair : tout le monde la considérait comme une intruse qui n'avait rien à faire là.

En regardant son téléphone, elle vit que Maritza lui avait envoyé plusieurs messages pour prendre de ses nouvelles. Et pour cause. Exceptionnellement, elle n'avait pas appelé Pepa à son réveil pour lui dire bonjour. Pour sa défense, elle avait été quelque peu occupée.

Puisque la réunion ne semblait pas sur le point de commencer, elle pouvait prendre quelques secondes pour téléphoner. Elle se leva donc et alla se mettre dans un coin.

— Contente de te savoir en vie, plaisanta Maritza en décrochant.

— Pepa est en colère ?

— Non, ça va. Elle était excitée d'aller à l'école pour partager sa moisson de bonbons de Halloween.

— Tant mieux. Je suis désolée de ne pas avoir appelé.

— Cela ne te ressemble pas, donc j'espère que tu as une bonne excuse. Une *très* bonne excuse.

— Euh...

Anna se sentit rougir.

— Raconte-moi tout ! s'exclama Maritza, comme si elle la voyait.

— Je le ferai, mais pas tout de suite. Je suis en salle de réunion. Les représentants de BBA vont bientôt arriver.

Elle regarda par la fenêtre qui donnait sur les coulisses de Lakes of Wonder. Elle voyait l'arrière du bâtiment qui abritait les attractions de Buccaneer Bayou et apercevait le haut du Phare en arrière-plan. D'où qu'elle le regarde, le parc l'émerveillait toujours autant. Elle repensa à sa conversation d'hier soir avec Ian et un élan de désir l'assaillit.

Il fallait qu'elle se ressaisisse.

En se retournant vers le mur, elle remarqua trois photos encadrées et s'en approcha instinctivement. La première, en noir et blanc, montrait la tour du Phare en cours de construction au milieu d'un champ de boue. Deux hommes portant un casque de chantier posaient côte à côte, face à l'objectif. Elle reconnut l'un d'eux pour l'avoir vu en photo sur Internet : Archibald Lochlainn. Il tenait un bébé dans les bras. Un bébé qui était sûrement son fils unique, Keith Lochlainn.

Keith, son grand-père biologique.

— Anna, tu es là ?

— Oui, excuse-moi.

— Tu étais encore partie.

— Désolée. Tu sais… c'est vraiment étrange d'être ici.

— Tout est étrange depuis que cet avocat est venu de voir.

Maritza fit une pause avant d'ajouter :

— Est-ce que tu m'en veux ?

— De quoi ? demanda Anna avec stupeur.

— De t'avoir encouragée à envoyer ton ADN à cette entreprise. Je pensais que ce serait amusant. Je n'imaginais pas…

— Évidemment que tu n'imaginais pas !

Anna entendit de la colère dans sa propre voix et s'efforça de l'adoucir.

— Maritza, comment aurais-tu pu savoir ?

Si seulement Anna n'avait jamais ouvert à cet avocat… Alors le sol ne se serait pas dérobé sous ses pieds ce jour-là.

Ses parents lui avaient caché la vérité sur sa conception. Son père biologique n'était pas Glenn Stratford. Contrairement à ce qu'elle avait toujours cru, ce n'était pas de lui qu'elle avait hérité ses boucles blondes et ses petites taches de rousseur. Non, ses parents avaient fait appel à un donneur anonyme pour avoir un enfant.

Et l'identité de ce donneur avait finalement été dévoilée. Il s'agissait de feu Jamie Lochlainn, le fils de Keith, qui avait vendu ses spermatozoïdes à une clinique de fertilité pour financer ses études à l'époque où il était en froid avec son père.

— Écoute, je n'ai pas à me plaindre, ajouta-t-elle pour rassurer sa cousine. Regarde où je suis. En Californie, à Lakes of Wonder, voyage tous frais payés.

— Oui, et c'est une partie du problème. Tu t'es enfuie sans avoir adressé un mot à tes parents. Et tu refuses toujours de leur parler. Tu leur manques. S'il te plaît, Anna, appelle-les.

— Je le ferai, promit-elle en soupirant. Plus tard. Laisse-moi déjà traverser l'épreuve de cette signature officielle.

Lors de la Visite, Bingham Lockwood, l'avocat dont elle n'oublierait jamais le nom, ne lui avait pas seulement révélé la vérité sur son ascendance. Il lui avait aussi fait une proposition : si elle concluait la vente de Lakes of Wonder au groupe BBA avant la fin de l'année, elle gagnerait sa place sur le testament de Keith Lochlainn.

Le testament de son grand-père.

Le grand-père dont elle avait jusque-là ignoré l'existence.

Malgré ses demandes, elle ne savait toujours pas pourquoi Keith avait décidé d'emprunter un chemin aussi compliqué. Cela aurait dû être simple : soit il acceptait qu'elle soit sa petite-fille biologique, soit il ne l'acceptait pas. Peut-être qu'il considérait cette épreuve comme un rite initiatique par lequel elle devait passer pour entrer dans la famille Lochlainn.

— D'accord, répondit Maritza. Bonne chance, et je suis là si tu as besoin de moi.

— Merci. C'est moi qui devrais être là pour toi et Pepa.

— Ne nous oublie pas si tu deviens l'héritière de Keith Lochlainn ! plaisanta sa cousine. Plus sérieusement, je sais que ce n'est pas ce qui t'a motivée. Sache juste que... que nous t'aimons tous. Cette histoire ne change rien pour nous. Tu restes notre Anna.

— Merci, Maritza.

Anna baissa les paupières pour retenir ses larmes.

— Malheureusement, pour moi, cela change beaucoup de choses.

— Je comprends.

Elles se dirent au revoir, et, après avoir raccroché, Anna regarda le deuxième cadre accroché au mur. On y voyait le Phare terminé, se dressant haut dans le ciel bleu, et à côté de lui Seamus, le serpent mécanique, qui sortait de l'eau. On racontait qu'il avait craché du vrai feu à son âge d'or, mais plus personne ne savait si c'était une légende ou la réalité. Au premier plan de la photo se trouvait Archibald. Il était beaucoup plus âgé que sur la première et un peu voûté, mais son regard gardait la même force. Keith était debout à côté de lui, âgé d'une quarantaine d'années. Et dans ses bras il y avait...

Le petit Jamie. Qui souriait au photographe comme s'il savait que ce royaume serait un jour le sien.

Instinctivement, Anna tendit la main vers ce visage enfantin. Elle reconnaissait son air malicieux pour l'avoir vu sur des photos d'elle petite.

La troisième photo avait été prise récemment, à l'occasion du soixante-dixième anniversaire de Lakes of Wonder. Mais il n'y avait personne dessus. Seulement la tour blanche, photographiée aux premières lueurs du jour, toujours superbe mais paraissant abandonnée.

Que s'était-il passé ? Comment une famille aussi fière de son œuvre avait-elle pu décider de la vendre ?

Il y eut du bruit derrière elle et Teri s'approcha.

— Anna ? L'équipe de BBA est arrivée. Nous allons pouvoir commencer, si tu es prête.

— Bien sûr.

Anna afficha un grand sourire et se retourna pour saluer les nouveaux arrivants. Alors qu'elle serrait la main de l'une des dirigeantes de BBA, elle entendit une voix masculine :

— Pardon pour notre retard, c'est ma faute.

Anna se figea. Elle connaissait cette voix. Elle l'avait encore entendue ce matin. Au lit.

Ian.

C'était impossible. Elle se faisait des idées. À force de penser à lui, elle croyait l'entendre.

Elle tourna la tête et sentit ses jambes faiblir. Non, elle n'avait pas rêvé. Ian était bien là, dans l'encadrement de la porte, dernier arrivé.

— Bonjour à tous, dit-il en élevant la voix. Ian Blackburn, P-DG de BBA. Très heureux de vous rencontrer enfin en personne.

Son regard s'arrêta sur Anna et il eut l'air de retenir un sourire, puis il fut entouré par les dirigeants du groupe Lochlainn qui venaient l'accueillir.

— Si nous prenions quelques minutes pour nous servir du café ? proposa Teri.

Les équipes des deux entreprises s'approchèrent du buffet en discutant. Anna, sous le choc, combattit son vertige et parvint à rejoindre son siège en bout de table. Une tasse de café apparut devant elle, et elle leva la tête pour remercier la personne qui la lui avait apportée.

Ian était là, penché vers elle.

— Re-bonjour, murmura-t-il avec un sourire en coin. Espérons que cette signature se passe de manière aussi… agréable que la nuit dernière. Je dois bien dire que je ne m'étais jamais aussi bien entendu avec quelqu'un de chez Lochlainn.

Il était amusé. Non, pire que cela. Il était méprisant.

— Tu étais au courant ?

— De quoi ? demanda-t-il.

— Que nous serions assis face à face à cette table aujourd'hui.

Il continuait à sourire.

— Bien sûr. Le groupe Lochlainn nous a informés la semaine dernière de ta présence lors de la signature.

*Bien sûr !*

Elle sentit son cœur cogner contre sa poitrine.

— C'est la raison pour laquelle tu m'as abordée sur la terrasse.

— Je voulais te rencontrer avant la réunion. Et je n'ai aucun regret. Comme promis.

Sa voix semblait venir de loin, comme si elle avait la tête sous l'eau. C'était un cauchemar. Comment avait-elle pu être aussi naïve ?

Elle ne pouvait s'en prendre qu'à elle-même. Si elle avait pris la peine de se renseigner davantage sur le secteur des parcs d'attractions, elle en aurait connu les acteurs principaux. Mais tout s'était passé tellement vite… La découverte du mensonge de ses parents l'avait bouleversée et elle avait dû faire de gros efforts pour sauver la face devant Maritza et Pepa. Puis il lui avait fallu réorganiser son emploi du temps en toute hâte afin de s'envoler à temps pour la Californie. De surcroît, Bingham Lockwood lui avait affirmé qu'elle n'aurait qu'à faire acte de présence et qu'elle n'avait rien à préparer. Sa mission se résumait à apposer sa signature en bas du contrat de vente.

Une fois de plus, elle avait fait ce que les autres attendaient d'elle sans poser de questions, sans prendre le temps de réfléchir à la situation. Et au moment où elle avait cru s'émanciper en s'offrant une nuit de plaisir avec un inconnu, elle avait été dupée. Car s'il avait été un inconnu pour elle, il savait très bien, lui, à qui il avait affaire.

Pourtant, le seul fait de sentir son parfum lui faisait de nouveau perdre ses moyens. Elle ferma les yeux pour ne plus voir le décor tourner autour d'elle. Quand elle les rouvrit, Ian la regardait fixement.

— Qu'est-ce qu'il y a ? demanda-t-elle en contenant difficilement sa colère.

— Tu ne savais pas.

— Il y a beaucoup de choses que je ne sais pas.

— Tu ne savais pas que je serais là aujourd'hui, précisa-t-il. En tant que P-DG de BBA.

— Bien sûr que si.

Elle devait garder son aplomb. C'était suffisamment humiliant de savoir que Ian n'était pas venu vers elle parce qu'elle lui plaisait, mais par calcul.

Et pourtant, elle brûlait encore de désir rien qu'en le regardant.

Elle adopta son attitude la plus professionnelle, comme lorsque des clients achetaient un canapé trop grand pour leur maison malgré ses mises en garde et la tenaient ensuite responsable de cette erreur.

— Je suis seulement surprise qu'on t'ait prévenu de ma présence, poursuivit-elle.

Ce n'était pas entièrement faux. Elle avait été intégrée très récemment au processus.

— Nous n'avons pas réussi à savoir quel poste tu occupais chez Lochlainn, souligna-t-il. Développement commercial, j'imagine ?

— C'est une question intéressante. Mais...

Teri s'assit à côté d'Anna.

— Bien ! dit-il. Je vois que vous avez fait connaissance.

— Oui, répondit Ian sans quitter Anna des yeux. En fait, nous discutions de ce que fait Anna chez Lochlainn.

— Qu'est-ce qu'elle ne fait pas ? répliqua Teri.

— Ne fait pas, dit Anna. Voilà...

— Anna est en liaison étroite avec Keith Lochlainn, dit Teri en s'adressant à Ian par-dessus Anna. Elle est envoyée par le siège de New York spécialement pour superviser la signature de la vente. C'est bien cela, Anna ?

Le regard de Teri était facile à interpréter. Il disait à Anna : « Attention à ce que vous allez dire. »

Anna acquiesça en évitant de regarder Ian.

— En effet, reprit-elle, je suis ici à la demande de Keith Lochlainn.

— Alors mettons-nous au travail, conclut Teri en ouvrant le dossier posé devant elle.

# 6

— Lu et approuvé, dit Ian.

Il signa la dernière page du contrat d'un geste théâtral, puis fit glisser la pile de feuilles vers Anna.

— À votre tour, déclara-t-il.

Elle bougea sur son siège et il sourit. Apparemment, elle avait autant de mal que lui à se concentrer. Avait-elle aussi à l'esprit des images de leur nuit sensuelle ?

Cette matinée s'était mieux passée qu'il l'avait craint. Non seulement il s'était inquiété à tort d'un retournement de dernière minute, mais il avait en plus le plaisir de contempler la femme incroyable avec qui il avait passé des heures divines.

Il préférait la version d'Anna qui avait partagé son lit, les cheveux emmêlés et les lèvres rougies par leurs baisers. Mais celle qui était assise maintenant en face de lui dans sa robe jaune était merveilleusement sexy. Il était surpris qu'elle n'ait pratiquement pas pris la parole au cours de la réunion, laissant les autres dirigeants de Lochlainn s'exprimer au nom du groupe. Elle préférait visiblement regarder les photos accrochées au mur. Les quelques fois où leurs regards s'étaient rencontrés, elle était restée impassible, lui rappelant ses talents d'actrice. Cette nuit, cependant, il savait qu'elle n'avait pas joué la comédie. Il n'avait aucun doute. Et une fois la réunion terminée...

Ils s'étaient mis d'accord pour que leur aventure se limite à une seule nuit. Du reste, il devait partir pour Hong Kong le soir même. Mais peut-être serait-elle tentée par l'idée de le revoir prochainement, pour découvrir si l'étincelle était toujours là.

Quand elle posa enfin les yeux sur lui, il lui sourit en se remémorant la douceur et la chaleur de son corps. Elle dut lire dans ses pensées car elle rosit adorablement avant de baisser les yeux pour parcourir le document.

Pendant quelques instants, elle resta ainsi, le stylo en suspens au-dessus de la pile de feuilles. Puis elle le posa, leva les yeux et croisa les bras.

— Pourquoi voulez-vous acheter Lakes of Wonder ? demanda-t-elle.

Il fronça les sourcils.

— Nous venons de passer deux heures à en parler.

— Non, vous venez de passer deux heures à discuter des conditions financières pour conclure que le prix était juste. Vous n'avez pas dit pourquoi vous vouliez acheter le parc.

Le silence se fit dans la salle. Tous les regards se fixèrent sur eux. Ian garda une expression neutre.

— C'est une bonne décision commerciale, répondit-il.

— Cela ne répond pas à ma question.

— BBA possède des parcs d'attractions. Lakes of Wonder correspond à notre activité. Pour cette raison, nous vous avons fait une offre juste. Parc 101, glissa-t-il avec un sourire.

À son grand regret, elle lui répondit par un regard sévère et son visage se crispa.

— Il vous correspond, vraiment ? rétorqua-t-elle. C'est un parc familial. Ceux que possède BBA s'adressent aux adolescents en quête de frissons et aux amateurs de sensations fortes. Il est difficile de satisfaire deux cibles aussi différentes. C'est comme, par exemple…

Elle hésita puis continua précipitamment :

— Comme un magasin de meubles qui vend de grosses pièces pour des grandes maisons, et un autre qui se consacre à du mobilier peu encombrant et multifonctionnel. Ils ne seront pas du tout agencés de la même manière. Une même enseigne n'aurait pas d'intérêt à combiner les deux.

Ian n'avait plus envie de sourire. Anna avait raison, bien sûr, même si son exemple n'avait pas l'acuité qu'il attendait d'une dirigeante du groupe Lochlainn. Mais à quoi jouait-elle ? Pourquoi soulever ce point à la dernière minute ?

— Vous voulez parler de synergies, je pense. Mais les dépenses engendrées par l'acquisition de Lakes of Wonder ne regardent que nous. Cette transaction est avantageuse pour la Lochlainn Company, c'est la seule chose qui devrait vous préoccuper.

— La dernière fois que nous nous sommes parlé, vous m'avez dit que les parcs d'attractions n'apportaient pas de bonheur aux gens. Qu'il ne s'agissait que de marketing. C'est vraiment ce que vous pensez ?

Oui, c'était ce qu'il pensait. Parce que, ayant grandi dans les parcs d'attractions, il savait qu'ils n'avaient pas le pouvoir d'unir une famille. Ils ne créaient pas de superbes souvenirs, et certainement pas des souvenirs qu'il voulait garder éternellement en mémoire. Ils étaient plutôt la source de conflits internes, de coups de poignard dans le dos et d'infarctus précoces.

— Ce que je pense a-t-il une importance dans le contexte de cette réunion ? Nous nous sommes mis d'accord sur les termes du contrat. Sur le financement. Mon opinion personnelle n'a pas de rapport avec cette discussion. Je laisse mon équipe marketing s'occuper du marketing. D'autres questions ? demanda-t-il à l'ensemble des dirigeants de Lochlainn. Non ?

Il regarda sa montre avant de s'adresser de nouveau à Anna :

— D'après le programme, nous devons poser pour les photos officielles de la vente dans un quart d'heure, donc...

Anna le dévisagea. Elle avait vraiment des yeux magnifiques. Il lui sourit et fit un signe de tête vers son stylo pour qu'elle le reprenne en main. Il crut qu'elle le ferait mais, au lieu de cela, elle referma le dossier qui contenait le contrat. Puis elle repoussa son fauteuil, mit son sac à main sur son épaule et se leva.

— Je suis navrée de vous avoir fait perdre votre temps mais il n'y aura pas de signature aujourd'hui, déclara-t-elle.

Et elle sortit de la salle.

Ce fut un vrai chaos. Tout le monde se mit à crier en même temps, si bien que Ian ne savait plus qui disait quoi. Quand plusieurs cadres du groupe Lochlainn voulurent courir après Anna pour la ramener à la raison, Ian les en dissuada.

— Laissez, dit-il. Je m'en charge.

Il arrivait à la porte quand Tai le rejoignit.

— Tu es sûr ? demanda son ami. Nous avons peut-être un motif pour leur intenter un procès. Nous ferions mieux de partir.

— Non, c'est ma... C'est peut-être une vengeance.

Tai resta une seconde bouche bée.

— Il vaut mieux que je n'en sache pas plus, j'ai l'impression.

— Tu veux bien calmer les choses ici ? demanda Ian. Dis-leur que notre volonté d'acquérir le parc est intacte.

— Bien sûr.

Ian courut dans le couloir pour rattraper Anna.

— Anna ! appela-t-il en la voyant en train d'attendre l'ascenseur.

Elle l'ignora et entra dans la cabine. Il accéléra et arriva au moment de la fermeture automatique des portes, juste à temps pour se jeter à l'intérieur. Elle fit un pas en arrière et le regarda avec stupeur.

— Tu peux m'expliquer ? demanda-t-il, hors d'haleine.

Elle se détourna en soufflant avec agacement.

— J'ai décidé de ne pas signer.

— Tu n'as pas le droit. BBA et Lochlainn ont passé un accord.

— Je l'ai fait quand même.

— Nous pouvons vous poursuivre en justice.

— Je n'ai pas dit que je n'allais pas vous vendre Lakes of Wonder. J'ai dit que je ne signerais pas aujourd'hui.

L'ascenseur s'arrêta brusquement. Anna poussa un petit cri et se mit contre la paroi.

— Que se passe-t-il ? demanda-t-elle.

— J'ai appuyé sur le bouton d'arrêt d'urgence.

— Tu… Mais pourquoi l'alarme ne s'est pas déclenchée ?

— Il y a deux boutons différents, répondit-il en les lui montrant. C'est un vieil appareil. Ce bâtiment date de la construction de Lakes of Wonder.

Elle fit un mouvement en direction du tableau de contrôle mais il se mit en travers de son chemin.

— Tu n'as rien à craindre, assura-t-il.

— Coincée ici avec toi ?

— La proximité n'avait pas l'air de te déranger cette nuit.

Elle devint écarlate.

— Les gens ont besoin de cet ascenseur, figure-toi. Tu penses à ceux qui ont du mal à se déplacer et qui sont peut-être en train d'attendre ?

— Il y en a trois autres.

Il s'approcha d'elle et poursuivit :

— Tu sais que cette réunion était l'aboutissement de mois de négociations. De centaines de mails échangés, de visioconférences, de recherches, de calculs…

— Oui, je le sais. Et je suis désolée. Mais je… Je ne peux pas.

Elle était vraiment très bonne actrice. Il était presque prêt à croire à son expression de regret. Presque. Mais après tout ce qui s'était passé entre eux depuis hier soir, il ne pouvait plus croire à son air ingénu.

Il était si près de débarrasser BBA de l'influence désastreuse de Harlan ! De libérer non seulement son entreprise, mais aussi sa famille, de ce poison qu'était son ex-beau-père ! Tout ce qu'il lui fallait, c'était acquérir Lakes of Wonder pour obtenir le soutien de son oncle et de sa cousine.

Cette vente devait se faire. Il n'allait pas laisser cette femme l'empêcher, aussi séduisante soit-elle.

— Tu ne peux pas ? C'est une drôle de réponse.

Il fit encore un pas vers elle. La lumière était faible mais suffisante pour qu'il distingue les ravissantes taches de rousseur qui parsemaient son nez et ses pommettes.

— Tu n'avais pourtant qu'à prendre un stylo et tracer ta signature. Il me semble que tes mains sont assez habiles pour cela, comme tu me l'as montré...

— Tu peux t'arrêter là. Le problème n'est pas ma capacité physique. Mais je ne peux pas...

Elle prit une profonde inspiration et il ne put s'empêcher d'admirer le mouvement de ses seins en se rappelant le bonheur qu'il avait eu à les tenir, à les embrasser, à les sentir contre son torse.

Ce n'était pas le moment de penser à cela.

— Mais pourquoi, Anna ? Qu'est-ce qui te dérange dans cet accord ?

— Toi ! s'exclama-t-elle.

— Moi ? Mais qu'est-ce que...

Il s'interrompit et soupira.

— Écoute, Anna, je n'ai aucun problème de mémoire et je sais que tu étais parfaitement consentante cette nuit. À présent, c'est tout autre chose. Nous parlons d'une transaction de plusieurs milliards de dollars et tu décides sur un coup de tête...

— Ce n'est pas à cause de cette nuit. Enfin, je ne suis pas ravie d'apprendre que tu avais des arrière-pensées...

— Pardon ? De quoi m'accuses-tu exactement ? Attends. C'est donc vrai que tu ne t'attendais pas à me voir à la réunion ce matin ? Tu imagines qu'hier soir...

— Peu importe. Ne parlons plus d'hier soir. Plus jamais. Ce qui est arrivé est arrivé et ne se reproduira pas.

— Alors pourquoi...

— Si Lakes of Wonder doit être vendu, son nouveau propriétaire doit être intéressé par son histoire et son esprit. Pas uniquement par les chiffres !

Il avait donc eu raison de se méfier jusqu'au bout des Lochlainn. Son erreur avait été de croire qu'Anna, malgré son déguisement de fée et son goût pour le rose, serait assez sérieuse pour signer un gros contrat en mettant ses émotions de côté. Bravo, une fois de plus les Lochlainn s'étaient joués de lui.

— Si tu relisais le contrat de vente, tu constaterais que BBA s'attache à satisfaire la clientèle actuelle et future de Lakes...

— Tu ne parles que de l'aspect commercial des choses. Pourquoi veux-tu acheter le parc ? Explique-moi. Convaincs-moi que tu es le bon acquéreur.

En fait, Anna était encore plus dangereuse que les requins qu'il croisait habituellement dans le milieu des affaires. Parce qu'elle utilisait la sincérité plutôt que le cynisme, l'enthousiasme plutôt que le détachement.

Mais peut-être qu'il pouvait transformer cet échec en avantage, en utilisant le temps qu'il avait devant lui pour renforcer ses liens avec les membres du conseil d'administration qui n'étaient pas du côté de Harlan. Ainsi, il s'assurerait plus de votes et n'aurait plus à douter de sa prochaine victoire sur son beau-père.

Il sourit et mit la main contre la paroi de l'ascenseur, juste au-dessus de l'épaule droite d'Anna, pour se pencher vers elle.

— Je serai heureux de te convaincre de tout ce que tu voudras, quand tu voudras.

La respiration d'Anna se fit haletante. Elle sentait le citron et la menthe, la brise estivale et l'air frais. Tout à coup, il eut envie d'oublier Lochlainn et BBA, de s'échapper avec elle pour l'emmener dans un bungalow isolé en bord de mer où il lui ferait l'amour nuit et jour.

Mais elle le ramena à la réalité en le fusillant du regard.

— Je sais à quoi tu fais allusion et je te le répète, cela ne se reproduira pas.

Il se redressa et leva les mains.

— Je ne parlais que de Lakes of Wonder, bien sûr, affirma-t-il.

Elle le scruta pendant de longues secondes. Que cherchait-elle ? Il n'aurait su le dire mais, à en croire son air soucieux, elle ne trouvait pas.

— Entendu, dit-elle finalement. Nous avons notre premier accord.

— Deuxième. Hier soir, tu te rappelles ?

— Soit, le deuxième. Marché conclu.

Elle voulut lui serrer la main.

— Pas si vite, protesta-t-il.

— Qu'est-ce qu'il y a encore ?

— Je ne compte pas attendre ta décision éternellement. Il faut fixer une date butoir.

— C'est légitime. Disons... la Saint-Sylvestre ?

— Le 1er décembre. La vente doit être conclue avant la fin de l'année fiscale de BBA, c'est-à-dire le 31 décembre.

Et avant la prochaine réunion du conseil d'administration.

— D'accord. J'espère que tu es prêt à me démontrer pourquoi je devrais vendre Lakes of Wonder à BBA.

Cette fois, ce fut lui qui lui tendit la main pour sceller leur accord.

— Je serai très minutieux, promit-il.

Elle plissa les yeux en réponse à son sous-entendu, mais accepta tout de même de lui serrer la main. Le courant électrique qui le parcourut dès qu'ils se touchèrent ne le surprit pas.

— Tu as intérêt, répondit-elle. Il faudra que j'obtienne satisfaction. Si tu veux pouvoir acheter le parc, ajouta-t-elle en rougissant.

Oh ! oui, il allait la satisfaire. Il avait la plus grande foi en sa propre capacité à charmer n'importe qui, y compris un caméléon comme Anna, pour obtenir ce qu'il voulait. Il l'avait encore prouvé hier soir.

Il appuya à nouveau sur le bouton rouge et l'ascenseur se remit en marche.

— Tu peux me donner ton numéro de portable ? demanda-t-il.

— Pourquoi ?

— Si nous devons passer du temps ensemble ces prochaines semaines à Lakes of Wonder, ce serait bien que je puisse te joindre.

Arrivés au rez-de-chaussée, ils sortirent dans un hall vide. Anna prit le téléphone de Ian et enregistra son numéro dans ses contacts. Quand il le récupéra, il rit en voyant qu'à la place de son prénom elle avait inscrit « Convaincs-moi ».

— J'ai des obligations à Hong Kong, dit-il, je ne peux pas annuler mon voyage. Pouvons-nous nous donner rendez-vous dans une semaine tout juste ? Une demi-heure avant l'ouverture du parc, à l'entrée VIP.

— Non. Je t'attendrai devant l'entrée principale. Au guichet situé le plus à gauche.

— Ce serait plus rapide d'emprunter l'entrée privée.

— Mais nous ne vivrions pas la même expérience que les visiteurs. Es-tu déjà venu au parc en simple client ?

Il… non. Pas même dans son enfance. En tant que membre de la famille Blackburn, il avait bénéficié d'un traitement de faveur dans la plupart des parcs d'attractions du monde entier.

— Si tu insistes. À l'entrée principale.

Elle illumina le hall sombre de son sourire.

— Ne sois pas en retard, prévint-elle.

Il n'y avait aucun risque. Il avait trop besoin d'aller au bout de cette vente.

Et trop envie d'Anna Stratford.

Il ne voyait pas pourquoi il ne pourrait pas faire les deux en même temps. Séduire de nouveau Anna et la persuader de lui vendre le parc.

La perspective de battre les Lochlainn à leur propre jeu le réjouissait d'avance.

# 7

Anna regarda l'heure sur son portable et soupira avant de le remettre contre son oreille.

— Il va arriver, assura-t-elle à Maritza qui était à l'autre bout du fil.

Elle tapait du pied, incapable de tenir en place. Elle n'était tout de même pas nerveuse à l'idée de revoir Ian Blackburn… si ?

Si, elle était nerveuse. Et terrifiée. Elle avait mis un coup de couteau dans le gros contrat entre la Lochlainn Company et BBA. Elle avait mis en péril une transaction de plusieurs milliards de dollars sur un coup de tête, seulement à cause des photos qu'elle avait vues sur les murs de la salle de conférences. Ces images du passé lui avaient fait ressentir le besoin d'en savoir plus sur ce lieu qui avait tant compté pour les Lochlainn et que Keith avait fini par abandonner.

Nerveuse, terrifiée… et excitée. Elle avait les mêmes frissons qu'à chaque fois qu'elle pensait à Ian depuis une semaine.

Il n'avait pas été très clair sur son identité lors de leur rencontre. De son côté, elle n'allait pas lui dire qu'elle était une descendante des Lochlainn. Bingham Lockwood avait été explicite : si elle révélait la vérité, elle perdrait sa place sur le testament de Keith. Mais à chaque fois qu'elle essayait de se raccrocher à sa colère d'avoir couché avec Ian sans savoir qui il était, elle se revoyait dans ses bras et se trouvait incapable de regretter la nuit la plus incroyable de sa vie.

— Oui, il va arriver, répondit Maritza avec ironie. Au tribunal. Je ne parviens toujours pas à comprendre ce que tu avais dans la tête.

— Eh bien… Je ne sais pas. J'ai réagi de façon impulsive.

— Tu n'as toujours pas de nouvelles des dirigeants de Lochlainn ?

— Non.

Curieusement, personne ne l'avait contactée depuis son refus de signer la vente. C'était inquiétant. Elle avait juste reçu un mail groupé, adressé à tous ceux qui avaient participé à la réunion, leur rappelant qu'Anna gardait les rênes de la négociation avec BBA.

— Ils ont l'air de me laisser gérer la situation.

— C'est étrange, commenta Maritza. Nous parlons de milliards de dollars.

— Je sais.

— Il y a de quoi se poser des questions.

— Je le sais aussi. Mais il y a peut-être une logique dans ce qui nous paraît insensé. Je crois qu'il ne s'agit pas d'une simple transaction, il y a autre chose entre Keith Lochlainn et Ian Blackburn.

— Qu'est-ce qui te faire dire ça ?

Anna hésita.

— Un sentiment, répondit-elle laconiquement.

Elle regarda encore l'heure sur son téléphone.

— Anna…, soupira Maritza.

— Mes sentiments m'ont-ils déjà trompée ?

À peine avait-elle posé cette question qu'elle se mordit la lèvre.

— Je dois vraiment te répondre ?

— Si tu fais allusion au mensonge de mes parents…

— Non, je fais allusion au fait que tu prétends pouvoir continuer à ignorer tes parents. Tu as dit que tu les appellerais.

— Oui, soupira-t-elle. Mais… Tu sais ce qui me fait le plus souffrir depuis la Visite ? Ce n'est pas que mes parents m'ont menti, ou plutôt caché la vérité. C'est qu'une famille uniquement reliée à moi par un test ADN ait suffisamment confiance en moi pour me confier la responsabilité d'une telle opération, alors que ceux qui m'ont élevée acceptent tout juste de me laisser parler à leurs clients.

— C'est peut-être ce que tu ressens, mais fais attention. Tu n'es pas en train de t'amuser à décorer un salon.

— M'amuser ? Tu vois, toi non plus tu ne me prends pas au sérieux.

— Ce n'est pas ce que je voulais dire. Tu dis toi-même que tu vois ton travail comme un jeu.

— Parce que j'aime ce que je fais !

Anna se passa la main sur le front et reprit :

— Je sais que mes parents et toi, vous ne voulez que mon bien. Mais j'ai besoin d'aller au bout de cette histoire. Et j'ai besoin de plus de temps avant de pouvoir leur parler.

— D'accord, répondit Maritza. Souviens-toi juste que ta décision concerne un emblème de l'enfance pour beaucoup de gens.

— Raison de plus pour que je creuse afin de découvrir les dessous de ce contrat.

— Ou afin de passer plus de temps avec Ian Blackburn ? rétorqua Maritza d'un ton moqueur.

Cela faisait sept jours – et autant de nuits – qu'Anna s'efforçait de se convaincre du contraire.

— On m'a confié une mission que je veux accomplir consciencieusement, se défendit-elle.

— Si tu le dis. Je dois te laisser, rappelle-moi après ton rendez-vous galant !

— Ce n'est pas un rendez-vous galant ! protesta Anna.

Trop tard, Maritza avait déjà raccroché.

— Ce n'est pas un rendez-vous galant ? Je me suis rasé pour rien alors.

Anna sursauta et tourna la tête. Ian était là, debout à côté d'elle, le sourire aux lèvres. Comment pouvait-il être aussi sexy si tôt le matin, en jean noir et pull gris foncé ?

Elle regarda ses grandes mains et les revit partout sur son corps, chaudes et tellement habiles…

Non, elle ne devait pas penser à cela. Cette nuit avait été fantastique mais il n'y en aurait pas d'autres.

— Désolée que tu aies perdu ton temps, répondit-elle. D'autant plus que je préfère la barbe naissante.

— J'en prends note.

Son sourire la fit frissonner.Elle roula des yeux et prit un air détaché.

— Je vois que tu portes toujours ta tenue de camouflage.

— Je me suis habillé pour passer une journée dans un parc d'attractions.

— En évitant soigneusement les couleurs.

— Le noir apparaît quand toutes les couleurs sont mélangées. J'en ai donc une multitude sur moi.

Elle ne put s'empêcher de rire.

— Nous y allons ? suggéra-t-elle. J'ai un laissez-passer pour deux personnes.

Il sortit une carte de son portefeuille et la lui montra.

— Tu préfères le tien ou le mien ? plaisanta-t-il. C'est fou tous les avantages que l'on reçoit quand on est prêt à dépenser des milliards. Tout cela pour que la vente soit annulée au dernier moment, ajouta-t-il avec un humour pince-sans-rire.

— Je ne parlerais pas d'annulation, mais plutôt de… report.

Ils pénétrèrent dans le parc et marchèrent en direction du port maritime baptisé Seamus's Seaport. Ils passèrent ensuite le pont qui marquait la limite entre le port maritime et les ports des six lacs que comprenait le parc. Bâti sur le modèle du pont Neuf à Paris, il était plus large de manière à accueillir la foule qui s'y pressait le week-end, et plus encore lors des vacances scolaires.

— C'est calme aujourd'hui, observa Ian.

— Nous sommes vendredi. Les gens travaillent, figure-toi.

— Justement. C'est le jour qu'on prend pour s'offrir un grand week-end. Dans les parcs du groupe BBA, c'est toujours une grosse journée.

— Mais la saison des fêtes commence. Les familles se réunissent davantage.

— Et c'est pourquoi le parc devrait être plus plein que d'habitude. Tout le monde devrait avoir envie de voir les décorations.

Il se tourna vers elle pour ajouter :

— Voici une première raison de vendre. Lakes of Wonder n'attire pas assez de monde pour se maintenir à flot. Contrairement aux parcs BBA.

— Tu ne peux pas construire un raisonnement en te fiant à une seule journée. D'autant plus qu'il est encore tôt, il y aura peut-être du monde cet après-midi.

— Je serais d'accord avec toi si je n'avais pas consulté l'historique de fréquentation qui se trouve en annexe du contrat de vente.

Anna n'avait plus rien à répondre. Elle s'en serait bien prise à la météo mais il faisait un temps superbe. Le soleil faisait scintiller la surface de l'eau et éclairait le Phare d'une lumière éclatante qui n'avait pas la couleur orangée de celle de la Floride. Anna avait toujours cru que la Californie était sèche comme le désert, poussiéreuse et chargée de fumée de pots d'échappement. À présent elle comprenait pourquoi tant de personnes voulaient y vivre.

— Asseyons-nous ici, dit-elle en montrant un banc sculpté en bois et fer forgé.

— Tu es déjà fatiguée ?

— Non. Mais nous sommes ici pour observer, non ? Alors observons.

Sans cacher son scepticisme, Ian la suivit et prit place à côté d'elle. Le banc offrait une vue parfaite à la fois sur les gens qui entraient dans le parc à gauche et sur le Phare des Surprises qui s'élevait sur la droite.

— Et maintenant ? demanda-t-il.

— Maintenant nous regardons.

— Pendant combien de temps ?

Elle se tourna vers lui.

— Tu n'es pas capable de rester tranquille ?

— On dirait que tu parles à un petit enfant qui refuse de faire la sieste.

— Et donc ?

— Je ne connais pas votre philosophie chez Lochlainn, mais voici la nôtre chez BBA : « Le temps, c'est de l'argent. »

Elle leva les yeux au ciel.

— Dans mon métier, il est toujours plus sage d'observer le comportement des clients en situation avant de faire de grands changements.

— Dans ton métier, oui. Mais quel métier ? Je ne sais toujours pas ce que tu fais chez Lochlainn.

Il se laissa aller en arrière et étendit les bras sur le dossier du banc. La tentation de s'installer tout contre lui était forte. Tellement forte…

Elle inspira profondément et resta assise tout au bord du siège.

— Qu'est-ce que je ne fais pas, répliqua-t-elle en écho à la phrase de Teri le jour de la réunion.

Il la fixa en plissant les yeux.

— Tu ne fais pas partie de l'équipe de développement commercial. J'ai vérifié. Aucune Anna Stratford n'est inscrite au barreau de New York, donc tu n'es pas avocate non plus. Tu…

— Regarde ! s'exclama Anna en voyant courir un petit garçon d'un an et demi ou deux ans.

Il portait un T-shirt avec le logo de Lakes of Wonder et avait lâché la main de sa mère, qui pressait le pas pour le suivre.

— Il va vers les ballons gonflables, devina Anna.

Quelques secondes plus tard, le petit garçon s'arrêta net devant le vendeur qui déambulait avec ses ballons à l'effigie de Seamus. Sa mère le rattrapa, sourit au vendeur, prit son fils dans ses bras et voulut s'éloigner. L'enfant se mit alors à crier en se débattant, les mains tendues vers les ballons gonflés à l'hélium qui flottaient en l'air.

— Le pauvre, murmura Anna.

Elle se leva mais Ian la retint en lui prenant le bras. Ce simple contact lui fit l'effet d'un feu.

— Quoi ? demanda-t-elle.

— Elle a ses raisons pour ne pas acheter de ballon à son fils. Et elle essaie de le distraire avec les petites carottes sorties de son sac au lieu de lui offrir un encas vendu dans les allées du parc. Il faut se concentrer sur les clients qui dépensent leur argent sur place.

— Peut-être qu'elle tient seulement à ce qu'il mange des aliments sains.

— Les stands proposent aussi des sachets de carottes.

— Pour un prix dix fois supérieur à ce qu'on peut trouver ailleurs.

— L'alimentation est l'un des postes les plus importants pour les revenus de Lakes of Wonder. Les gens qui viennent seulement se promener ici ne rapportent rien. Tu veux apprendre quelque chose sur le commerce ? demanda-t-il avec un sourire malicieux. Les revenus doivent être supérieurs aux dépenses pour équilibrer les comptes.

Cet homme était insupportable.

— Merci pour cette leçon d'économie. Je vais voir si elle a besoin d'aide. Peut-être qu'elle, contrairement à d'autres, apprécierait un peu de gentillesse.

Sur ces mots, Anna se libéra – à contrecœur – de la main de Ian et marcha vers la femme qui essayait de remettre son fils dans sa poussette.

— Comment ça, contrairement à d'autres ? lança Ian.

Si Anna l'entendit, elle fit comme si ce n'était pas le cas. Il allait visiblement devoir changer de tactique s'il voulait arriver à ses fins. Cette négociation ne ressemblait à rien de ce qu'il avait connu jusqu'alors, et pour la vingtième fois depuis le début de la matinée, il se demanda quel était au juste l'angle d'attaque d'Anna. Ou plutôt, celui de la Lochlainn Company.

Ce qui ne l'empêchait pas de profiter du spectacle, car le simple fait de la regarder était un pur plaisir. Elle portait une tenue de sport comme le soir où elle était venue frapper à la porte de sa chambre, mais avait remplacé le rose par le vert. Autant dire qu'elle ressemblait plus à une cliente du parc qu'à une dirigeante de grande entreprise, ce qui n'était sans doute pas innocent de sa part.

Après avoir discuté un instant avec la jeune mère, Anna alla voir le vendeur et rapporta un ballon au petit garçon fou de joie. La mère semblait aussi heureuse que le fils, et Anna plus encore.

Elle était aussi généreuse que lumineuse.

Comme elle revenait vers lui, Ian remarqua des motifs sur ses vêtements, des sortes d'écailles qui rappelaient étonnamment Seamus.

— Tu es vraiment une grande fan de Lakes of Wonder, dit-il quand elle fut de retour.

Elle se rassit. Un peu plus près de lui.

— Je me suis renseignée sur la façon dont s'habillaient les gens pour venir au parc. Je voulais être dans le ton pour ma première fois.

Elle bougea la tête au rythme des battements de tambourqu'on entendait de plus en plus fort.

— L'ensemble de percussions arrive !

— Il y avait une fanfare complète autrefois, mais les réductions budgétaires ont eu raison d'elle. Comment est-ce possible que ce soit ta première fois à Lakes of Wonder ?

— Hein ? demanda-t-elle en écarquillant les yeux. Ah ! Non, je voulais dire, ma première fois avec une tenue inspirée par Seamus. Allons voir les musiciens.

Elle se leva sans attendre sa réponse.

Il la regarda s'éloigner. Oui, c'était sûrement la première fois qu'elle portait cette tenue, mais ce n'était pas ce qu'elle avait voulu dire dans un premier temps. Il en était certain.

Ayant senti son téléphone vibrer plusieurs fois dans sa poche, il le sortit et consulta rapidement les notifications. La secrétaire de Harlan lui avait envoyé un message urgent pour lui signaler que Harlan le cherchait. Ian l'effaça. Simonetta Igwe, membre du comité de direction, avait besoin de le joindre. Il lui donna un rendez-vous téléphonique pour la soirée, puis répondit aux autres SMS les plus importants avant de ranger son portable.

Il n'avait pas prévu de passer toute la journée au parc. Il avait seulement libéré deux heures de son emploi du temps, mais percer le mystère de plus en plus grand que représentait Anna Stratford était devenu sa priorité. Parce qu'il devait à tout prix conclure cette acquisition avant la fin de l'année, bien sûr. Pour aucune autre raison.

Certainement pas parce qu'à Hong Kong, incapable de trouver le sommeil à cause du décalage horaire, il avait repensé à son sourire, à son regard pétillant, au goût exquis de ses lèvres et de sa peau, à sa sensualité...

À son air consterné quand elle l'avait vu entrer dans la salle de réunion.

Ce souvenir lui donnait mauvaise conscience à chaque fois qu'il lui revenait en mémoire. Peut-être aurait-il dû être plus franc avec elle lors de leur rencontre, mais elle l'avait perturbé avec ses paillettes et ses ailes roses. À présent elle pensait qu'il lui avait sciemment caché la vérité pour se moquer d'elle, et cela le dérangeait, même si les Lochlainn n'avaient jamais eu le souci de jouer franc-jeu avec lui.

Le report de la vente avait au moins un effet positif : Ian allait avoir le temps de prouver à Anna que son offre pour acheter Lakes of Wonder était juste et qu'il n'avait l'intention de piéger personne. Contrairement à Keith Lochlainn, Ian Blackburn était un homme d'honneur.

Alors qu'il se levait pour la rejoindre, son téléphone vibra de nouveau dans sa poche. C'était un appel de Tai. Il pouvait ignorer tous les autres mais, si son ami l'appelait, ce devait être important.

— Que se passe-t-il ? demanda-t-il en décrochant.

— C'est à propos de Harlan, répondit Tai à voix basse.

— Il se sert de toi comme messager maintenant ? Sa secrétaire m'a déjà envoyé un message.

— Non, je t'appelle pour te prévenir. J'ai appris qu'il voulait faire passer un vote de défiance contre toi à la prochaine réunion du conseil. C'était censé être confidentiel, mais j'ai mes sources. Il veut te faire éjecter du siège de P-DG.

Ian sentit son sang se glacer dans ses veines.

— Cela veut dire qu'il a ses sources lui aussi, rétorqua-t-il. Il sait ce que j'ai l'intention de faire contre lui.

— Il va utiliser l'échec de l'acquisition de Lakes of Wonder comme prétexte pour te faire tomber.

— L'acquisition n'a pas échoué. Elle est en cours.

— Tu as des garanties du côté de tes soutiens ?

— Pas encore, admit Ian. Olive et Preston ne voteront avec moi que s'ils obtiennent la direction de Lakes of Wonder.

— Et Harlan, tu penses qu'il aura assez de voix pour t'exclure ?

— S'il obtient celles d'Olive et Preston, oui.

— Alors tu n'as pas le choix. Il faut que tu obtiennes la signature d'Anna Stratford.

Ian regarda Anna, debout au milieu du groupe de gens qui écoutaient les percussionnistes. Elle dansait, agitant sa natte blonde. Lorsqu'un enfant lui rentra dedans, au lieu de s'énerver, elle se poussa pour le laisser passer afin qu'il admire le spectacle. Les parents lui présentèrent leurs excuses et la remercièrent.

Il se plaisait tellement à la contempler qu'il fut tenté de rester où il était au lieu de la rejoindre.

— Ne t'inquiète pas, dit-il à Tai, j'y arriverai. D'ici peu. Quand aura lieu le vote ?

— Harlan a voulu provoquer une réunion exceptionnelle du conseil, mais en vain. Donc ce sera en décembre, comme prévu.

— Ce qui me laisse tout le temps de faire en sorte qu'il soit le seul à voter mon exclusion.

Après avoir raccroché, Ian s'approcha d'Anna, qui l'accueillit avec un grand sourire. Depuis qu'il l'avait retrouvée ce matin, il devait faire un effort surhumain pour se retenir de la toucher. Surtout lorsqu'il regardait son legging moulant.

Oui, l'achat de Lakes of Wonder restait sa priorité, mais il comptait bien relever le double défi qu'il s'était fixé. Anna était trop irrésistible pour qu'il ne fasse pas tout son possible afin de la séduire une deuxième fois.

# 8

Séduire Anna prenait plus de temps que Ian l'aurait souhaité.

Non parce qu'il ne savait pas mettre à profit les moments passés avec elle, mais parce qu'il était trop rarement disponible. BBA possédait vingt-trois parcs d'attractions aux États-Unis et sept dans le reste du monde, et de nouveaux projets étaient en chantier dans plusieurs pays. Même s'il n'avait pas eu à se battre contre Harlan, Ian aurait dû travailler soixante heures par semaine sur dix fuseaux horaires différents.

Deux semaines s'étaient écoulées depuis leur premier rendez-vous au parc et il avait tout de même réussi à lui consacrer quelques jours entre-temps. Visiter Lakes of Wonder avec elle était une démarche essentielle pour obtenir sa signature au bas du contrat de vente. L'avenir de BBA dépendait donc de la quantité de temps qu'il passerait avec elle. Voilà qui justifiait entièrement sa décision d'annuler plusieurs réunions et de refuser toute requête l'empêchant d'honorer ses rendez-vous avec Anna. Il agissait uniquement dans l'intérêt de son entreprise.

Sa présence au parc aujourd'hui n'avait rien à voir avec le fait qu'Anna le faisait rire, ou avec la pertinence de ses observations qui, aussi originales et surprenantes soient-elles, le forçaient à voir les choses sous un angle nouveau et à réfléchir autrement.

Non. Il n'avait pas d'autre motif que de lui faire accepter la vente, et éventuellement de lui donner envie de sceller leur accord dans sa chambre d'hôtel. Si la nuit qu'ils avaient passée ensemble lui avait laissé la même impression qu'à lui, elle en aurait forcément envie.

Mais c'était tout.

Du moins, il essayait de s'en convaincre.

Anna était assise à une petite table ronde, sur la terrasse du café de Space Alien. Elle avait les coudes sur la table et le menton appuyé sur les mains. Un sourire doux sur les lèvres, elle observait les visiteurs – trop peu nombreux selon Ian – qui allaient et venaient devant elle. Elle avait une expression à la fois détendue et bienveillante.

Il marcha vers elle et capta son regard. Dès qu'elle le vit, elle afficha un air distant et professionnel, comme elle le faisait depuis la réunion trois semaines plus tôt. Il n'avait pas de raison d'être déçu puisqu'il commençait juste à se rapprocher d'elle.

Pourtant il l'était.

Il lui tendit une crème glacée aux fruits rouges, surmontée d'un biscuit en forme de serpent marin.

— Tiens, dit-il en posant le petit bol devant elle. Voici la meilleure chose servie à Lakes of Wonder. Nous avons essayé d'obtenir l'exclusivité pour nos parcs, mais... cela n'a pas marché.

Parce que les Lochlainn étaient survenus au dernier moment avec une offre supérieure. Évidemment.

Anna prit une bouchée, puis une deuxième. Elle ferma les yeux, comme pour mieux se concentrer sur sa dégustation, puis continua à manger jusqu'à ce qu'il n'en reste plus une goutte. Quand elle passa le bout de la langue sur ses lèvres, il dut détourner le regard pour calmer le désir qui brûlait en lui.

Il ne fut pas aidé par son murmure de satisfaction.

— C'est un délice, dit-elle. Quel que soit le prix que Lakes of Wonder a payé pour l'avoir, ce n'était pas suffisant.

Elle avait raison. Ce qui avait le pouvoir de lui apporter autant de plaisir était forcément inestimable.

— Prête pour les montagnes russes de Buccaneer Bayou ?

— J'ai une meilleure idée. Puisque, selon toi, j'ai besoin d'avoir une vue d'ensemble du parc, pourquoi ne pas suivre tes recommandations à la lettre ?

Elle se leva, le prit par la main et l'attira vers une pancarte qui indiquait « Skyroute to Valhalla ».

Le téléphérique qui menait à Valhalla Fjord.

— Non, dit-il en s'arrêtant net.

— Non, je n'ai pas besoin de voir le parc d'en haut ?

Elle le tira plus fort. Il ne bougea pas d'un centimètre.

— Non, pas au sens littéral.

Il retira sa main de la sienne pour lui indiquer la direction des montagnes russes.

— Nous avons déjà consacré beaucoup de temps à Buccaneer Bayou, lui rappela-t-elle.

— Oui mais tu n'as jamais fait le grand huit. Je voulais te montrer…

— Je sais. « Le meilleur investissement de Lakes of Wonder », dit-elle en le citant. J'ai compris. Mais j'aimerais mieux visiter Valhalla Fjord. Puisque c'est l'une des parties les plus anciennes du parc, je voudrais savoir comment tu imagines son avenir si BBA achète le parc.

— Volontiers, répondit-il en se tournant vers la droite. Empruntons le Valkyrie Bridge. Nous aurons juste à traverser d'abord Heroes Harbor.

— Ou bien…

Elle pointa l'index vers le ciel, en direction d'une cabine suspendue à un fil. Vue d'en bas, cette installation ne semblait même pas assez solide pour supporter le poids de deux chatons.

— Nous prenons le téléphérique, acheva-t-elle.

Non. Il n'en était pas question.

Il vit Anna s'appuyer contre une barrière et se rendit compte qu'elle essayait de soulager ses pieds. Sa peau était rouge aux endroits où frottaient les lanières de ses sandales.

Il retint son objection. En la voyant arriver ce matin avec ces petites chaussures, il l'avait prévenue qu'elles ne seraient sans doute pas idéales pour parcourir les allées bétonnées du parc. Mais elles lui allaient si bien qu'il n'avait pas insisté.

— Tu as mal aux pieds ? demanda-t-il.

Elle commença par secouer la tête, puis soupira et répondit :

— Oui. Ces sandales ne sont pas aussi souples que je le pensais.

Il s'en voulut de ne pas avoir remarqué plus tôt qu'elle n'était pas bien.

— Si nous prenions le téléphérique ?

— Quelle excellente idée ! plaisanta-t-elle.

Le petit seau en métal dans lequel ils montèrent – car c'était bien à cela que ressemblaient les cabines – eut un soubresaut en quittant la station et c'est ainsi qu'ils s'élancèrent dans les airs. Pourquoi diable fallait-il qu'il aille aussi vite ?

Ian évitait de regarder vers le haut pour oublier la minceur du câble qui les tenait. Il évitait de regarder en bas, où les humains étaient réduits à la taille de fourmis. Il évitait de regarder à droite, où des engins aussi dangereux que celui dans lequel il se trouvait circulaient en sens inverse. Il n'avait plus qu'à regarder à gauche.

Là où se trouvait Anna.

Parfaitement à l'aise, elle promenait les yeux autour d'elle en s'amusant à identifier les points de repère du parc.

— Ce n'est pas évident de reconnaître les différents bâtiments d'ici, conclut-elle. Je comprends ce que tu voulais dire en parlant de l'importance d'étendre la représentation thématique du parc.

Elle sortit son téléphone pour prendre des notes.

— Il faudrait un budget pour compléter la décoration des constructions, afin que l'immersion se poursuive jusque dans les airs. Oh ! Regarde, le Phare ! Il n'y a sûrement pas de meilleur endroit pour admirer le feu d'artifice.

— Le téléphérique est fermé le soir.

— Ah bon ? Mais pourquoi ?

Pourquoi n'était-il pas fermé vingt-quatre heures sur vingt-quatre, sept jours sur sept ? Telle était la vraie question.

— Les fumées dégagées par les feux d'artifice, répondit-il.

— Oui, bien sûr.

Elle nota encore quelque chose.

— Je me demande quand même si on ne pourrait pas exploiter davantage cette vue, poursuivit-elle. Peut-être en rouvrant après la fin du feu d'artifice, afin que les gens puissent admirer autrement les lumières du parc ? Ou en créant un autre événement les soirs où il n'y a pas de feu d'artifice ?

Comme elle changeait de position pour se pencher légèrement sur le côté, la cabine remua et Ian sentit son cœur se soulever.

— C'est spectaculaire ! s'exclama-t-elle.

*Concentre-toi sur Anna. Concentre-toi sur Anna. Concentre-toi sur Anna.*

Il se mit à compter les taches de rousseur sur sa joue droite, ce qui l'occupa un moment. Jusqu'à ce qu'il se rende compte que la cabine s'était arrêtée et se balançait davantage de droite à gauche.

Ils étaient bloqués, suspendus dans les airs. Il n'y avait même pas une cabine arrêtée en face d'eux en sens inverse pour qu'ils se sentent moins seuls dans leur malheur. Ian ne voyait que la cabine qui les précédait, loin devant eux.

La gorge nouée, il avala sa salive avec peine.

Jamais il n'aurait dû accepter d'emprunter le téléphérique. Anna aurait pu le prendre seule pendant qu'il passait par la terre ferme.

— Je me demande pourquoi nous sommes arrêtés, dit-elle en se tournant vers lui. Peut-être qu'un passager a besoin de secours à l'une des deux stations.

Il hocha la tête, n'osant pas articuler un mot.

Le vent se renforça. Ce qui aurait été une brise agréable en bas lui fit l'effet d'une rafale terrible et il se cramponna machinalement à la banquette. Il ferma les yeux et, quand il les rouvrit, Anna le fixait avec inquiétude.

— Tout va bien ? demanda-t-elle.

Il acquiesça de nouveau.

— Pourquoi je ne te crois pas ?

Il haussa les épaules. Pour éviter son regard perspicace, il sortit son téléphone de sa poche pour appeler les services de Lakes of Wonder. Peut-être que quelqu'un pourrait lui dire combien de temps allait durer cet arrêt.

Il n'avait pas de réseau.

Ses mains devinrent moites. Sa bouche était de plus en plus desséchée. La cabine avait beau être ouverte, il avait la sensation de manquer d'air.

Une nouvelle bourrasque fit bouger la cabine, et il ferma les yeux, serrant les paupières pour essayer de surmonter son vertige. Il ne voulait pas se montrer faible devant Anna. Parce qu'elle représentait la Lochlainn Company, se répétait-il, et qu'elle risquait d'exploiter la moindre de ses failles contre lui. C'était ainsi que procédaient les Lochlainn et leurs partisans. Si elle décelait des points faibles chez lui, Anna n'hésiterait pas à s'en servir dans la négociation pour la vente de Lakes of Wonder.

Cependant, en voyant son regard plein d'empathie, il sentit son malaise se calmer un peu. La présence d'Anna le réconfortait et lui donnait de la force pour surmonter ce moment pour le moins désagréable.

Anna regarda Ian. Si elle ne se trompait pas – et elle était certaine de ne pas se tromper –, son visage était de plus en plus pâle. Il ne lui avait pas échappé non plus qu'il s'agrippait à la banquette de la cabine comme si sa vie en dépendait.

Elle se glissa vers lui jusqu'à ce que sa jambe droite touche la jambe gauche de Ian. Ce contact lui donna des frissons qu'elle eut le plus grand mal à ignorer. C'était si déstabilisant d'être à nouveau proche de lui…

*Ce n'est pas le moment de perdre tes moyens, Anna. Vous n'allez quand même pas vous évanouir tous les deux !*

— C'est à cause de l'altitude ou du téléphérique ? demanda-t-elle doucement. Ou les deux ?

— De quoi parles-tu ?

— Tu ne te sens pas bien.

— Je...

Il ferma la bouche et resta silencieux. Elle attendit sans bouger, laissant son genou contre le sien, pour qu'il sache qu'elle était là. Au bout de quelques instants, elle sentit qu'il se détendait, que les muscles de sa jambe se relâchaient.

— Je déteste être suspendu dans les airs, admit-il.

Ce trajet en téléphérique était peut-être une épreuve pour lui mais, même si c'était égoïste de sa part, elle ne pouvait s'empêcher de savourer cette proximité.

— Je suis touchée que tu aies cédé malgré ton aversion pour ce moyen de transport, dit-elle.

— Tu avais mal aux pieds.

— Oui, mais tu m'avais prévenue. Tu aurais pu me répondre que tu me l'avais bien dit, et reprendre notre marche à travers le parc.

Elle fit un bruit de tambour et mima une marche militaire, ce qui eut le mérite de le faire sourire.

— J'espère ne pas être aussi rigide.

— Non. Je me sentais juste obligée de suivre ton rythme. J'apprécie notre pause forcée, mais je suis désolée que ce soit aussi pénible pour toi.

— Ça va aller.

Le vent reprit de plus belle, secouant légèrement la cabine. Il n'en fallut pas plus pour faire blêmir Ian.

— Je suis sûre que nous allons repartir d'une seconde à l'autre, dit-elle pour le rassurer.

Il fit un tout petit mouvement de tête.

Anna baissa les yeux et regarda ses sandales. Quelle idiote. Elle savait pourtant que ces chaussures n'étaient pas faites pour marcher longtemps.

Mais elle savait aussi qu'elles mettaient ses jambes en valeur.

Un bruit de friture dans le haut-parleur fixé au-dessus d'eux la fit sursauter. Cela provoqua une nouvelle secousse.

— Désolée ! s'exclama-t-elle, honteuse.

— Veuillez rester assis et garder vos bras et vos jambes à l'intérieur de la cabine, dit une voix dans le haut-parleur. Nous rencontrons un léger problème technique. Notre attraction va bientôt reprendre.

Anna se tourna vers Ian.

— Tu as entendu ? Nous allons repartir.

— Pas tout de suite.

— Pourquoi ?

— Ils ont besoin de temps pour réparer ce qui dysfonctionne.

— Comment le sais-tu ?

— Ils ont parlé d'un « problème technique ». Si ce n'était qu'un contretemps, le message aurait mentionné un « arrêt momentané ». C'est un langage codé pour que les opérateurs de l'attraction sachent comment réagir aux attentes des visiteurs sans créer de panique.

— Ah, c'est malin.

— Tous les parcs font à peu près la même chose.

Une autre rafale de vent, plus forte que les précédentes, traversa la cabine. Le ciel, qui était d'un bleu immaculé depuis ce matin, s'était brusquement chargé de nuages.

— Je crois qu'un naufrage arrive.

Elle regretta aussitôt d'avoir prononcé ces mots.

Ian regarda le ciel et son expression devint aussi sombre que le nuage qui masquait désormais le soleil.

Les mouvements de la cabine ne dérangeaient pas Anna. Au contraire, elle trouvait cela plutôt amusant. Mais la température baissait à mesure que le vent forcissait, et le short et le T-shirt qu'elle portait lui paraissaient de plus en plus légers.

Elle croisa les bras pour essayer de se réchauffer.

Ian la regarda. Pour la première fois depuis qu'ils étaient montés à bord du téléphérique, une étincelle apparut dans ses yeux.

— Tu as froid ? demanda-t-il.

Elle allait lui répondre qu'elle allait très bien, comme elle l'avait fait toute la journée en feignant de ne pas avoir mal aux pieds. Mais elle se plut à retrouver un peu de ce qu'était Ian quand il n'était pas transformé en statue par les effets du vertige.

— Un peu, admit-elle. Il faut croire que mes sandales n'étaient pas le seul mauvais choix que j'ai fait en m'habillant ce matin.

Sans dire un mot, il desserra les doigts de sa main gauche, lâcha la banquette et leva le bras pour l'inviter à venir contre lui et profiter de la chaleur de son corps. Elle savait qu'elle devait garder ses distances. Elle savait que si elle autorisait Ian à la prendre dans ses bras, même si c'était uniquement pour lui éviter de geler, elle oublierait sa colère contre lui.

Elle oublierait qu'il lui avait menti sur son identité lors de leur rencontre. Ou du moins, qu'il ne lui avait pas dit toute la vérité. Un mensonge par omission restait un mensonge. Et depuis la Visite, elle avait découvert suffisamment de mensonges par omission pour ne pas en vouloir davantage.

Finalement, en comparaison de celui de ses parents, celui de Ian était anodin.

À condition d'oublier qu'une transaction de plusieurs milliards de dollars était en jeu.

Elle préférait se rappeler. Se rappeler la chaleur de sa bouche et le feu de ses caresses. Se rappeler le plaisir de l'avoir senti aller et venir en elle, jusqu'à la jouissance.

Se rappeler qu'elle n'était pas non plus celle qu'il croyait, et qu'il était toujours dans l'inconnu.

Alors qui était-elle pour entretenir cette rancœur contre lui ?

— Anna ?

Oui, il y avait à nouveau de la vie dans le regard de Ian.

— Viens, dit-il. Ce n'est pas la peine que nous souffrions séparément.

Il avait raison. Pourquoi jouer les martyres ?

Elle s'approcha de lui, tout doucement pour éviter de faire bouger la cabine, et le laissa l'entourer de son bras.

Elle prit conscience de son erreur dès qu'elle sentit sa main se refermer sur son épaule. Ce contact la fit vibrer comme si elle n'avait pas porté de T-shirt. Elle inspira, espérant que l'air frais l'aiderait à retrouver le contrôle de ses sens. Mais elle ne fit que sentir le parfum qui la rendait folle de désir. Elle se revit quelques semaines plus tôt, dans le lit de Ian, le visage enfoui dans son cou et le corps tremblant d'excitation.

Les pointes de ses seins se durcirent. Le froid n'y était pour rien mais, avec un peu de chance, si Ian s'apercevait qu'elle frémissait, il mettrait cela sur le compte du changement de température. Cependant elle n'osait pas le regarder, car elle ne savait comment dissimuler l'expression de désir qui devait apparaître clairement sur son visage.

Il y eut une nouvelle secousse et Anna sentit la main de Ian se serrer sur son épaule. Elle lui tapota la cuisse, légèrement, d'une façon aussi impersonnelle que possible. Il avait seulement besoin de réconfort et d'une présence amicale à côté de lui.

— Anna, murmura-t-il. Merci.

Par réflexe, elle leva la tête pour lui répondre.

— Mais je t'en prie...

Leurs yeux se rencontrèrent et ce fut comme un choc. La fin de sa phrase resta en suspens. Des flammes s'allumèrent dans le regard noir de Ian. Comment résister au désir qui la consumait alors qu'il semblait éprouver la même chose pour elle ?

Elle devait s'écarter de lui. Sinon elle allait faire quelque chose qu'elle regretterait plus tard.

Comme elle se levait à moitié dans le but de retourner à l'extrémité de la banquette, un mouvement brusque de la cabine lui fit perdre l'équilibre et elle tomba sur Ian. Leurs jambes s'entremêlèrent et il la maintint en l'enlaçant. Instinctivement, elle mit les bras autour de lui pour se rétablir.

Quand elle se rendit compte qu'elle était assise sur ses genoux, ses joues s'enflammèrent. Elle voulut aussitôt se dégager de cette position, mais il la retint et elle céda à l'envie de rester dans ses bras. La puissance et la chaleur de son corps lui faisaient tellement de bien…

— Anna, répéta-t-il, cette fois avec une sensualité qui la fit fondre.

Cette voix, ce regard…

Il posa la main sur son visage brûlant et caressa sa lèvre inférieure.

Il avait envie d'elle.

Et elle avait envie de lui. Elle ne savait peut-être plus qui elle était, elle était peut-être perdue dans la mission que Keith Lochlainn lui avait confiée, mais il y avait une chose dont elle était absolument certaine. Elle avait un besoin maladif de Ian Blackburn. Elle avait besoin de lui comme ami, comme adversaire, comme professeur… Et elle voulait profiter à fond de chaque seconde passée avec lui, y compris dans une cabine de téléphérique en panne.

— Ian, répondit-elle, étonnée de parvenir à s'exprimer alors qu'elle était privée d'air. Je n'ai plus froid.

— Tant mieux.

De son autre main, il la prit doucement par la taille et glissa les doigts entre son short et son T-shirt.

— Ici non plus ? susurra-t-il. Permets-moi de vérifier.

— J'ai plutôt très chaud.

— Alors mes efforts payent.

Les lignes qu'il traçait sur sa peau faisaient naître de délicieux picotements.

— Je…, commença-t-elle.

Elle inspira et reprit :

— Je propose un addenda à notre accord initial.

Comme il arrêtait son geste, elle s'empressa d'ajouter :

— Nous nous sommes serré la main à terre. Donc, dans les airs… l'accord ne s'applique pas.

Elle s'en voudrait plus tard. C'était une certitude. Mais ici, seule avec lui, comme s'ils flottaient dans le ciel, personne ne pouvant les voir hormis quelques mouettes et pigeons, elle voulait croire que rien d'autre ne comptait. Il n'y avait pas de vente de Lakes of Wonder. Pas d'héritage de Keith Lochlainn. Pas de questions sur son identité. Il n'y avait que Ian et elle, et l'alchimie née entre eux au premier regard et qui ne cessait de grandir.

Il ne lui répondit pas. Au lieu de cela, il prit son visage en coupe et se pencha vers elle. Puis il l'embrassa et elle oublia de réfléchir.

Sa bouche était douce et chaude. Ses mouvements se firent d'abord délicats, ses lèvres cherchant doucement les siennes, comme si c'était leur premier baiser. C'était le cas, en un sens. Quand ils s'étaient embrassés dans la chambre de Ian, la suite n'avait fait aucun doute. Ils avaient su tous les deux que ce n'était qu'un prélude à l'union de leurs corps.

Mais, à présent, il n'était pas question d'aller plus loin. Du point de vue pratique, c'était impossible. Puisqu'il n'y aurait rien d'autre que ce baiser, ils pouvaient s'y consacrer pleinement et prendre tout leur temps. Ian poussa un soupir rauque quand elle lui mordilla la lèvre, et elle gémit lorsqu'il passa la langue dans son cou, juste sous son oreille.

Au bout d'un moment, leurs langues se rencontrèrent et l'avidité se mêla à la douceur. Les mains enfouies dans les cheveux de Ian, Anna prit possession de sa bouche tandis qu'il saisissait ses seins l'un après l'autre, la rendant folle d'excitation. Les sensations étaient si fortes qu'elle crut que le sol se mettait à trembler.

Mais...

Non, c'était la cabine qui bougeait. Le téléphérique s'était remis en marche.

Anna se dégagea de l'étreinte de Ian, les yeux bien fermés de peur de découvrir l'expression de son regard. Y verrait-elle du triomphe, puisqu'il avait réussi à lui faire rompre sa promesse qu'il ne se passerait plus rien entre eux – même s'il ne s'agissait que d'un baiser ?

Mais c'était plus qu'un simple baiser. Elle ne pouvait pas le nier.

Elle leva une paupière, puis l'autre.

Ian regardait droit devant lui, en direction de la station qu'ils allaient bientôt atteindre pour débarquer.

— Nous sommes presque arrivés à terre, dit-il d'un ton neutre. Il y a une boutique de souvenirs à côté de la station. Nous irons te chercher des chaussures confortables et un sweat-shirt avant de poursuivre notre tour.

Aucune émotion ne perçait dans sa voix. Anna eut l'impression qu'on lui jetait un seau d'eau froide à la figure.

Il s'agissait donc bien d'un simple baiser et rien de plus. Pour lui.

— À terre, oui, balbutia-t-elle. À propos de notre accord. Tu sais, je... Enfin... ce baiser m'a plu. Beaucoup.

Les mots se bousculèrent quand elle ajouta :

— Mais cela ne change rien. Je n'ai toujours pas pris ma décision. Pour Lakes of Wonder, je veux dire. Ne crois surtout pas que je t'ai embrassé pour t'influencer d'une quelconque façon ou te manipuler, parce que ce n'est pas le cas. Et je sais que je devrais faire comme s'il ne s'était rien passé, mais je ne peux pas, parce que nous nous sommes embrassés, c'est un fait, alors...

— Anna.

Elle le regarda. Il paraissait calme, nullement perturbé contrairement à elle.

— Tu m'as embrassé pour me faire oublier mon vertige, dit-il. Je t'en remercie. Rien n'a changé.

Ses mots la laissèrent un instant bouche bée.

— C'est ce que tu penses ? demanda-t-elle après un silence.

Il fit un demi-sourire.

— Tu n'es pas très forte pour cacher tes émotions.

— Donc, nous reprenons les choses là où elles étaient. Tu continueras à me montrer pourquoi tu es le meilleur pour reprendre Lakes of Wonder.

— Jusqu'au 1er décembre. À moins que tu n'aies déjà tous les éléments qu'il te faut et que tu veuilles t'arrêter là, ajouta-t-il en lui souriant.

Non. C'était la dernière chose qu'elle souhaitait. Même si

plus elle passait de temps avec lui, plus elle était plongée dans la confusion. Non seulement elle ne savait pas mieux qu'avant qui elle était, mais, en plus, elle subissait maintenant le chaos de ses sentiments.

Les passagers de la cabine qui les précédait venaient de débarquer. Ce serait bientôt leur tour.

— J'ai encore des questions à te poser, répliqua-t-elle. Au sujet de Valhalla Fjord, par exemple. Il paraît qu'il y a des moisissures dans le navire des Vikings ?

— Certaines parties du bateau sont fermées aux visiteurs, effectivement.

Ils arrivèrent à la station et un opérateur s'assura qu'ils descendaient en toute sécurité. En posant le pied sur le sol, Anna grimaça de douleur.

— Mais c'est ainsi depuis des années, précisa Ian.

— Pourquoi la direction du parc ne le fait pas réparer ?

Il se tourna vers elle et la regarda fixement.

— J'espérais que tu pourrais me le dire, répondit-il. C'est toi qui travailles pour la Lochlainn Company.

— Eh bien... j'aimerais connaître ta théorie.

Que c'était difficile de continuer à lui mentir ! Mais elle avait l'interdiction formelle de révéler à quiconque qu'elle était la fille biologique de Jamie. Keith exigeait que cela reste un secret tant qu'il n'aurait pas décidé lui-même de l'annoncer publiquement.

Elle avait envie de faire confiance à Ian. Elle appréciait sa compagnie – beaucoup trop d'ailleurs, et ce baiser... C'était un miracle qu'elle ait réussi à recouvrer ses esprits. Elle ne bégayait pas. Elle contrôlait sa respiration. Si elle trébuchait, elle pourrait laisser entendre que c'était à cause de ses ampoules et non parce que ses jambes se dérobaient sous elle à chaque fois qu'il la regardait. Et puis elle aimait sa personnalité. Il était intelligent, brillant même, mais aussi attentionné et plein d'humour.

Cependant, quelque chose la retenait de lui confier la véritable raison de son intervention dans la négociation. Elle avait l'avenir de Lakes of Wonder entre les mains. Et Ian restait un homme d'affaires qui voulait devenir propriétaire du parc.

Il la scruta un instant, puis haussa les épaules et se dirigea vers l'entrée de la boutique.

— Ma théorie, dit-il quand ils furent au rayon vêtements, c'est que Lakes of Wonder était autrefois le joyau de l'empire Lochlainn. Il fut même question de créer d'autres parcs à thème, mais Archibald était intransigeant et les différents projets ne l'ont jamais satisfait. Après sa mort, le succès de Lakes of Wonder a perduré. Puis Keith a semblé s'en désintéresser. Cela a commencé il y a... une trentaine d'années peut-être ? Il a cessé d'investir dans le parc, préférant consacrer son argent et son énergie aux autres activités du groupe Lochlainn. Mais il ne voulait pas le vendre pour autant. Jusqu'à maintenant.

Une trentaine d'années. Anna avait vingt-sept ans. Cela signifiait que Keith avait délaissé Lakes of Wonder au moment de sa brouille avec Jamie.

— Intéressant, dit-elle.

Elle ne pouvait pas encore partager ses réflexions avec Ian. Peut-être qu'elle ne le pourrait jamais.

— Regarde, des mocassins ! dit-elle en prenant une paire à sa pointure.

Le dessin de Seamus ne la dérangeait pas, au contraire.

— Et... voilà un sweat-shirt à capuche.

— Tu vas prendre le rose.

— Évidemment. Ce n'est pas mon genre de porter une tenue de camouflage à longueur de temps. Il y en a un gris foncé si tu veux. Il devrait aller avec toute ta garde-robe.

Elle le lui lança et il l'attrapa en riant.

— Tu dois savoir que cette nuance de rose va avec la couleur de tes joues, dit-il. C'est pour ça que tu l'aimes tant.

— Je ne pensais pas que tu prêtais attention à mes joues.

— J'ai eu l'occasion de prêter attention à chaque partie de toi. Au cas où tu aurais oublié.

— C'était il y a des semaines. Tu ne peux pas te souvenir de tous les détails.

Pourtant elle s'en souvenait, elle.

— Je suis disponible quand tu veux si tu as besoin de réviser en ce qui me concerne. Il suffit de demander.

Elle se tourna vers lui pour lui sourire. Ce qu'elle vit la décontenança.

Elle était habituée à l'air insolent de Ian, à ses haussements de sourcils, et même à ses regards chargés de désir.

Mais le voir plaisanter avec elle sur ce ton léger, avec une expression ouverte et détendue ? Cela, elle n'y était pas habituée.

Les tempes battantes, elle lutta contre l'intensité de son émotion.

Cette version insouciante de Ian lui plaisait. Beaucoup.

Beaucoup trop.

Elle devait rester concentrée sur sa mission. Surtout, ne pas se laisser submerger par ses sentiments. Une relation avec Ian Blackburn n'était pas à l'ordre du jour, qu'il s'agisse simplement de plaisir… ou de plus que cela.

Il n'en était pas question.

Pas pour l'instant, du moins.

# 9

Une semaine plus tard, Anna avait l'esprit plus embrouillé que jamais. Elle n'était pas prête à signer la vente de Lakes of Wonder et à rentrer chez elle à Fort Lauderdale. Ou, comme le formulait Maritza, elle continuait à éviter ses parents. Et après une escapade à Los Angeles, où elle avait visité les studios Lochlainn et le petit musée dédié à l'histoire et l'ascension de cette famille, elle se posait encore plus de questions sur sa place au sein de cette puissante dynastie.

Mais y avait-elle seulement sa place ?

Après tout, elle n'avait en commun avec les Lochlainn que la moitié de ses chromosomes. Quel sens avaient les liens de sang ?

Les doutes et les interrogations se bousculaient dans son esprit sans qu'elle trouve aucune réponse.

Le seul sujet qui s'éclaircissait un peu plus chaque jour était celui de ses sentiments envers Ian. Depuis leur baiser dans la cabine du téléphérique, il hantait son subconscient. Elle pouvait passer une journée en ne pensant à lui que de temps à autre – jamais, toutefois, sans être traversée par une vague brûlante. Mais, chaque nuit, il semblait prendre possession de son esprit, jouant le premier rôle dans tous ses rêves. Et elle se réveillait avec un sentiment d'agitation et de manque mêlés, frustrée de constater qu'elle était seule dans son lit.

Elle doutait d'avoir le même effet sur lui. Quand ils se voyaient, il ne cachait pas qu'il avait envie d'une deuxième nuit avec elle, mais cela n'allait pas plus loin. Malgré cela, elle regarda l'heure en retenant son souffle, comme elle venait de le faire cinq fois déjà en l'espace de dix minutes. Elle retrouvait Ian pour la première fois depuis l'épisode du téléphérique et, normalement, il allait arriver...

Maintenant. Elle sourit en l'apercevant.

Elle lui avait donné rendez-vous au coucher de soleil, une heure avant la fermeture du parc. C'était vendredi, soir de feu d'artifice, mais des familles se dirigeaient déjà vers la sortie. Cela ne semblait pas gêner Ian, qui marchait aisément à contre-courant. Il esquiva adroitement une poussette à deux places tout en rattrapant un ballon par son filjuste avant qu'il s'envole. L'enfant qui l'avait lâché et à qui il le rendit le regarda avec un air de stupeur et de reconnaissance éternelle. Il effaça d'un geste les remerciements des parents, leur sourit et poursuivit son chemin.

Quand il arriva auprès d'Anna, elle l'applaudit.

— Magnifique geste technique ! commenta-t-elle.

— Le hasard a voulu que je voie l'enfant lâcher le fil de son ballon, c'est tout.

— Tu peux accepter un compliment, tu sais. Il suffit de répondre : « Merci, Anna, d'apprécier mon intervention chevaleresque. »

— Chevaleresque ? répéta-t-il en riant. Je n'irais pas jusque-là. Disons plutôt que je voulais préserver mes tympans des hurlements de l'enfant. J'aurais dû laisser le ballon s'envoler pour qu'il apprenne que les actes ont des conséquences.

— Ah, d'accord. Tu as agi par pur égoïsme en fait.

— L'esprit chevaleresque est mort.

Il sourit et ajouta :

— Alors, ce rendez-vous ? Pourquoi maintenant ? Je suis tout ouïe.

Elle prit une profonde inspiration. C'était à la fois un plaisir et une souffrance d'être en sa compagnie, car chaque minute la rapprochait de la fin du temps passé avec lui.

— Merci d'avoir accepté. Tu m'as déjà consacré beaucoup d'heures et je t'en suis reconnaissante, mais nous n'étions pas encore allés au parc de nuit.

Il leva les sourcils.

— Je n'ai rien contre l'idée de te retrouver de nuit, dit-il. Mais je croyais que ces activités avaient vocation à rester confidentielles.

Elle ne put s'empêcher de rire, tout en réprimant l'élan de désir provoqué par sa voix grave. Elle savait qu'il ne faisait que plaisanter. Ce jeu innocent ne signifiait rien de particulier. Du moins pour lui.

— Ce n'est pas ce dont je parlais et tu le sais. Mais le parc est différent une fois la nuit tombée. Les lumières, l'atmosphère... Tout change.

Il promena les yeux autour de lui. Le public commençait à se rassembler en prévision du feu d'artifice qui aurait lieu dans une heure.

— Oui, déclara-t-il. Tout le monde s'agglutine ici et déserte les autres parties du parc, qui pourtant restent ouvertes. C'est un gâchis de ressources.

— Ou bien les gens sont heureux de profiter du spectacle qui leur sera offert pendant vingt minutes, argua-t-elle. Un spectacle dont ils se souviendront longtemps.

— À condition qu'ils ne soient pas occupés à le filmer avec leur téléphone pour le publier sur les réseaux sociaux. Ce qui gênera les spectateurs qui se trouvent derrière eux, en plus.

— Tu es un cas désespéré, soupira-t-elle.

— Tu ne t'en rends compte que maintenant ? Moi qui te croyais vive d'esprit !

— Je te mets au défi d'observer le visage des enfants ce soir et de m'affirmer qu'ils ne sont pas enchantés par le feu d'artifice.

— Je n'ai pas besoin de les observer, je sais qu'ils le seront. Mais ce sont des enfants. Même un ballon gonflé à l'hélium les enchante.

— Qu'est-ce qui a bien pu te rendre aussi cynique ?

— Si par « cynique » tu entends pragmatique et efficace... Je dirais l'expérience, répondit-il froidement. Une longue et riche expérience.

Elle se détourna. Il venait de mettre le doigt sur ce dont elle manquait pour se protéger. L'expérience. Elle n'en avait ni dans le domaine des parcs d'attractions, ni même dans la gestion d'une entreprise. Ses parents la consultaient très rarement quand ils avaient une décision à prendre. Elle s'était souvent sentie exclue, alors qu'elle s'investissait pleinement dans son travail avec eux.

Mais ce n'était pas le moment de penser à ses parents. Elle réfléchirait à tout cela plus tard, même si, au fond, quelque chose lui disait que c'était aussi pour cela qu'elle avait du mal à se détacher de Lakes of Wonder. Bien qu'elle n'ait rencontré ni Keith ni Jamie, les Lochlainn lui confiaient une mission majeure, ce que n'avaient jamais fait ceux qui l'avaient élevée.

Comment l'expliquer ? Qu'est-ce que les Lochlainn attendaient d'elle exactement ? Pourquoi la chargeaient-ils d'une tâche aussi gigantesque ? Ces questions lui revenaient sans cesse à l'esprit sans qu'elle y trouve ne serait-ce qu'un début de réponse.

— D'accord, la gestion et la comptabilité n'ont peut-être aucun secret pour toi, mais que sais-tu de ce que les gens ressentent ?

Il s'approcha d'elle et riva les yeux sur les siens.

— Je suis très doué pour faire ressentir des choses aux gens, murmura-t-il. Comme tu devrais le savoir.

Elle parvint à garder son sang-froid malgré les images érotiques qui lui revenaient en mémoire.

— Pas ces choses-là, répondit-elle. Des émotions. Du bonheur, de la joie, du réconfort, et le fait de susciter tout cela chez les autres.

— Accompagne-moi à l'hôtel et tu verras tout ce que je suis capable de susciter.

— Tu es incorrigible. Premièrement, nous avons conclu un accord, et, deuxièmement, ce n'est toujours pas ce dont je parle et tu le sais parfaitement.

La place devenait bondée. Les adultes prenaient les petits

enfants sur leurs épaules. Le bruit des voix s'intensifiait, jusqu'à couvrir la musique que diffusaient les haut-parleurs dissimulés dans les arbres et les constructions. L'excitation fut à son comble quand les lumières bordant les allées s'éteignirent. Anna avait la chair de poule.

— Tu vois ? dit-elle en montrant son bras à Ian. Voilà ce que je voulais dire. Le sentiment que quelque chose de magique est sur le point de se produire.

Il caressa sa peau du bout de l'index, tout doucement, en allant du coude au poignet. Sentant tout son être s'enflammer, elle retira brusquement son bras.

— Je sais comment provoquer ces sensations-là, oui, susurra-t-il.

La voix grave qui annonça le début imminent du spectacle la dispensa d'avoir à répondre. Mais Ian avait laissé son empreinte sur elle et son corps réclamait d'autres caresses comme celle-là. Comment aurait-elle pu deviner qu'elle deviendrait dépendante de lui en quelques semaines seulement ? Elle n'avait jamais éprouvé un tel désir et, si on le lui avait décrit, elle n'y aurait pas cru.

D'autant que ce désir n'était pas seulement sexuel. Elle était avide de le sentir contre lui, de quelque manière que ce soit. Lui prendre la main, effleurer son épaule, sentir son bras autour de sa taille. Le regarder et savoir que le même feu brûlait en lui.

Oh ! Elle avait bien compris qu'il était partant pour qu'elle revienne faire un tour dans sa chambre d'hôtel. Peut-être même plusieurs. Il avait pris du plaisir, lui aussi, et ne demandait qu'à recommencer. Mais il y avait une seule chose qu'il voulait vraiment, et ce n'était pas elle.

C'était Lakes of Wonder.

Ils restèrent silencieux pendant la durée du feu d'artifice. Les yeux de Ian étaient levés vers le ciel tandis qu'Anna observait les gens autour d'elle. Des couples enlacés, des enfants hypnotisés alors qu'ils avaient été intenables quelques minutes plus tôt, des parents aux traits tirés par la fatigue qui se détendaient et poussaient des cris d'admiration en tendant leur téléphone pour immortaliser ce moment.

Voilà pourquoi Lakes of Wonder était aussi précieux. Ce n'était pas la modernité des attractions ni le profit généré par les produits alimentaires qui faisaient sa valeur. C'était *ça*. Des souvenirs à partager avec ses proches, une parenthèse enchantée qui faisait oublier les préoccupations de la vie quotidienne, la possibilité de croire à la magie ne serait-ce qu'un court instant.

Le visage de Ian resta impassible pendant vingt minutes. Même lors du bouquet final, il n'eut aucune réaction. Il parut également insensible à la musique quand un chœur s'éleva pour chanter les rêves des enfants et l'importance de croire en soi. Anna avait beau savoir qu'il y avait un peu de manipulation dans tout cela, elle ne put retenir une larme à l'évocation de l'amour familial.

Les lumières se rallumèrent et les spectateurs rejoignirent la sortie. Anna faillit être entraînée par le mouvement de foule.

Ian passa le bras autour de ses épaules. Pour l'aider à résister ? Certainement. Mais c'était tout de même bon de sentir sa chaleur et sa force.

— Éloignons-nous, suggéra-t-il tout bas en se penchant vers son oreille.

Il la mena dans une boutique où des clients se pressaient encore pour faire leurs derniers achats avant de quitter le parc. Au fond du magasin, il poussa une porte presque invisible tant elle se confondait avec le mur. Ils la franchirent et se retrouvèrent dans un couloir faiblement éclairé.

— Un passage de service ? demanda-t-elle.

Elle avait lu que les coulisses de Lakes of Wonder constituaient presque une ville entière, en grande partie souterraine, ce qui permettait au personnel de sillonner tout le domaine sans être vu du public.

— Oui, répondit Ian. Mais il est peu emprunté. Certaines fondations sont fragilisées, ce qui pose des problèmes de sécurité.

— Mais on pourrait faire des travaux pour les consolider, non ?

Ian se passa la main dans les cheveux.

— Je sais ce que tu veux me faire dire. Tout est possible...

— « Si vous en rêvez, vous pouvez le faire. » Ce n'est pas ce que disait Walt Disney ?

— Cette citation lui est attribuée, mais c'est une phrase qu'il n'a jamais prononcée. Néanmoins, il aurait sûrement été d'accord pour affirmer que tout est possible à condition d'y consacrer assez d'argent. Crois-tu que Keith fera les investissements nécessaires pour rénover Lakes of Wonder si tu ne vends pas le parc ?

Elle ne répondit pas.

— C'est bien ce que je pensais, conclut-il. Donc...

Elle le fit taire en posant un doigt sur sa bouche et en faisant non de la tête. Elle n'avait aucune envie de sacrifier la magie de cette soirée au profit d'une nouvelle discussion sur les réalités concrètes d'un dirigeant de parcs d'attractions.

Il fronça les sourcils et répliqua, la bouche collée contre l'index d'Anna :

— Qu'y a-t-il ? Tu veux partir ?

Non. C'était la dernière chose qu'elle avait en tête. À chaque fois qu'elle sortait du parc, elle se rapprochait du moment où elle devrait le vendre. Et du moment où elle devrait retrouver son chaos familial à Fort Lauderdale.

Son estomac se noua. La seule perspective de revoir ses parents la mettait dans un état d'anxiété difficile à supporter. Elle leur devait une explication sur son départ précipité pour la Californie, d'autant qu'elle ne leur avait même pas envoyé un message pour leur dire au revoir. Mais c'était trop dur. Et plus elle retardait la longue et difficile conversation qu'ils devaient avoir, plus cette épreuve lui paraissait insurmontable.

Elle regarda droit devant elle et demanda à Ian :

— Où mène ce couloir ?

Ian suivit le regard d'Anna. La lumière était suffisante pour voir au loin. Curieusement, le couloir était propre, pas du tout poussiéreux, ce qui voulait dire qu'il était entretenu malgré sa vétusté. Il y avait encore du bruit dans la boutique, juste de l'autre côté de la porte, où les clients continuaient à faire leurs courses. Le parc ne fermerait pas avant une bonne heure.

À vrai dire, il n'avait pas envie de se séparer d'Anna. Pas tout de suite. Il ne leur restait plus qu'une semaine avant la date fatidique et il voulait en profiter. Surtout lorsqu'elle semblait être la seule personne capable de dissiper la tension qui avait pris possession de lui.

Ce soir, il avait eu le plus grand mal à mettre de côté la conversation qu'il avait eue avec Olive et Preston par visioconférence. Il revoyait encore l'air suffisant de son oncle et de sa cousine quand ils lui avaient fait cette annonce :

— Harlan nous a fait une proposition très intéressante hier, avait déclaré Olive. Tu es courant qu'il va faire voter une motion de défiance contre toi lors de la prochaine réunion du conseil, n'est-ce pas ?

Dans leur enfance, Olive avait jeté au feu la figurine Star Wars préférée de Ian. En l'entendant, cette fois, il avait eu l'impression que son cher Han Solo s'en était bien tiré en comparaison de ce qu'il allait subir lui-même.

— Je suis au courant, oui.

— Évidemment, Tai te rapporte tout, avait-elle lâché avec dédain. Quoi qu'il en soit, papa et moi, nous te soutenons toujours. Hein, papa ?

Preston avait acquiescé.

— Mais ! avait ajouté Olive en levant l'index. Nous voulons… des garanties… en retour.

— Vous aurez Lakes of Wonder. Un événement a retardé la signature de la vente, mais le parc devrait bientôt être à nous. Je m'en occupe. Une fois qu'il appartiendra à BBA, vous en récupérerez la direction, comme convenu.

— Justement, avait répondu Olive en inspectant ses ongles rouges. Avec papa, nous en avons discuté, et nous ne voulons plus gérer le parc finalement. Trop de calculs. Hein, papa ?

— Je n'aime pas les chiffres, avait grommelé Preston.

Ian s'était réjoui intérieurement de voir que les choses se passaient encore mieux que prévu.

— Entendu. Dans ce cas, BBA en assurera la gestion. Alors quelles garanties voulez-vous ? Le partage des bénéfices ? Le contrôle des animations ?

— En fait, c'est ça le problème, avait dit Olive en inclinant la tête. Nous voulons toujours récupérer la totalité de Lakes of Wonder, mais sans que BBA ait à le gérer.

C'est là que Ian avait commencé à avoir mal à la tête.

— Ce que tu dis n'a aucun sens, Olive.

— Je suis aussi intelligente que toi, Ian. J'en ai assez des gens qui prétendent le contraire.

— Tu es très intelligente, Olive. S'il te plaît, dis-moi ce que tu veux.

— Fermer Lakes of Wonder.

— Quoi ?

Ian les avait dévisagés l'un après l'autre sur son écran.

— Pourquoi ? BBA saura en faire un parc extrêmement rentable.

— Papa et moi, nous avons l'intention d'y développer un nouveau projet immobilier qui mêlera logements, commerces et immeubles de bureaux. J'en ai marre des parcs à thème. Et Lakes of Wonder est parfaitement situé pour devenir une belle zone commerciale.

Pris au dépourvu, Ian avait formulé le seul argument qui lui était venu à l'esprit sur le moment :

— Vous venez de dire que vous n'aimiez pas les chiffres.

— Oh ! nous engagerons des gens qui s'en occuperont. Hein, papa ?

— Oui.

— Preston, avait aussitôt dit Ian, tu sais ce que Lakes of Wonder représente pour notre famille. Tu ne veux sûrement pas détruire…

— Ce sont nos conditions, avait rétorqué Preston en l'interrompant. Nous récupérons Lakes of Wonder pour en faire ce que nous voulons. Tu auras nos votes. Sinon nous votons pour Harlan et nous obtiendrons de lui ce que nous voulons. Il se moque complètement des parcs d'attractions. Je t'aime bien, fiston. Mais j'ai attendu assez longtemps pour récupérer ma part du gâteau Blackburn. Maintenant je vais la prendre et en faire ce que je voudrai. Lakes of Wonder ne manquera à personne.

— Le parc a une multitude de fans, avait protesté Ian. Il a une très forte identité dans l'esprit des gens.

— C'est un parc d'attractions. Et à l'avenir ce sera un complexe immobilier.

À cet instant, Preston avait tourné la tête.

— Nous devons te laisser, Ian. Tu peux prendre quelques jours pour y réfléchir. Mais après cela, nous voterons pour Harlan. À bientôt.

— Ian ?

La voix d'Anna le ramena à l'instant présent.

S'ils quittaient le parc maintenant, il allait rentrer dans sa chambre et passer la nuit à réfléchir à l'ultimatum de son oncle et de sa cousine.

Il se tourna vers elle.

— Tu es partante pour une aventure ?

— Quel genre d'aventure ?

— Ce tunnel existe parce que cette boutique était à l'origine un salon privé pour les premiers investisseurs de Lakes of Wonder.

— Ah bon ? s'étonna-t-elle. Je croyais que le salon privé se trouvait à Heroes Harbor.

— Celui de Heroes Harbor a été créé quand le premier s'est avéré trop petit. Et trop visible depuis la grande place ou circule le public à longueur de journée.

— D'accord. Et quel rapport avec l'aventure ?

Ian fit signe à Anna de le suivre et lui montra une plaque fixée au mur. C'était un plan gravé dans du métal. Fascinée, elle promena les doigts dessus et murmura :

— Ce tunnel mène au Phare ?

Il acquiesça.

— Ainsi, les invités du salon privé pouvaient facilement accéder à l'appartement encore plus exceptionnel qui se trouve à l'intérieur du Phare, précisa-t-il.

— Attends. On peut aller à l'intérieur du Phare ? Je croyais que ce n'était qu'une façade. Comme un décor hollywoodien.

— C'est une vraie tour. Équipée de plomberie et d'électricité, comme un vrai bâtiment.

— Tu y es déjà allé ?

— Je n'en ai jamais eu l'occasion.

Et elle ne se représenterait peut-être jamais, même s'il achetait le parc. À cause du projet de Preston et Olive.

— Comment es-tu au courant ? demanda-t-elle. J'ai lu tout ce que j'ai trouvé sur Lakes of Wonder. Y compris les documents juridiques. Il n'est écrit nulle part que le Phare est une construction opérationnelle. C'est juste... un emblème. Un « appât », ajouta-t-elle en souriant.

La chaleur de son sourire l'atteignit droit au cœur et il lui sourit à son tour, en dépit de sa volonté. Il ne voulait pas lui sourire. Il ne voulait pas être ami avec elle. Il voulait bien flirter pour atteindre son objectif, et il serait ravi de passer une autre nuit avec elle, mais seulement pour le plaisir. Il n'avait pas besoin de cet élan soudain de... quelque chose, de ce besoin inexplicable de se laisser illuminer par elle, de faire connaissance avec elle et de renforcer la complicité qui ne cessait de grandir entre eux.

Il s'éclaircit la voix et s'efforça de parler d'un ton léger.

— Tu veux aller vérifier si ce que je dis est vrai ? demanda-t-il.

Le sourire d'Anna se fit encore plus grand, fendant l'armure grâce à laquelle Ian s'en remettait toujours à sa raison et jamais à son cœur.

— Allons-y, dit-elle.

Ils avancèrent dans le souterrain sans rien dire, sauf quand Anna citait les lieux du parc sous lesquels ils passaient. Puis le couloir suivit une pente ascendante et ils arrivèrent devant une lourde porte en métal.

Anna essaya de tourner la poignée.

— Elle est verrouillée, soupira-t-elle avec déception. Tant pis, c'était amusant quand même. Je me demande qui a été la dernière personne à venir ici avant nous. Mais nous devrions faire demi-tour. Le parc va bientôt fermer.

Ian enfouit la main dans sa poche et en sortit une clé.

— On m'a dit un jour que cette clé pouvait ouvrir toutes les portes de Lakes of Wonder.

Elle le fixa avec un air sidéré.

— Qui t'a donné ça ?

Il ne répondit pas. C'était sur un coup de tête qu'il avait pris cette clé chez son grand-père bien des années plus tôt, et il n'aurait su expliquer pourquoi il l'avait constamment sur lui depuis ce jour. Il s'était habitué à sa forme et à son poids. Il la gardait comme certains conservaient un porte-bonheur. Il n'était pas superstitieux, néanmoins, quand il sortait de chez lui sans cette clé, il avait la sensation qu'il lui manquait quelque chose. Et il était d'autant plus attaché à sa présence depuis qu'il avait appris que Lakes of Wonder était à vendre.

Son grand-père avait ri quand Ian lui avait montré ce qu'il avait trouvé, puis il lui avait raconté comment Archibald Lochlainn et Cooper Blackburn avaient été associés puis adversaires. Ce passe-partout était le dernier objet que Cooper, l'arrière-grand-père de Ian, avait pris dans son bureau avant de quitter Lakes of Wonder. Certain qu'il ne servirait plus à rien, le grand-père de Ian lui avait permis de le garder.

Ian retint son souffle en insérant la clé dans la serrure.

Il parvint à la faire entrer mais ne put la faire tourner. Il aurait pu s'y attendre, alors pourquoi était-il aussi déçu ? Avait-il vraiment cru à l'histoire racontée par son grand-père ? Et même si l'histoire était vraie, comment imaginer que les serrures n'avaient pas été changées depuis tant d'années ?

Il réessaya tout de même et, comme par miracle, la clé tourna et la porte s'ouvrit. Anna laissa échapper un soupir de stupeur.

À l'intérieur, le noir était total. Ian tâtonna jusqu'à ce qu'il sente l'interrupteur sous ses doigts. C'était un modèle ancien. Pourvu que l'électricité n'ait pas été coupée…

Il poussa le bouton et la lumière s'alluma.

Anna poussa un petit cri.

Ils se trouvaient dans une pièce à vivre éclairée par un lustre. L'appartement semblait tout droit sorti d'une série télévisée des années 1960. Au milieu de la pièce trônait un canapé recouvert d'un brocart fleuri. Une bibliothèque en chêne contenait des bibelots en porcelaine et des photos dans des cadres en argent. Il y avait une table basse en noyer et des guéridons assortis chargés de lampes à abat-jour. Une porte ouverte donnait sur une petite cuisine, et l'autre porte, fermée, desservait sans doute un espace nuit. Trois des quatre murs étaient couverts d'un papier peint à fleurs, tandis que le quatrième était caché par des rideaux en velours qui allaient du plafond au sol.

Anna s'écarta de lui pour partir en exploration.

— Ce fauteuil ! dit-elle avec passion. C'est un Eames original ! Et cette table est signée par Stickley !

Elle se tourna vers Ian.

— Cet endroit est le rêve de tout amoureux des antiquités. Où sommes-nous ?

Ian n'avait pas bougé. Maintenant qu'il se trouvait dans l'appartement et qu'il avait la confirmation que ce n'était pas une légende, il ne savait pas comment réagir.

— Nous sommes… dans l'appartement construit par les créateurs de Lakes of Wonder pour leurs familles respectives.

— Alors mon… Alors Archibald Lochlainn a construit cet appartement ? Pour Keith ?

Ian hocha la tête et s'éclaircit la voix.

— On peut dire ça, oui, répondit-il.

Elle cligna des yeux et se tourna vers la bibliothèque pour examiner les objets qu'elle contenait. Pendant ce temps, curieux de découvrir le reste du logement, Ian poussa la porte fermée et trouva une salle de bains et deux chambres. L'eau n'avait pas été coupée, mais les pièces étaient vides. Seule la décoration des murs, délavés par le temps, laissait penser que l'une avait été conçue pour un jeune garçon et l'autre pour des adultes.

Il retourna dans le salon. Anna était toujours face à la bibliothèque, absorbée par ce qu'elle voyait.

— Cet appartement a été entretenu, dit-elle. Il y a très peu de poussière. Le ménage est fait régulièrement, c'est certain.

— Je suis d'accord.

Mais par qui ? C'était propre, même si, de toute évidence, personne n'avait séjourné ici depuis longtemps. Il n'y avait pas de meubles dans les chambres et les appareils dataient tous d'une cinquantaine d'années. La télévision, par exemple. C'était une pièce de musée, un gros bloc avec un petit écran bombé au milieu. Si on pouvait encore la faire marcher, son image serait sûrement en noir et blanc.

Anna renifla.

— Ça va ? demanda-t-il.

— Ce doit être la poussière.

— Nous venons de dire qu'il n'y en avait presque pas.

— J'ai dû tomber sur un coin négligé.

Elle renifla de nouveau. Pas comme quelqu'un qui se retenait d'éternuer, mais plutôt comme quelqu'un qui... était au bord des larmes.

— Tu es sûre que ça va ? Tu ne t'es pas cognée quelque part ou fait mal en marchant dans le tunnel ?

Elle continuait à lui tourner le dos, la tête penchée sur l'objet qu'elle avait dans les mains.

— Non, non. Tout va bien.

Il traversa la pièce pour s'approcher d'elle et regarder par-dessus son épaule ce qui la captivait autant.

C'était une photo de Keith Lochlainn avec un bébé dans les bras.

— Les photos de bébés te font toujours pleurer ?

Elle sursauta. Le cadre lui échappa des mains et tomba sur la moquette. Ian s'empressa de se baisser pour le ramasser.

Ce n'était pas une photo particulièrement belle. Keith posait devant le Phare, et la personne qui tenait l'appareil n'avait pas fait attention à la position du soleil car il plissait les yeux pour se protéger de la lumière. Mais son bonheur semblait si grand...

Ian commençait à comprendre l'émotion d'Anna. Ce n'était pas une facette de Keith que l'on pouvait soupçonner quand on connaissait l'homme d'affaires, ni même quand on entendait parler de lui dans les médias. C'était un homme taciturne, sérieux, qui affichait toujours un air supérieur sur ses portraits officiels. Jamais il ne se serait montré aussi spontané. Aussi joyeux. Aussi... humain.

Ian se surprit à remarquer que Keith avait un beau sourire. Ce sourire adoucissait son visage et le faisait paraître plus accessible et soucieux des autres. En le voyant ainsi, on pouvait l'imaginer venant au secours de quelqu'un au lieu de lui faire la leçon ou de calculer intérieurement l'argent qu'il pourrait lui rapporter. Il semblait généreux et désintéressé.

*Tiens,* se dit-il, ça lui rappelait...

*Anna.*

Anna, qui avait le même sourire que l'homme qui posait sur cette photo.

# 10

Ian observa la photo de plus près tout en puisant dans ses souvenirs d'autres images de Keith Lochlainn. Maintenant qu'il avait remarqué la ressemblance avec Anna, il ne voyait plus que cela. Anna n'avait pas seulement le sourire de Keith, elle avait aussi ses sourcils : droits puis légèrement courbés à leur extrémité. Elle avait sa mâchoire, carrée et élégante.

Possédait-elle aussi son caractère agressif et impitoyable ? Dans ce cas, ces dernières semaines n'auraient été qu'une mise en scène…

Leur nuit ensemble avait-elle relevé d'un stratagème ?

Ian avait cru avoir le dessus. Il s'était pris pour le maître du jeu. Comment avait-il pu se faire duper à ce point ?

Une douleur brutale lui fit l'effet d'un coup de poing dans le cœur.

— Je peux avoir la photo ? demanda-t-elle.

Avec un effort extrême, il détacha les yeux du cadre pour les lever vers elle.

— J'aurais mis le temps, dit-il tout bas. Mais j'ai compris.

— Compris quoi ? demanda-t-elle en tendant la main.

Alors qu'il allait lui rendre la photo, il se trouva incapable de la lâcher.

— Qui tu es vraiment.

— De quoi parles-tu ?

— De toi. Des Lochlainn. Tu fais partie de la famille. C'est pour cela que tu as débarqué à la dernière minute pour empêcher la vente de Lakes of Wonder.

Il secoua la tête. Ses oreilles bourdonnaient.

— Maintenant tout s'éclaircit. Je n'en reviens pas de ne pas m'en être rendu compte plus tôt. Mais il faut dire que ton existence a été soigneusement cachée. La parfaite infiltrée !

La seule question était : comment était-elle liée aux Lochlainn ? Archibald n'avait eu qu'un enfant, Keith. Et Jamie, le fils unique de Keith, était mort sans avoir eu de descendance. Une cousine éloignée ? Une fille née hors mariage ?

Anna restait immobile, les yeux écarquillés, la bouche entrouverte. Sa respiration devint saccadée.

— Mais..., bredouilla-t-elle. Comment as-tu...

— La photo.

Il lâcha enfin le cadre.

— La ressemblance physique saute aux yeux.

— C'est vrai ? demanda-t-elle en reprenant la photo.

— Le sourire. On voit rarement celui de Keith. Le tien, en revanche...

Ian se rappela toutes les fois où il avait vu le sourire d'Anna et sa gorge se serra. Son sourire le premier soir, devant le feu d'artifice. Son rire moqueur dans la cabine du téléphérique, puis son sourire sincère quand elle avait compris qu'il avait vraiment le vertige. Son sourire réconfortant quand elle lui avait pris la main. Son sourire béat après l'orgasme.

— Je n'avais jamais vu cette photo, murmura-t-elle.

— Très peu de personnes l'ont vue à mon avis. Keith maîtrise totalement son image publique. Mais tu le sais déjà, bien sûr. Puisque tu es une Lochlainn.

Ah, ils s'étaient bien moqués de lui ! Avait-elle téléphoné à sa famille après leurs rendez-vous au parc pour parler de lui et rire de sa naïveté ? S'était-elle servie de chaque minute pour déceler ses failles ? Quelle habileté ! Personne avant elle n'avait réussi à fendre son armure.

— Avais-tu l'intention de me le dire ? demanda-t-il.

— Je... peut-être. Je pense. Je ne sais pas.

Elle se laissa tomber sur le canapé. La lumière d'un lampadaire projetait sur elle une lumière dorée.

— Tu ne sais pas ?

Il croisa les bras et s'appuya contre la bibliothèque.

— Ou bien tu le sais, poursuivit-il, mais tu cherches quelque chose à dire parce que tu es démasquée.

— Démasquée ? Qui avançait masqué le soir de notre rencontre, tu peux me le dire ?

— Je ne t'ai pas caché qui j'étais.

— Moi non plus ! rétorqua-t-elle. Je ne me suis jamais fait passer pour celle que je n'étais pas.

Ses épaules s'affaissèrent et elle soupira.

— Faudrait-il encore que je sache qui je suis et qui je ne suis pas..., marmonna-t-elle.

L'appartement étant bien insonorisé, le bruit extérieur n'empêcha pas Ian d'entendre ce qu'elle avait dit.

— Tu ne sais pas qui tu es ? Tu vas prétexter l'amnésie maintenant ? Que vas-tu inventer ensuite, que les Lochlainn t'ont trouvée sous une feuille de chou et que c'est pour cela que personne n'avait entendu parler de toi ?

Elle lui lança un regard noir.

— Tu ne comprendrais pas. Comment le pourrais-tu, toi qui as toujours su qui tu étais et d'où tu venais ? Qu'est-ce que cela fait d'être né Blackburn, de savoir depuis toujours que tu as ta place au sein de l'entreprise familiale ?

— Qu'est-ce que tu racontes ? Les Lochlainn t'ont incluse dans la négociation pour la vente de Lakes of Wonder. Tu as ta place aussi, apparemment. Le nom de Stratford, ça, c'était malin.

— « Stratford » *est* mon nom. En tout cas, c'est celui que je porte depuis ma naissance. Et je n'en reviens pas que tu m'accuses d'être une infiltrée. Tu as bien vu que je ne connaissais rien à la gestion des parcs d'attractions et aux négociations entre multinationales.

Elle semblait triste. Épuisée. Énervée. Elle n'avait pas du tout l'air de quelqu'un qui l'avait battu à son propre jeu.

Et elle avait raison. Ce n'était pas vrai qu'elle ne comprenait rien aux parcs, au contraire, mais il avait tort de l'accuser de s'être fait passer pour une autre. Anna avait toujours été sincère avec lui. Il ne pouvait pas en douter.

— Je te demande pardon, dit-il. Tu n'as rien fait pour mériter que je te prête de mauvaises intentions. Et tu m'as amené à poser un autre regard sur les parcs d'attractions.

— Merci.

Il la rejoignit sur le canapé, s'asseyant près d'elle mais pas suffisamment pour la toucher.

— Mais tu es bel et bien une Lochlainn, dit-il.

— Oui. Non. C'est compliqué.

— Keith avait-il refusé de te reconnaître avant de changer d'avis récemment ?

— Keith n'a pas refusé. Il ne savait pas.

— Ta mère ne lui a jamais dit que tu étais sa fille ?

Elle laissa éclater un rire nerveux.

— Tu penses que je suis la fille cachée de Keith ? Non. Keith est mon grand-père… enfin… mon grand-père biologique. Jamie est mon père. Ou plutôt, le donneur de sperme à l'origine de ma naissance.

— Quoi ?

Ian avait souvent été surpris au cours de sa vie. Même choqué, parfois. En général par des choses que Harlan avait dites ou faites au nom de BBA. Mais ce qu'Anna venait de lui révéler, jamais il n'aurait pu l'imaginer.

— Jamie Lochlainn… est ton père.

— Oui, mes parents ont fait appel à un donneur pour me concevoir. Un donneur anonyme. Ils ignoraient que c'était Jamie Lochlainn.

— Alors comment l'as-tu découvert ?

— La Visite, avec un grand V.

— Pardon ?

— Tu as déjà connu un événement qui a séparé ta vie en deux, avant et après ? Avant cet événement, tu étais une certaine personne et, après, tu es devenu une autre personne ? Sans aucun moyen de revenir en arrière ?

— Oui. J'ai perdu mon père quand j'avais douze ans.

Elle se mit aussitôt face à lui et le regarda avec une profonde tristesse.

— Ian, je suis désolée...

Il faillit hausser les épaules, comme il le faisait toujours quand quelqu'un exprimait de la compassion envers lui. Mais l'atmosphère de cet appartement le fit réagir autrement. Ou bien ce fut Anna, et le fait qu'elle aussi, de toute évidence, avait une relation compliquée avec ses parents.

— Merci, répondit-il simplement. C'était il y a longtemps. Mais je connais cela, oui. Ce sentiment qu'un bouleversement a eu lieu et qu'on en est transformé pour toujours, qu'on le veuille ou non.

— Exactement. Toutefois, pour ma part, je n'ai perdu personne. On pourrait même dire que j'ai gagné des gens, d'une certaine manière. Merci de me faire voir la situation autrement.

— Tu as subi un choc important, c'est ce qui compte.

Elle prit la photo qu'elle avait mise sur la table basse et la regarda encore avant de la reposer.

— Et peut-être que j'ai perdu quelqu'un en fin de compte, dit-elle. Moi-même. Ou plutôt, celle que je croyais être.

Elle se retourna vers lui et esquissa un sourire triste.

— Je dramatise, excuse-moi. Nous devrions peut-être partir, non ? suggéra-t-elle. La sécurité doit être en train de faire sortir les derniers visiteurs.

Ian resta assis et étendit le bras sur le dossier du canapé.

— Tu ne m'as pas raconté la Visite.

— Il n'y a pas grand-chose à raconter.

Comme il la fixait des yeux, elle soupira.

— C'est arrivé un lundi matin, commença-t-elle. J'étais dans mon bureau. Mais j'y pense, je ne t'ai jamais dit ce que je faisais. Je travaille pour le magasin de meubles de mes parents, en tant que décoratrice d'intérieur. Les parents qui m'ont élevée, je veux dire. Pas les Lochlainn, évidemment.

— Je comprends mieux ton excitation en découvrant le fauteuil Eames. Mais je t'interromps. Continue, je t'en prie.

— J'ai cru que c'était ma mère qui frappait à ma porte, nous devions organiser un voyage en Caroline du Nord pour un salon du mobilier. Mais je me suis trouvée face à un homme que je n'avais jamais vu. Il m'a demandé s'il pouvait entrer pour me parler en privé. Derrière lui, j'ai aperçu mes parents. Leur expression... je ne les avais jamais vus aussi terrifiés.

Elle ferma les yeux et s'adossa contre les coussins. Il l'attira alors contre lui et elle le laissa faire.

— Et qu'est-ce qui les terrifiait ? demanda-t-il en l'enlaçant.

Elle mit la tête contre son épaule.

— Ils allaient devoir m'annoncer la vérité. Mon père n'était pas mon père. Pas mon géniteur, en tout cas.

— C'est un inconnu qui t'a appris la nouvelle ?

— Non, mes parents se sont précipités pour me le dire eux-mêmes. Mais je n'ai pas eu le temps d'assimiler cette révélation. L'homme était un avocat envoyé par la Lochlainn Company et avait une proposition à me faire.

Elle releva la tête pour le regarder.

— Je ne suis censée parler de ça à personne, prévint-elle. Si cette histoire sort dans les médias, je perdrai.

— Tu perdras ?

— Il est de notoriété publique que Keith et Jamie ont été en froid pendant de longues années. Quand Jamie, adolescent, a tourné le dos à son père, ce dernier lui a coupé les vivres. Mais ce que les gens ignorent, c'est que Jamie... Manifestement, Jamie a gagné de l'argent en...

— En vendant ses spermatozoïdes. J'ai connu quelques garçons à l'université qui faisaient la même chose.

Elle acquiesça et reposa la tête sur son épaule. Ses boucles blondes sentaient la vanille et le contact de sa joue le réchauffait.

— Voilà comment j'ai été conçue.

Elle s'interrompit et se redressa de nouveau.

— Moi, et peut-être d'autres enfants ? Je n'y avais même pas pensé !

Il lui caressa les cheveux. Ils étaient doux comme de la soie. Il eut l'impression de manquer d'air, comme si sa poitrine était devenue trop petite.

— C'est une question que tu pourras te reposer plus tard. Mais qu'est-ce qui ne doit pas devenir public ? Que Jamie a vendu ses spermatozoïdes ou que tu es sa fille ? Et l'avocat, comment avait-il appris que tu étais la fille de Jamie ? Par le biais de la clinique ?

— Les registres sont censés être scellés. Mes parents ignoraient l'identité de mon géniteur. L'arrivée de l'avocat leur a fait un choc.

— Alors comment a-t-il su ?

— J'ai fait un test ADN une fois, soupira-t-elle. Je l'avais oublié. Jusqu'à la Visite.

— Et les Lochlainn ont eu accès à tes résultats.

— Ou bien ils ont obtenu la coopération de la clinique. Ils n'ont pas voulu le dire.

— On peut faire confiance à Keith pour fouler aux pieds les lois sur la vie privée et la confidentialité. Et donc, c'est là que les Lochlainn t'ont donné Lakes of Wonder. Pas mal comme cadeau de bienvenue.

— Oh ! ils ne m'ont rien donné. Je suis encore en train de faire mes preuves.

— Tu es la petite-fille de Keith et il te demande de faire tes preuves ?

— Nous sommes liés par le sang, c'est un fait, de nouvelles analyses l'ont confirmé. Mais ce n'est pas lui qui m'a élevée. Il ne me connaît pas du tout.

— Tu as ses gènes.

— Et alors ? Il arrive souvent que les enfants déçoivent leurs parents.

— Et inversement.

— C'est vrai. Mais il ne suffit pas d'être l'enfant de quelqu'un pour lui ressembler en grandissant.

— Et ce n'est pas non plus parce qu'on est élevé par quelqu'un qu'on devient comme lui.

Elle leva vers lui un regard interrogateur.

— Tu as l'air de parler en connaissance de cause.

Il n'avait pas envie de penser à son beau-père et à ses problèmes familiaux.

— Nous parlons de toi, dit-il. Continue.

— Pour résumer, Keith m'a confié la supervision de la vente, afin que je prouve que j'ai ce qu'il faut pour être une Lochlainn. Si je suis à la hauteur de ses attentes – et qui sait quelles sont ses attentes –, je gagnerai une place sur son testament. Sinon, je pense que je redeviendrai à ses yeux l'étrangère dont il n'a jamais entendu parler.

Elle émit un rire amer et ajouta :

— Franchement, qui fait ça ? Qui décide de manière aussi arbitraire de la valeur humaine d'une personne ?

— Un Lochlainn.

— Ce n'est pas la première fois que tu fais ce genre de commentaire à propos des Lochlainn. Tu voudrais bien m'expliquer pourquoi tu leur en veux autant ?

En la regardant, il vit que son expression était moins désespérée que tout à l'heure. Bien.

— À mon tour de te parler un peu de mon histoire familiale. Alors voici le secret des Blackburn.

Il s'interrompit pour produire un effet dramatique. Puis il reprit :

— Ce n'est pas Archibald Lochlainn qui a créé Lakes of Wonder. C'est Cooper Blackburn. Mon arrière-grand-père.

— Arrête, s'écria-t-elle en riant. Tous les livres et tous les articles sur Lakes of Wonder disent que...

— L'histoire est écrite par les vainqueurs. Et Archibald a fait en sorte que Cooper soit effacé de l'histoire de Lakes of Wonder.

— Cela me paraît difficile de maquiller à ce point la réalité.

— Encore une fois, l'histoire est écrite par les vainqueurs. À ton avis, comment étais-je au courant pour le Phare ? Et la clé ?

— Je ne... Je te vois sans doute comme un gourou pour qui les parcs d'attractions n'ont aucun secret. Capable même de faire apparaître une clé. Ce qui est ridicule, je te l'accorde.

— J'ai trouvé la clé dans les affaires de mon grand-père. Mais, d'un point de vue plus général, je pense que tu vois du romantisme là où il n'y en a pas. Les Lochlainn ne s'intéressent pas aux gens. Seulement au profit. Et ils sont prêts à tout pour obtenir ce qu'ils veulent.

— Alors pourquoi sont-ils venus me chercher quand ils ont appris mon existence ?

— Si j'étais joueur, je parierais que Keith t'a contactée pour prendre les devants avant que tu découvres toi-même la vérité sur ton ascendance. En faisant le premier pas, il contrôle le récit. Il contrôle ta place dans la famille.

Ian se rendit compte trop tard qu'il avait parlé d'un ton dur, voire féroce. Mais Anna devait savoir à qui elle avait affaire. Ian avait l'expérience de ce milieu et de la fosse aux serpents que pouvait être une grande firme familiale. Elle, non.

— Je ne...

Elle ferma les yeux de longues secondes avant de les rouvrir.

— D'accord, concéda-t-elle. Peut-être.

Elle se leva. Ses mouvements étaient saccadés.

— Nous devrions partir. Le parc est fermé depuis longtemps. Je n'ai pas envie d'expliquer à la sécurité pourquoi nous sommes encore là à cette heure-ci.

La lumière qui émanait d'elle en permanence s'était éteinte.

— Anna, je ne voulais pas te faire de peine...

— C'est bon, assura-t-elle.

Mais ses épaules rentrées et ses bras serrés autour d'elle montraient le contraire.

— Je ne veux pas que tu souffres. J'ai vu cela trop souvent dans des familles qui avaient de grandes entreprises à gérer. Crois-moi, dans les affaires, les seuls liens qui comptent sont les liens contractuels.

— J'ai compris, répondit-elle en regardant fixement le sol.

— Plus tu seras préparée, mieux tu pourras te protéger. As-tu signé quelque chose ? Un accord de confidentialité, peut-être ? As-tu parlé à des avocats ?

Elle secoua faiblement la tête.

— J'en connais de très bons qui seraient ravis de mettre les mains dans une affaire qui concerne les Lochlainn. Je peux te recommander...

— Non. Pas d'avocats.

— Anna. Tu n'as pas les idées claires. Il y a beaucoup d'argent en jeu et les Lochlainn t'ont jetée dans le grand bassin sans aucune sécurité. Tu as besoin de parler à...

Elle souffla avec énervement.

— J'ai besoin. Oui, tout le monde sait parfaitement ce dont j'ai besoin. Ou ce que je peux ou ne peux pas faire. Tu sais ce dont j'ai vraiment besoin ? D'arrêter de parler de ça et de sortir d'ici.

— D'accord.

Il avait été sincère en lui disant qu'il ne voulait pas lui faire de peine. Mais plus tôt elle comprendrait la vérité sur sa famille biologique, mieux les choses se passeraient pour elle à l'avenir. Il lui rendait service, bon sang.

Il se leva.

— Allons-y, dit-il. Je connais un raccourci pour rejoindre la sortie du parc.

Anna marcha jusqu'à la porte et saisit la poignée.

Puis elle se retourna vers lui, l'air consterné.

— Je n'arrive pas à tourner la poignée, dit-elle. La porte est bloquée.

# 11

Ian fit signe à Anna de lui laisser la place.

— Je vais essayer, dit-il.

Sa tentative fut vaine. La poignée ne bougeait toujours pas. Il insista, donna un coup d'épaule contre la porte, en vain. Il réussit seulement à se faire mal.

— Et avec la clé ? demanda-t-elle.

— Il n'y a pas de serrure de ce côté.

Et surtout, il n'avait plus la clé. Elle était restée dans la serrure, de l'autre côté de la porte.

— Nous allons devoir appeler quelqu'un.

Elle sortit son téléphone et soupira.

— Je n'ai pas de réseau. Et toi ?

Ian regarda son écran.

— Rien non plus, répondit-il. Comme dans de nombreux endroits de Lakes of Wonder.

— Comment est-ce possible au XXI^e^ siècle ?

— Je te l'ai dit, Keith n'investit plus dans le parc depuis longtemps. Il est à l'abandon.

— Génial. Il aura fallu que je me retrouve dans cette situation pour en avoir la preuve. J'imagine que ce n'est pas toi qui as fait en sorte de m'enfermer ici pour me raconter des histoires horribles sur ma famille et sur l'état du parc afin de me persuader de vendre ?

Ian ne put s'empêcher de rire malgré les circonstances.

— Non, Raiponce, je n'en suis pas responsable. Je ne savais pas que tu étais une Lochlainn avant que nous arrivions ici.

— Il fallait que je te pose la question, dit-elle avec un sourire en coin. J'aurais peut-être pu te convaincre de me libérer plus tôt.

— Si j'avais su qu'il me suffisait de t'enfermer dans le Phare pour obtenir ton accord !

— Bon, nous pourrons plaisanter quand nous aurons trouvé un moyen de sortir. Il y a des gardiens et des agents de sécurité dans le parc. Nous n'avons qu'à attirer leur attention.

Elle traversa la pièce et tira le grand rideau. Ils découvrirent alors une baie vitrée qui donnait sur Seamus's Seaport, le port maritime.

Ian s'approcha d'elle. Depuis cette fenêtre, la vue sur le parc était magnifique, surtout avec les illuminations des fêtes. Mais, de toute évidence, il n'y avait plus personne. Les dalles qui entouraient le Phare étaient mouillées, ce qui voulait dire que l'équipe de nettoyage était déjà passée.

— Regarde ! s'exclama Anna en montrant une silhouette au loin.

C'était un agent de sécurité, reconnaissable à son uniforme. Anna se mit à l'appeler en faisant de grands gestes, sans parvenir à attirer son attention. L'homme regardait autour de lui, mais seulement au niveau du sol, alors que l'appartement se trouvait en hauteur.

Voyant que la fenêtre n'était pas faite pour s'ouvrir, Anna tambourina contre la vitre.

— Eh ! cria-t-elle encore.

— Il ne t'entendra pas. La vitre est épaisse, assez solide pour résister aux tempêtes et aux tremblements de terre. Et nous le surplombons de plusieurs étages.

— Mais regarde, il y a un balcon. On doit pouvoir y accéder.

— Oui, sûrement. Tu as raison.

Ils ne tardèrent pas à trouver la porte, dissimulée sous le même papier peint que le mur. Ian parvint à tourner la poignée mais ne put l'ouvrir que de quelques centimètres.

— Dépêche-toi, le vigile a presque fini de faire le tour de la place. Il va poursuivre sa ronde ailleurs.

— J'essaie, mais quelque chose coince...

La porte céda brusquement et il faillit tomber. Anna se précipita sur le balcon.

— Eh ! Au secours ! cria-t-elle en saisissant la rambarde métallique. Non, attendez ! Revenez ! Par ici !

Le vigile prit la direction de Heroes Harbor et fut bientôt hors de vue. Ils eurent beau chercher, ils n'aperçurent personne d'autre.

— On dirait qu'ils ont aussi coupé dans les dépenses de sécurité, observa Ian. Encore une preuve que le parc est en difficulté financière.

Anna se tourna vers lui avec un regard désespéré.

— Qu'est-ce qu'on va faire ?

— Ne t'inquiète pas, ça va aller, répondit-il en posant la main sur son bras. Au pire, nous passerons la nuit ici. Je suis attendu demain matin à une réunion du comité de direction de BBA, à Los Angeles. Tai enverra du monde à ma recherche quand il constatera que j'ai disparu. Ils nous trouveront.

— Nous allons rester enfermés ici jusqu'à demain matin ? demanda-t-elle en frissonnant.

Elle était pâle et semblait avoir du mal à respirer. Ce n'était ni l'agacement ni même la colère qui la faisait réagir ainsi. Il y avait quelque chose de plus profond, de plus personnel.

— Nous ne risquons rien, dit-il d'une voix calme. Il y a l'eau courante et tu pourras même t'allonger sur le canapé pour dormir.

Il se souvint qu'il n'avait pas eu le temps de se changer en descendant de l'avion et sortit un sachet de la poche de son jean.

— Regarde, ajouta-t-il. Si nous avons faim, j'ai même de quoi grignoter.

Elle prit une inspiration.

— Toi, dit-elle, tu ne te sens pas bien dans les cabines de téléphérique. Moi... c'est quand je suis enfermée quelque part.

Il lui prit la main et se rendit compte qu'elle avait les doigts gelés.

— Nous serons sortis d'ici dans quelques heures, promit-il.

Elle secoua aussitôt la tête et ses yeux se perdirent dans le vague. Ses jambes tremblaient comme si elle allait s'effondrer.

Il la guida doucement vers le canapé pour la faire asseoir.

— Ne t'évanouis pas avant de sentir le coussin sous toi.

Cette remarque lui valut un regard noir. Cela le rassura, d'une certaine façon.

— Tu n'as pas besoin de me dorloter. Ça va aller. J'ai juste besoin... de me faire à l'idée.

— Tu n'as pas l'air de très bien t'y faire pour l'instant.

— Ça va aller, répéta-t-elle.

De la sueur perlait maintenant sur son front. Cela faisait mal de la voir dans cet état.

Il s'assit près d'elle.

— Raconte-moi quelque chose sur ton enfance, fit-il.

— Hein ?

— S'il te plaît, insista-t-il en faisant semblant de bâiller. Je m'ennuie et je ne pense pas que la télé marche. Distrais-moi.

— Je ne pense pas pouvoir te distraire, répondit-elle en riant. Je suis très ennuyeuse. La seule chose inattendue qui me soit arrivée, je te l'ai racontée tout à l'heure.

Il contempla ses boucles blondes, ses joues parsemées de taches de rousseur, son nez qui le fascinait toujours autant.

— Il n'y a absolument rien d'ennuyeux chez toi.

— Tu dis ça uniquement parce que tu veux que je te vende le parc, plaisanta-t-elle. Je ne suis qu'une décoratrice d'intérieur qui travaille pour le commerce de meubles de ses parents. Avant la Visite, le jour le plus marquant de ma vie a été celui où j'ai gagné un voyage aux Bahamas à une tombola caritative. Mais quand je suis arrivée sur place avec ma cousine, l'hôtel était en travaux. Non seulement le restaurant était fermé, mais en plus il y avait un échafaudage devant la fenêtre de notre chambre. Tu vois ? Ennuyeuse.

— Tu te déguises en fée. Tu aimes faire plaisir aux gens que tu ne connais pas. Tu poses un regard plein de fraîcheur sur Lakes of Wonder.

Elle le surprenait et l'émerveillait à chaque instant. Elle lui apportait une nouvelle façon de penser. Elle le faisait rire.

Être avec elle le rendait heureux.

Cette révélation lui coupa le souffle.

— C'est gentil, merci. Ian ? ajouta-t-elle en le dévisageant. Ça va ? C'est si pénible pour toi de dire des choses aimables ?

— Non, je... J'étais sincère.

— Ah. Pourtant tu fais la même tête que si tu avais mangé un cageot entier de citrons.

— Tu m'accuses de mentir ? s'insurgea-t-il.

Il pensait chaque mot prononcé. Et c'était bien ce qui lui causait un tel choc.

— C'est bon, tu n'as pas besoin de me caresser dans le sens du poil pour obtenir ce que tu veux.

— Pour te caresser, je suis toujours partant.

— Tu ne t'arrêtes jamais ? répliqua-t-elle en riant.

— Je n'essayais pas de te flatter, si c'est ce que tu penses.

Elle s'était détournée, si bien qu'il ne voyait pas l'expression de son visage.

— Anna, ça va ? Que puis-je faire pour t'aider ?

— Tu m'aides déjà. Cela me fait du bien de parler.

Elle se tourna finalement vers lui. Ses yeux luisaient dans la faible lumière mais, en dehors de cela, elle ne montrait plus de signes de panique.

— Je te trouve fascinant, tu sais.

Il n'en fallut pas plus pour qu'il sente son corps s'enflammer.

— Vraiment ? répliqua-t-il en luttant pour prendre un ton détaché. Continue.

— Pourquoi est-ce si important pour toi d'acquérir Lakes of Wonder ? Pourquoi ne pas laisser tomber ? BBA se porte très bien. Ton entreprise possède déjà deux parcs à thème dans le sud de la Californie, quel besoin d'en avoir un troisième ?

— Ah. Ce n'est pas moi qui te fascine, mais BBA.

Sa déception fut grande. Beaucoup trop grande.

— C'est la même chose, non ? demanda-t-elle.

— Non. Enfin...

Il ne savait plus. Cela faisait si longtemps qu'il était obsédé par l'idée d'évincer Harlan. Concentré sur la nécessité de contrer ses directives irrationnelles et ses attaques sournoises. Soucieux de mettre un terme à l'influence que son beau-père avait non seulement sur l'entreprise, mais aussi sur la famille.

— Pourquoi est-ce si important ? répéta-t-il. BBA est une entreprise familiale. Elle a toujours été dirigée par un Blackburn depuis que mon arrière-grand-père l'a créée. Mais, comme je te l'ai dit, mon père est mort jeune et ma mère, dans son chagrin, a épousé un ami de la famille pour que je ne grandisse pas sans exemple à suivre. Malheureusement, Harlan, mon beau-père, était tout sauf un exemple à suivre. Ma mère a signé un mauvais contrat de mariage, grâce auquel il a pris le contrôle des parts de l'entreprise qu'elle avait héritées de mon père. Cela lui a permis d'entrer au conseil d'administration, où il a renforcé ses pouvoirs et s'est fait élire président. En bref, je vais enfin pouvoir réunir assez de votes pour le faire exclure, mais à une condition : que j'achète Lakes of Wonder.

C'était la vérité. Même s'il en manquait une partie.

— C'est donc une histoire de famille pour toi aussi.

— En quelque sorte, oui.

Il faisait cela pour s'assurer que Harlan sorte de sa famille et de son entreprise. Que ce type cesse de torturer psychologiquement sa mère à chaque réception de l'entreprise à laquelle elle participait.

— J'ai toujours cru que je savais où était ma place, dit-elle tout bas. Quand je suis partie à l'université, je savais que je rentrerais chez moi. Ma famille était mon socle. Et... c'est toujours le cas. Mais la vente de Lakes of Wonder m'offrait l'occasion de m'enfuir et je l'ai fait. J'ai besoin de temps pour comprendre qui je suis.

Il acquiesça.

— Mon père travaillait beaucoup, confia-t-il à son tour, puis il a succombé à une crise cardiaque. Mais je savais que j'appartenais à BBA.

— Ne devrais-tu pas dire le contraire ? Que BBA t'appartient ?

— Non. Tu viens de dire que ta famille était ton socle. Pour moi, c'est BBA. La seule constante de ma vie.

C'était aussi pour cela qu'il fallait en chasser Harlan. Détruire cette base.

— Je pense que je n'appartiendrai jamais à la Lochlainn Company. Pas de cette façon. J'aimerais juste savoir où est ma place, murmura Anna.

Elle se pencha pour prendre la photo de Keith et Jamie sur la table basse. Comme elle n'avait pas le bras assez long, Ian voulut l'aider et tendit la main.

Leurs doigts se rencontrèrent et s'entremêlèrent aussitôt. Anna se retourna vers Ian au moment où il était assailli par une vague de désir. Fixant sur lui un regard brillant, elle serra sa main et sembla s'accrocher à lui comme à une bouée de sauvetage.

Mais il ne pouvait pas être cette bouée. À cause d'Olive et Preston et de leurs nouvelles exigences, il allait devenir pour elle le pire des traîtres.

Il voulut ôter sa main de la sienne mais elle l'en empêcha. Et à vrai dire, il n'avait aucune envie de la lâcher. Il voulait continuer à lui tenir la main. Plus que cela, il voulait sentir son corps contre lui. Poser les lèvres sur sa gorge, sur ses seins, sur son ventre et entre ses cuisses.

Dans ses yeux, il vit brûler un désir aussi fort que celui qu'il éprouvait.

— Ian ? murmura-t-elle. Je sais que nous avions dit... que notre première nuit...

— Serait la seule, acheva-t-il.

Elle acquiesça et se passa la langue sur les lèvres.

— Mais ce soir, je... j'ai envie de t'embrasser. Tu veux bien ?

Il prit délicatement la mèche de cheveux qui tombait sur sa joue et la fit glisser derrière son oreille.

— Bien sûr, répondit-il en souriant. Je serai ravi de te faire oublier que nous sommes enfermés. Je te dois bien ça, après le téléphérique.

Son trait d'humour ne la fit pas rire.

— Non, dit-elle avec gravité. Je veux t'embrasser, toi. Parce que tu es toi. Pas à cause de la situation.

Il eut le souffle coupé par ses paroles, mais trouva encore la force de l'attirer contre lui et de prendre son visage en coupe. Cherchant à la réconforter, il effleura sa bouche du bout des lèvres, en s'efforçant de contenir son excitation. Il voulait juste lui montrer qu'il était là pour elle.

Ce fut elle qui laissa la passion prendre le dessus. Elle lui donna sa langue et se cambra pour plaquer les seins contre son torse.

— J'ai envie de toi, Ian, dit-elle dans un souffle. Ce soir. Juste ce soir. S'il te plaît.

# 12

Ian savait à quel point c'était bon de faire l'amour avec Anna. Il ne pensait qu'à cela depuis leur première nuit ensemble. Et elle croyait devoir le supplier ?

Comme il la saisissait par les hanches, elle glissa les mains sous son T-shirt et il leva les bras pour qu'elle le lui enlève. Puis il la débarrassa à son tour de son haut et de son soutien-gorge. Enfin, il retrouvait ses seins et ses mamelons tendus par l'excitation. Enfin, il pouvait les sucer et les lécher tout en écoutant ses gémissements si délicieusement érotiques.

Elle passa les jambes autour de lui et bougea contre son érection tout en passant les mains partout sur son torse. Quand il sentit qu'elle remuait plus fort pour se libérer de la tension qui devait être aussi forte pour elle que pour lui, il la retint et lui fit changer de position. Il voulait prendre le temps de la faire jouir. De lui faire savourer chaque seconde avant la délivrance.

Il lui ôta son jean et sa culotte, et resta un instant debout, immobile, à admirer son corps nu. Elle tendit les bras vers lui en l'appelant du regard. S'il ne s'était pas donné autant de mal au cours de sa vie pour apprendre à garder le contrôle de lui-même, il n'aurait sans doute pas trouvé la force de faire durer sa propre attente. Mais, ce soir, il ne voulait penser qu'à elle. Parce qu'elle détestait être enfermée. Parce qu'elle avait envie de lui.

Parce qu'il voulait lui donner du plaisir. Parce qu'il voulait lui montrer qu'elle méritait d'être adorée. Parce que, à défaut de pouvoir le lui dire, il voulait lui faire sentir combien il l'adorait.

Il s'agenouilla et elle ouvrit instinctivement les jambes. Dès qu'il mit la bouche contre son sexe, elle souleva le bassin en poussant un long soupir. Avec ses lèvres, avec sa langue, il l'entraîna dans un voyage sensuel en la menant plusieurs fois tout près de l'orgasme. Puis, quand il sentit qu'elle allait vraiment atteindre le septième ciel, il garda le même mouvement et elle cria en vibrant de tout son corps.

Elle retomba inerte sur le canapé et mit un long moment à reprendre son souffle. Il s'assit à côté d'elle et la regarda.

— J'ai changé d'avis, dit-elle finalement.

— À quel sujet ?

Avait-elle des regrets ?

Il eut peur de la réponse.

— Sur le fait d'être enfermée dans une pièce, répondit-elle en fermant les yeux. Ce n'est pas si terrible.

Il sourit en la voyant aussi apaisée. Il avait atteint son but. Elle allait pouvoir s'endormir.

Elle leva alors une paupière.

— Je ne t'ai pas oublié, tu sais.

Elle posa la main sur son érection, si intense qu'elle en devenait presque douloureuse.

— Accorde-moi juste quelques minutes, ajouta-t-elle.

Il rit et la serra dans ses bras.

— Crois-moi, dit-il, je n'ai besoin de rien de plus.

Elle n'imaginait pas le plaisir que c'était pour lui de la voir s'abandonner ainsi en toute confiance. Son extase à elle était son plaisir à lui.

Jamais il n'avait ressenti cela avant.

Ian fut réveillé par la lumière du soleil.

Pourquoi les services de l'hôtel ne lui avaient-ils pas téléphoné dès l'aube pour le réveiller, comme tous les matins ?

Il ouvrit les yeux et prit conscience de l'endroit où il se trouvait. Et avec qui.

Anna était blottie contre lui sur le large canapé, ses boucles blondes étalées autour de sa tête. Dans ce lieu d'un autre temps, avec cette expression de contentement sur le visage, elle lui parut plus belle que jamais.

Cette femme était un trésor.

*Son* trésor.

Cette pensée le sidéra et le bouleversa à la fois.

Elle soupira et il sentit qu'elle allait se réveiller. Hélas, ils allaient devoir quitter cet appartement caché. Il mourait d'envie de rester ici, loin du monde et des responsabilités qui les attendaient à l'extérieur. Mais il était aussi impatient d'affronter les pressions des uns et des autres car, tant qu'il ne s'en serait pas débarrassé, Anna et lui ne seraient pas libres de vivre leur vie. Une vie qu'il ne pouvait plus imaginer heureuse sans elle, aussi étrange que cela paraisse. Mais ils ne pourraient même pas être amis tant que la vente de Lakes of Wonder planerait au-dessus d'eux comme une épée de Damoclès.

Ian pouvait se targuer d'être habile en affaires. Il avait toujours réussi à atteindre ses objectifs. Selon lui, il y avait une solution pour chaque problème. Il trouverait donc le moyen d'exclure Harlan de Blackburn Amusements sans nuire à la relation qu'il avait construite avec Anna. Le moyen de conserver le soutien d'Olive et Preston sans accéder à leur exigence de confier Lakes of Wonder à un promoteur immobilier.

Anna bâilla et s'étira. Elle était irrésistible au réveil, avec ses joues roses et ses lèvres entrouvertes.

Elle s'assit en laissant tomber sur sa taille la couverture que Ian avait trouvée au milieu de la nuit. En voyant ses seins, il dut prendre sur lui pour résister à l'envie de les saisir dans ses mains.

Ils allaient bien devoir sortir d'ici à un moment ou un autre et, s'il ne restait pas concentré sur cette mission, cela n'arriverait jamais.

— Quelle heure est-il ? demanda-t-elle d'une voix pleine de sommeil.

— 8 heures passées.

Elle émit un cri de stupeur et se mit aussitôt à rassembler ses vêtements.

— Le parc n'ouvrira que dans une heure, poursuivit-il, mais les employés doivent être déjà là. Je vais peut-être pouvoir attirer l'attention de quelqu'un.

Il se dirigea vers la porte du balcon et l'ouvrit tout en remettant sa chemise.

— Attends, c'est samedi matin, ne...

Trop tard, il était déjà dehors.

Et des centaines de gens en tenue de yoga, debout en rangs sur les dalles qui entouraient le Phare, les yeux et les bras levés pour leur salutation au soleil, le virent. Du moins ce fut son impression. Peut-être que quelques-uns avaient les yeux fermés ou ne regardaient pas dans sa direction. Mais une bonne partie d'entre eux le fixèrent avec sidération, et certains eurent même la présence d'esprit de sortir leur téléphone pour immortaliser la scène. Une chose était sûre : leur présence dans la tour n'était plus un secret.

Il rentra aussitôt et referma la porte.

— La séance de yoga matinal dans le parc, dit-il. C'est aujourd'hui.

— Je regrette de l'avoir manquée. Tu penses qu'ils voudront bien me rembourser ma réservation ?

— Je suis sûr que la direction se montrera compréhensive. À propos, la sécurité ne va sans doute pas tarder à arriver.

— Ne t'inquiète pas, le propriétaire est de ma famille.

Elle sourit et la pièce s'emplit d'une lumière plus éclatante que celle du soleil. Puis l'éclat disparut.

— À propos de cette nuit..., commença-t-elle.

Il s'approcha d'elle et lui prit la main.

— J'ai adoré chaque minute, dit-il. J'aime être avec toi.

— C'est réciproque. Mais...

— Cette nuit, c'était comme dans le téléphérique. Rien n'a changé, dit-il pour la rassurer. Notre accord tient toujours.

Que c'était pénible à dire !

— Non ! s'exclama-t-elle. Cette nuit change tout.

Ian sentit son cœur se gonfler. Il n'avait jamais ressenti cela. C'était un mélange de bonheur et de souffrance.

— C'est-à-dire ?

Il ne savait même pas quelle réponse il attendait de sa part.

— Tu es le seul à qui j'aie parlé de mon lien avec les Lochlainn. Le seul qui sache pourquoi je suis là alors que je n'ai aucune expérience dans ce genre de négociations.

Comme elle s'asseyait sur le canapé pour remettre ses sandales, il prit place à côté d'elle, non sans penser à ce qui s'était passé là cette nuit.

— Je suis touché que tu m'aies fait confiance. D'autant plus que je suis...

*L'ennemi.*

— Que je représente l'autre partie contractante, dit-il à la place.

— Mais tu es plus que cela, non ? demanda-t-elle en levant les yeux vers lui.

Il voulait être plus que cela. Il le voulait tellement ! Mais comment faire ?

— Lakes of Wonder fait autant partie de ton ADN que du mien, ajouta-t-elle. C'est aussi ton héritage.

Ah. C'était ce qu'elle avait voulu dire. Elle parlait du parc et non de lui. Et non d'*eux*.

Jamais il n'avait éprouvé une déception aussi profonde.

— Oui, bien sûr, répliqua-t-il en surmontant difficilement son amertume.

Il se massa les tempes, espérant qu'Anna mettrait sa mauvaise mine sur le compte de la fatigue. Ils n'avaient pas beaucoup dormi, après tout.

C'était préférable ainsi, se dit-il. Mieux valait se concentrer sur l'acquisition de Lakes of Wonder que sur le chaos de ses émotions. C'était bien la raison pour laquelle il les avait toujours enterrées au fond de lui. Elles l'empêchaient de réfléchir efficacement.

Toutefois il revit le regard plein d'espoir d'Anna et imagina ce qui arriverait quand elle découvrirait les projets de Preston et Olive pour le parc.

— Mais je connais toute cette histoire depuis longtemps, poursuivit-il. Pour toi, c'est tout nouveau.

— Oui. C'est pourquoi nous devons parler de la vente. Maintenant que je sais…

Quelqu'un frappa fort à la porte. Une voix étouffée se fit entendre :

— Ian ! Tu es là ?

# 13

— Ian ? J'espère que tu es là.

Ian reconnut la voix de Tai et se demanda s'il était soulagé ou déçu de l'entendre.

— Nous sommes là ! répondit-il.

— Nous ? demanda Tai.

Puis son ami ouvrit la porte et sourit en les voyant, Anna et lui, assis calmement sur le canapé. L'appartement était en ordre... à l'exception des quelques coussins tombés par terre au cours de la nuit.

— Bien sûr. Bonjour, Anna, dit Tai. C'est un plaisir de vous revoir. Nous nous sommes vus à la signature, ou plutôt, à la non-signature.

— Nous aussi, nous sommes contents de te voir, dit Ian en se levant. Nous nous sommes retrouvés enfermés.

— C'est ce que je pensais. La clé était dans la serrure extérieure. Si je comprends bien, tu as découvert l'utilité de ton porte-bonheur ?

— Comment avez-vous su que nous étions ici ? demanda Anna. Nous n'avions pas du tout de réseau.

Le sourire moqueur de Tai n'échappa pas à Ian.

— Le bruit s'est répandu qu'il y avait un intrus à moitié nu au Phare des Surprises. Son image est partout sur Internet. Il y a des commentaires très intelligents sur les réseaux sociaux.

— Génial, grommela Ian.

— Rassure-toi, on ne te reconnaît pas sur les vidéos. Mais tu étais absent à la réunion et je savais que tu devais retrouver Anna hier soir au parc, donc j'ai rapidement fait le lien. Ne vous inquiétez pas, j'ai renvoyé les agents de sécurité. Votre secret sera bien gardé.

— Ce n'est pas...

Ian s'interrompit. Il ne devait pas d'explications à Tai. Anna et lui étaient deux adultes consentants. Et elle était chez elle à Lakes of Wonder. Enfin, chez son grand-père. Elle avait le droit d'être ici. Et lui aussi, d'une certaine manière.

— Allons-y, dit Ian. Nous pouvons peut-être encore faire cette réunion.

Le sourire de Tai s'effaça.

— À ce propos, commença-t-il.

Il jeta un œil vers Anna, qui faisait semblant d'examiner le contenu de la bibliothèque pour les laisser discuter.

— La réunion a été annulée.

— Quoi ? s'exclama Ian. Mais je ne...

— Les échanges se sont faits à un niveau supérieur au mien dans l'organigramme, ce que l'on m'a rappelé à chaque fois que j'ai essayé d'avoir des informations. Mais je crois que tu devrais retourner tout de suite à Denver. D'après ce que j'ai compris, Harlan prépare un coup de force pour te démettre de tes fonctions. La rumeur dit même que Russell s'est mis de son côté.

— Russell ? Il est aux îles Cayman en train de compter ses yachts !

— Il a fait son apparition hier au siège de Denver, Maeve l'a vu. Tu sais la confiance que j'ai dans mon assistante. Écoute, je ne connais pas Russell aussi bien que toi...

— C'est mon cousin au deuxième degré et je trouve que c'est encore trop proche, grommela Ian.

— Et je sais qu'il est toujours entouré d'une foule de gens, mais, d'après Maeve, il ne faisait pas sa parade habituelle dans les bureaux de BBA. Il était en mission.

— Pourquoi Russell...

Mais oui, c'était évident.

— Preston. Ou Olive.

— Lequel des deux à ton avis ? demanda Tai.

— Les deux. Russell cherche la meilleure méthode pour faire pencher le conseil d'administration en sa faveur. Il s'accordera avec le plus offrant.

— Que veux-tu que je fasse ?

— Fais préparer l'avion privé aussi vite que possible. Direction Denver.

Sur ces mots, Ian regarda Anna. Il avait encore tellement de choses à comprendre sur ce qui se passait entre eux et qui était si nouveau pour lui. Ils avaient besoin de se parler, d'évoquer l'avenir – à la fois celui de Lakes of Wonder et le leur. Il voulait encore...

Non. Il fallait s'en tenir à l'accord qu'ils avaient passé. Cela n'avait été qu'une liaison passagère. Particulièrement agréable, mais qui ne devait pas le faire dévier de son chemin. Ce n'était jamais bon de mélanger travail et plaisir. Il avait un seul objectif : se débarrasser de son beau-père. Et pour cela, il devait acheter Lakes of Wonder.

Anna se tourna vers lui et sourit.

Il n'avait aucune envie de la quitter.

— Vous avez fini ? demanda-t-elle. Nous pouvons partir ?

— Oui. En fait, il faut que j'aille à Denver.

Elle eut l'air déçue mais afficha tout de suite un nouveau sourire.

— Bien sûr, répondit-elle. Je voulais te proposer de manger une gaufre en forme de Seamus pour le petit déjeuner, mais les affaires sont les affaires.

— Hélas, oui. Désolé.

Elle vint jusqu'à lui et lui prit la main en mêlant ses doigts aux siens.

— Je peux faire quelque chose pour t'aider ?

Sa générosité ne cessait de le surprendre.

— Non, merci. C'est un problème au sein de BBA. Je ne vois pas ce que tu pourrais y comprendre.

Il était si préoccupé par les machinations auxquelles il devait faire face qu'il se rendit compte trop tard combien sa remarque était blessante.

— Évidemment, dit Anna en lui lâchant la main. Tu n'as pas besoin de mon aide, cela va de soi. Je n'ai pas l'expérience requise. Et, visiblement, tu n'as pas non plus besoin de mon soutien.

— Ce n'est pas ce que je...

— Ian, il faut y aller, dit Tai en regardant son téléphone.

— Tu as du réseau ?

— Très peu, mais juste assez pour recevoir des SMS. Je t'avais dit de changer de fournisseur.

— Et quelles sont les nouvelles ?

— Harlan a du mal à joindre Johnson Miller pour convoquer une réunion d'urgence du conseil. Ce n'est sans doute pas un hasard. Johnson n'aime pas qu'on lui donne des ordres. Il va faire patienter Harlan encore une demi-journée au moins, pour montrer qu'il est indépendant.

— Mais il finira par se rallier à Harlan. Comme toujours.

— On ne se refait pas. Mais il nous permet de gagner du temps. Profitons-en.

— Tu as raison.

Ian se dirigea vers la sortie. Alors qu'il allait passer la porte, il se rendit compte qu'Anna ne le suivait pas.

— Tu ne viens pas ? demanda-t-il. Je te croyais impatiente de t'en aller d'ici.

Elle avait un regard distant.

— Je vois bien que tu es pressé. Vas-y. Je retrouverai le chemin de la sortie. Ne te fais pas de souci, je demanderai à Teri d'organiser le prochain rendez-vous.

— Le prochain rendez-vous ? répéta-t-il en retournant auprès d'elle, près de la bibliothèque. Nous pouvons voir ça ensemble, pourquoi demander à Teri ?

— Je voulais dire le dernier rendez-vous, précisa-t-elle. Pour la signature de la vente.

— Ian, il faut y aller, dit Tai depuis la porte.

Ian lui fit signe d'attendre une seconde.

— Nous avons encore plusieurs semaines devant nous, dit-il à Anna. Je croyais que nous pourrions...

— J'ai toutes les informations dont j'ai besoin. Inutile de prolonger mon séjour ici au-delà de Thanksgiving. Cela ne ferait que retarder l'inévitable. Merci de m'avoir amenée à l'intérieur du Phare, ajouta-t-elle avec un sourire triste. Il y a beaucoup de choses que je comprends mieux maintenant.

— Ian ! appela Tai.

— Tout va bien, assura Anna. Je vais bien. Tu dois partir. À bientôt.

— Ian, il faut que tu voies les messages que j'ai reçus ! insista Tai.

Ian continuait à regarder Anna.

— Je t'appellerai sur le trajet, dit-il.

— Concentre-toi plutôt sur ce qui se passe chez BBA. À bientôt.

Comme si elle cédait à une impulsion, elle se hissa sur la pointe des pieds et l'embrassa furtivement sur la bouche.

— Bonne chance, murmura-t-elle.

Elle s'écarta et fit signe à Tai pour lui dire au revoir.

Ian ne comprenait pas. Pourquoi le rejetait-elle comme cela ?

— Merci, répondit-il. Je t'appelle bientôt.

Il rejoignit Tai et se retourna une dernière fois pour la regarder avant de partir. Elle était de profil, de nouveau face à la bibliothèque. Dans la lumière du soleil, ses cheveux brillaient comme de l'or.

Si seulement il avait pu revenir sur ses pas, la prendre dans ses bras et la porter jusqu'au canapé où ils auraient oublié ensemble le reste du monde ! Mais il avait une urgence à traiter.

Ce n'était pas fini avec Anna. Une fois propriétaire de Lakes of Wonder, il pourrait prendre le temps de parler avec elle. Ils décideraient ensemble de ce qu'ils voulaient faire de l'incroyable alchimie qu'il y avait entre eux.

Pour l'instant, la priorité était de neutraliser Harlan. Sinon Ian n'aurait aucun avenir à envisager, avec ou sans Anna.

Anna garda les yeux fixés sur la photo qu'elle avait dans les mains en attendant que Ian parte. Elle aurait l'occasion de le revoir au moment de la signature, mais ce départ avait quelque chose de définitif. Après cette nuit, elle avait cru...

Peu importait ce qu'elle avait cru. Pour lui, de toute évidence, cette nuit avait été comme la première. Une parenthèse agréable, sans signification particulière, dépourvue d'émotions profondes.

Elle soupira et reposa la photo avec précaution. Contrairement à Ian, elle n'avait pas d'urgence, pas de multinationale à diriger. Elle était juste... une personne liée à Lakes of Wonder à la suite d'un accident de naissance. Elle n'avait aucun rôle à jouer au parc, aucun bureau dans lequel s'installer pour travailler. Elle n'avait qu'une seule chose à faire : apposer sa signature au bas d'un contrat de vente.

Elle reprit le tunnel et se trouva bientôt dans la boutique de souvenirs. Une fois dehors, elle sortit son téléphone, ignora toutes les notifications qui s'affichaient et appela Maritza en visio. La voix ne lui suffisait pas, elle avait besoin de voir un visage proche, aimant et sincère.

— Salut ! dit sa cousine en décrochant. Alors, le soleil brille en Californie ? Comment vas-tu ?

Derrière Maritza, Anna voyait Pepa qui jouait avec une poupée et... une peluche qui représentait Seamus, le serpent de mer.

— Très bien. Et en Floride, le soleil brille ?

— Toujours. Tu veux parler à Pepa ?

Maritza se déplaça pour montrer l'écran de son portable à sa fille.

— Regarde, ma chérie, c'est Anna au téléphone. Elle est à Lakes of Wonder. Tu vois le Phare des Surprises derrière elle ?

— Coucou, Pepa ! dit Anna.

— Je veux pas parler à Anna, dit Pepa en tournant le dos.

— Désolée, dit Maritza. La matinée n'a pas été facile. Pepa a décidé de jouer les grandes tragédiennes.

— Ce n'est rien.

Il y eut un bruit et le visage de Maritza disparut de l'écran. L'image se brouilla, puis Anna reconnut le sol carrelé de la cuisine. Il y avait une flaque blanche dessus.

— Pardon, il faut que je te laisse, dit Maritza. Accident de bouteille de lait.

— D'accord, je te rap...

Maritza avait déjà raccroché.

Anna s'assit sur le banc le plus proche. Il était temps de rentrer à l'hôtel, de prendre une douche, peut-être de faire une sieste pour rattraper sa nuit. Mais ensuite qu'allait-elle faire ? Elle avait exploré le parc dans ses moindres recoins – et même ceux dont elle n'avait pas soupçonné l'existence. Elle en avait vu suffisamment pour comprendre que Ian avait raison : si l'histoire et l'esprit de Lakes of Wonder le rendaient unique, le parc avait toutefois besoin d'entrer dans la modernité pour attirer un nouveau public.

Lakes of Wonder devait principalement son succès à l'exploitation du filon de la nostalgie de l'enfance, mais ce parc aurait pu être tellement plus si les Lochlainn ne l'avaient pas laissé à l'abandon.

Pourquoi y attachait-elle autant d'importance ? Était-ce parce qu'elle recherchait un lien avec l'homme dont elle partageait l'ADN ? Ou avait-elle reporté la signature de la vente dans le seul but d'avoir un prétexte pour passer du temps avec Ian ?

Le soir de leur rencontre, elle avait tenté de se convaincre qu'elle s'offrait une nuit avec un inconnu pour oser faire ce qu'elle n'avait jamais fait. Mais si elle était allée dans sa chambre, ce n'était pas par simple curiosité, ni même parce qu'elle l'avait trouvé beau. C'était parce qu'il lui avait plu. Son physique, bien sûr, mais aussi son attitude et sa personnalité.

Et si elle avait de nouveau couché avec lui la nuit dernière, c'était parce que...

Pourquoi continuer à se mentir alors que son cœur connaissait la vérité depuis des semaines ? Elle était en train de tomber amoureuse de lui.

Tandis que lui avait eu hâte de la quitter pour retourner à ses occupations.

Elle soupira. Elle avait essayé de devenir quelqu'un d'autre, d'aller contre ses réflexes habituels. Pourtant elle en était venue à reproduire les mêmes erreurs. Pire, elle avait fait de la peine aux autres pour rien. Même Pepa lui en voulait.

Et qu'avait-elle gagné ? Elle était tombée sous le charme d'un homme qui l'avait fait rire, qui l'avait rendue folle de désir. Un homme dont le seul sourire lui avait coupé le souffle, et qui n'avait eu qu'à poser les mains sur elle pour l'entraîner dans un monde de délices.

Comment expliquer qu'elle ait eu tout de suite confiance en lui ? Que sa présence lui ait fait tant de bien qu'elle attendait avec impatience chacun de leurs rendez-vous ? Le fait est que leurs échanges lui avaient peu à peu donné l'impression qu'elle était aussi légitime que lui pour parler des parcs d'attractions.

Elle s'était trompée. Cette vie n'était pas la sienne, elle l'avait empruntée aux Lochlainn. Sa vie à elle était en Floride.

En mille morceaux.

Devant le Phare, les membres d'une famille posaient pour prendre des photos. La fille aînée le faisait visiblement à contre-cœur, tandis que la plus petite était si agitée qu'il fallait sans cesse la remettre dans le cadre. Le fils faisait des bulles de savon qu'il soufflait à la figure de ses sœurs. Les parents s'agaçaient et riaient en même temps. De là où elle se trouvait, Anna percevait leur joie d'être là, de partager ce moment.

C'était la magie de ce parc, songea-t-elle. Puis elle continua à observer la famille qui s'éloignait, et c'est là qu'elle comprit. La vraie magie, c'était d'être avec ceux que l'on aimait. La famille, qu'elle soit biologique ou choisie.

La photo de Keith et Jamie qu'elle avait vue dans l'appartement lui revenait sans cesse à l'esprit. Elle se trompait peut-être, mais elle avait l'intuition que Keith avait délaissé Lakes of Wonder à l'époque où il avait perdu la famille qu'il aimait.

Elle ignorait toujours pourquoi il lui avait confié la vente. Mais, en dépit de ce qui s'était passé entre Ian et elle, elle savait désormais que le parc serait dirigé par un homme qui était aussi lié à l'histoire de ce lieu. C'était déjà cela.

Il ne lui restait qu'une chose à faire.

Rassembler les morceaux.

Elle reprit son téléphone, afficha sa liste de contacts et hésita un long moment. Puis elle se lança et trembla d'anxiété en écoutant la tonalité. L'attente lui parut interminable. Avait-elle laissé passer trop de temps avant de trouver le courage d'appeler ?

Enfin, la voix de sa mère lui répondit.

— Anna ? C'est bien toi, ma chérie ?

— Bonjour, maman, dit Anna en retenant difficilement ses larmes. Maman, j'ai commis tellement d'erreurs. Je suis désolée. D'être partie en Californie sans un mot, d'avoir refusé de parler à papa quand il essayait de me joindre... Je ne sais pas si vous me pardonnerez un jour, mais je vais rentrer pour Thanksgiving et si vous acceptez de me voir...

— Nous t'aimons, ma chérie. Nous savons que tu traverses une période difficile. Et nous sommes désolés que nos choix aient eu de telles conséquences pour toi. Nous sommes tellement désolés... Nous voulons juste que tu sois heureuse et en bonne santé.

— Je suis en bonne santé.

Anna raconta alors à sa mère son séjour à Lakes of Wonder – en gardant pour elle les moments les plus intimes, les plus merveilleux.

Elle était venue en Californie dans l'espoir de découvrir qui elle était. Tout cela pour comprendre qu'elle ne pouvait pas continuer à fuir son passé.

Il lui restait à savoir quel avenir elle voulait construire, et si Ian Blackburn pouvait en faire partie.

# 14

C'était un matin frais et ensoleillé qui aurait dû annoncer une belle journée. Mais Ian, plus nerveux que jamais, faisait les cent pas dans sa chambre d'hôtel, les yeux sans cesse attirés par la vue panoramique sur Lakes of Wonder. Il avait encore essayé de joindre Anna pour lui parler avant la réunion, mais était tombé directement sur sa messagerie. Il aurait pu lui envoyer un SMS, bien sûr, mais par où commencer ?

On frappa à sa porte. Quand il ouvrit et vit Tai, Ian se rendit compte qu'il avait bêtement espéré trouver Anna sur le seuil.

— Salut, Tai.

— Salut, Ian.

Tai entra et posa sur la table deux grands gobelets de café et un sachet en papier.

— J'ai apporté des bagels, dit-il. C'est l'heure du ravitaillement.

— Parce que nous courons un marathon ?

— Oui, et il ne faut pas faiblir au moment d'aborder la dernière ligne droite !

Ian but une gorgée de café et Tai lui lança un regard suspicieux.

— Tu touches au but du travail qui t'occupe jour et nuit depuis des mois et tu as la tête de quelqu'un qui va monter à l'échafaud. Réjouis-toi ! Tu as même réussi à te mettre Russell dans la poche ! Figure-toi qu'il m'a invité sur son yacht en Sardaigne. Je crois que je vais y aller, il m'a proposé d'amener Linh.

Ian reposa son gobelet. Il avait l'estomac tellement noué qu'il avait du mal à avaler quoi que ce soit.

— Est-ce que j'ai pris la bonne décision ? demanda-t-il.

Tai leva les sourcils et lui retourna la question :

— Crois-tu avoir pris la bonne décision ?

— Je l'aime, tu sais.

Oui, il aimait Anna. Il l'avait compris un soir, tard, alors qu'il était assis devant son ordinateur et n'arrivait pas à se concentrer sur les tableaux de chiffres affichés sur l'écran. Parce qu'il ne pensait qu'à elle.

Quel imbécile de l'avoir laissée dans l'appartement du Phare ! Comment avait-il pu choisir BBA après tout ce qu'ils avaient partagé ?

Et voilà qu'il s'apprêtait à refaire la même erreur.

— Je sais, dit Tai. Alors je te le redemande. Crois-tu avoir pris la bonne décision ?

Au lieu de répondre, Ian composa une fois de plus le numéro d'Anna.

— S'il te plaît, décroche, chuchota-t-il avec angoisse.

Mais il n'eut que son répondeur.

— Vous avez pris la bonne décision, dit Catalina Lochlainn en resservant du thé à Anna. Il est temps pour les Lochlainn de se séparer de Lakes of Wonder.

Elle posa la théière et poursuivit :

— Merci encore d'avoir sollicité cette rencontre. Et d'avoir accepté ce rendez-vous dans l'un de mes bistros préférés.

— Je vous en prie, répondit Anna. Je sais que, selon les instructions de Bingham Lockwood, je n'étais pas censée vous contacter. Mais je ne pouvais pas quitter la Californie sans essayer au moins de rencontrer ma nouvelle famille. Je suis seulement déçue que Keith ne vous ait pas accompagnée. J'aimerais le voir.

— Le moment viendra. Mais il veut que vous sachiez que la vente reste entièrement entre vos mains.

— Soyons honnêtes, il n'y a pas vraiment d'alternative à la vente, si ? Les Lochlainn veulent se débarrasser du parc.

— Je ne dirais pas « débarrasser ». Disons plutôt qu'ils l'ont sciemment négligé et qu'il doit être sauvé par un nouveau propriétaire. Or BBA est le seul acteur en mesure de le faire. Nous avons reçu d'autres propositions, mais ces acheteurs potentiels voulaient en faire un golf, un centre commercial... ce genre de choses.

— Et il a été négligé à cause de Jamie, déclara Anna sans détour. Parce qu'il a coupé les ponts avec Keith. Et ensuite il est mort. Lakes of Wonder est conçu pour les familles et Keith n'a plus de famille. Plus d'enfant, en tout cas.

Catalina se raidit avant de répondre simplement :

— Vous êtes très perspicace.

— J'ai beaucoup appris au cours des dernières semaines.

Notamment que son cœur était capable d'aimer plus qu'elle ne l'aurait imaginé. Elle avait eu de longues conversations téléphoniques avec ses parents, remplies de larmes, de sourires et d'affection sans limite. Peu importait la manière dont ils l'avaient conçue. Ils étaient ses parents et cela ne changerait jamais. Mais cela ne l'empêchait pas d'aller à la rencontre de ses origines en faisant connaissance avec les Lochlainn. Elle ne saurait peut-être jamais si tel ou tel trait de caractère lui venait de sa mère, de Jamie ou de l'éducation qu'elle avait reçue, mais elle pouvait choisir la femme qu'elle voulait être.

Et cette femme était amoureuse de Ian.

Elle regarda l'heure sur l'horloge du bistro.

— En parlant de la vente, dit-elle, je devrais y aller.

— Quoi qu'il advienne, sachez que vous avez géré cette situation avec beaucoup de grâce et que je suis fière que vous soyez ma belle-petite-fille.

— Merci. Et ne vous inquiétez pas, la vente sera signée cette fois. Cela ne fait pas de doute.

— Bien sûr qu'elle sera signée ! C'est le principe du concours pour l'héritage.

— Pardon ? Quel concours ?

Pour la première fois depuis le début de leur entretien, Catalina sembla perdre un peu de sa sérénité.

— Oh ! Bingham ne vous l'a pas dit ? Vous êtes en compétition. Avec Declan.

— Qui est Declan ? murmura Anna, les tempes battantes.

— Votre demi-frère. Né de Jamie de la même façon que vous. Vous n'étiez pas au courant ?

Anna n'arrivait plus à parler. Elle parvint tout juste à faire un mouvement de tête de droite à gauche.

— Oh ! ma chère Anna, soupira Catalina en lui prenant la main. Nous avons beaucoup de sujets à aborder.

Ian avança dans le couloir du bâtiment administratif de Lakes of Wonder, comme il l'avait fait… seulement quatre semaines plus tôt ? Tant de choses s'étaient passées en si peu de temps !

Il ralentit en arrivant à la porte, passa les mains sur ses cheveux pour les lisser et inspira profondément. Son cœur battait sourdement dans sa poitrine.

Quand il entra, dix visages se tournèrent vers lui, mais il n'en chercha qu'un seul. Celui d'Anna. Il la fixa du regard comme si elle était une oasis au milieu du désert. Il lui sourit, mais son sourire s'éteignit quand il remarqua sa tenue.

Anna était habillée en noir. Elle portait un tailleurpantalon dont les boutons argentés constituaient la seule fioriture. Même ses chaussures étaient noires. Quant au chemisier qui apparaissait sous sa veste, il était d'un blanc immaculé. Son sourire était absent et ses boucles blondes étaient tirées en arrière, attachées en queue-de-cheval. La lumière qui émanait d'elle d'habitude était presque invisible.

Elle lui adressa un léger signe de tête avant de reprendre sa discussion avec Teri. Sans la quitter des yeux, Ian rejoignit Tai, qui l'avait précédé de quelques minutes, puis salua avec lui les représentants de la Lochlainn Company. Il essaya de se diriger vers Anna mais, à chaque pas, il était arrêté par quelqu'un. Il laissait parler ses interlocuteurs en tentant d'afficher un visage poli, mais sans prendre la peine de faire la conversation. Il en était incapable. En général, il aimait ce moment de détente qui arrivait après de longues et difficiles négociations. Mais il n'était absolument pas détendu.

Il essaya encore de capter le regard d'Anna. En vain. Elle s'arrangea pour lui échapper jusqu'à ce qu'ils soient assis côte à côte à la table de la salle de conférences.

— Que se passe-t-il ? chuchota-t-il. Tu vas bien ?

— Plus tard, répondit-elle sans desserrer les dents.

Elle lui lança alors un bref regard, et c'est là qu'il comprit qu'elle portait seulement un masque, aussi déconcertant soit-il. Mais la véritable Anna, celle qu'il aimait, était toujours là. Il lui sourit juste avant qu'elle se tourne vers le reste du groupe.

— Pouvons-nous commencer ? demanda-t-elle.

Pendant la demi-heure suivante, Ian eut l'impression de revivre une scène déjà vécue. Mais, cette fois, ce fut Anna qui signa la première. Il la regarda tracer élégamment son nom au bas de chaque document, après quoi elle les remit soigneusement en pile et les posa devant lui.

Elle s'adossa et se tourna vers lui. Elle paraissait moins crispée que tout à l'heure, mais son regard était toujours prudent, voire méfiant.

C'était maintenant, se dit Ian. Le résultat de tous ses efforts. La fin de la querelle entre les Lochlainn et les Blackburn, avec la victoire sans appel des Blackburn. Preston, Olive et Russell allaient voter avec lui pour renvoyer Harlan. BBA allait rester entre ses mains, celles d'un Blackburn, comme cela devait être.

Il n'avait qu'à signer.

Et Lakes of Wonder irait à Preston et Olive, qui détruiraient le parc pour toujours.

Il se tourna vers Anna.

— Il faut que je te parle.

Elle avisa autour d'elle l'air interloqué des dirigeants des deux sociétés.

— Tu ne peux pas signer d'abord ? demanda-t-elle.

— Non, ce sera trop tard.

Elle se mordilla la lèvre.

— D'accord, dit-elle finalement. Où ?

Il se leva et lui fit signe de le suivre. Une fois dans le couloir, il continua à marcher.

— Ian ? Où allons-nous ?

Au lieu de répondre, il la mena jusqu'à l'ascenseur, l'entraîna à l'intérieur et appuya sur le bouton d'arrêt d'urgence.

— Désolé, dit-il. Je ne voyais pas d'autre endroit pour que nous puissions parler en privé sans que personne ne vienne nous chercher.

— Que se passe-t-il ? Ça ne va pas ? Tu es malade ? Il y a un problème chez BBA ?

— Si. Non. Oui.

Il se tut et la regarda. Elle lui avait tellement manqué… Le seul fait de la retrouver, même si elle se tenait prudemment à distance dans la cabine, le revigorait. Il arrivait de nouveau à respirer et à réfléchir maintenant qu'elle était près de lui. À présent, il savait ce qu'il avait à faire.

— BBA ne peut pas acheter Lakes of Wonder.

Elle resta immobile, comme paralysée.

— Pourquoi ? demanda-t-elle après un long silence. Lakes of Wonder a été créé par ton arrière-grand-père autant que par le mien. Tu es l'acheteur parfait. Le seul possible.

— Tu te rappelles la fois où je t'ai parlé de mon beau-père ?

— Oui, ton horrible beau-père.

— Exactement. Eh bien, il veut me chasser de mon poste

de P-DG. Alors je veux lui ôter son titre de président du conseil d'administration. Un vote aura lieu le mois prochain et nous venons de passer une semaine à nous débattre, chacun de notre côté, pour l'emporter. J'aurai la majorité si l'acquisition de Lakes of Wonder se concrétise. Sinon, c'est lui qui gagnera.

— Je ne comprends pas.

Elle s'approcha de lui et posa la main sur son bras.

— Dans ce cas signe le contrat, ajouta-t-elle. Pourquoi as-tu dit que BBA ne pouvait pas acheter ?

— Parce que mon oncle et ma cousine me donneront leur vote à une seule condition : que je leur cède Lakes of Wonder. Le problème, c'est qu'ils veulent le raser et faire construire un complexe immobilier à la place. L'un de ces centres commerciaux qui ressemblent à une fausse ville italienne. Je sais combien tu aimes Lakes of Wonder. Je ne peux pas laisser faire ça.

Anna laissa retomber sa main le long de son corps.

— Mais ton beau-père va gagner.

— Oui. Et je perdrai ma place. Mais BBA survivra à Harlan. Je me battrai pour redevenir P-DG.

— Mais pourquoi ? demanda-t-elle en ouvrant de grands yeux. Tu as la possibilité de sauver ta place. De sauver BBA de ton beau-père. Je ne comprends pas.

— Parce que je t'aime, Anna. Je ne peux pas détruire quelque chose que tu chéris autant.

Il prit son visage en coupe, avant d'ajouter :

— Je t'aime depuis que je t'ai vue, déguisée en fée, danser sur la musique de Halloween. Mon seul regret est d'avoir mis trop de temps à en prendre conscience.

— Ian, je...

Il l'embrassa. Elle émit un murmure sensuel, puis répondit à son baiser en nouant les bras autour de son cou. Il mit les mains sur sa taille, sur ses hanches, l'attirant tout contre lui pour sentir ses formes parfaites. Il aurait pu rester éternellement dans cet ascenseur, à embrasser la femme de ses rêves, mais elle finit par s'écarter.

Il adorait voir ses lèvres rougies et son regard brûlant. Cette image allait rester gravée dans sa mémoire.

— Donc nous allons retourner en salle de conférences et leur dire que la vente est annulée, annonça-t-il.

— Non. Tu dois acheter le parc.

— Tu m'as entendu, Anna ? Si BBA achète Lakes of Wonder...

— Oui, je t'ai entendu ! répondit-elle avec colère. Et si BBA n'achète pas, le parc sera vendu à quelqu'un d'autre et deviendra un parcours de golf, un lotissement ou une zone commerciale. Tu sais que le groupe Lochlainn ne fera pas les investissements nécessaires pour rénover ce lieu. Lakes of Wonder a besoin d'un acheteur. Tu sais qu'il faudra des mois, sinon plus, pour trouver un nouvel acheteur. Et pendant ce temps, le parc continuera à se dégrader.

Elle croisa les bras et lui lança un regard sévère.

— Est-ce une tactique pour faire baisser le prix ?

— Quoi ? Pas du tout ! se défendit-il. D'où te vient cette idée ?

Il ne pouvait pas lui en vouloir d'imaginer cela. Les Lochlainn auraient pu faire cela... ainsi que les Blackburn.

Anna soupira.

— J'ai pris le petit déjeuner avec Catalina Lochlainn ce matin, répondit-elle. Et elle m'a dit... Non, ça n'a pas d'importance. Mais elle m'a aussi expliqué l'histoire entre BBA et la Lochlainn Company. Du point de vue des Lochlainn. Je ne te reproche pas d'avoir joué un jeu, y compris le soir de notre rencontre. Je sais que tu dois survivre dans la jungle de ton milieu. Mais je suis fatiguée, Ian. Je ne suis pas faite pour les intrigues et les machinations.

— Que t'a dit Catalina ?

Il lui caressa la joue, et elle s'abandonna un instant à son geste avant de reculer.

— La vente de Lakes of Wonder, dit-elle. C'est un test pour devenir l'unique héritière de Keith. Il m'a mise en compétition avec mon demi-frère. Oui, j'ai un demi-frère dont je n'avais jamais entendu parler, alors que Keith était au courant de son existence. C'est merveilleux, non ? Et celui de nous deux qui se montrera le plus performant dans la mission qui lui est confiée héritera de la Lochlainn Company. Donc si tu n'achètes pas Lakes of Wonder, je serai exclue de la course.

Ian prit une profonde inspiration.

— D'accord, ponctua-t-il. Nous pouvons trouver une solution.

Elle secoua la tête en signe de refus.

— Je suis venue en Californie parce que je ne savais plus qui j'étais après la Visite. J'ai cru pouvoir me réinventer, faire comme si j'étais née Lochlainn et non Stratford. Comme si j'étais cette femme qui rencontre un homme sublime et charismatique et passe une nuit incroyable avec lui.

Comme elle lui caressa la joue, il déposa un baiser au creux de sa paume.

— Tu es cette femme. Et ce n'était pas une simple nuit.

— Mais je suis aussi celle qui a fui ses amis et sa famille restés en Floride. Et cette partie de moi a le mal du pays. Ma famille me manque. La personne que je suis en compagnie de mes proches me manque. Je pourrais faire partie du monde des Lochlainn et des Blackburn. Mais je ne veux pas.

— Anna, je t'aime.

Il perdait le contrôle de la situation et sentait son cœur s'emballer.

— Je t'aime aussi, Ian. Depuis l'instant où tu as posé ta veste sur mes épaules. Mais BBA, c'est ton univers. Ton héritage. Ta famille. Et je ne peux pas te demander de quitter tout cela. Je ne le ferai pas. Parce que je sais à quel point c'est douloureux de se couper de son passé.

— Mais, si tu m'aimes… nous pouvons trouver une solution.

— Oh ! Ian.

Cette fois ce fut elle qui l'embrassa. Il la serra dans ses bras avec passion, essayant de faire disparaître l'inévitable réalité.

Mais il sentit l'ascenseur se remettre en marche. Les portes s'ouvrirent sur le hall du rez-de-chaussée.

— L'amour n'est pas un problème à résoudre, dit-elle en se libérant de son étreinte. Il est. C'est tout. Une partie de moi t'aimera toujours, quoi que l'avenir me réserve. Mais si je reste avec toi, je ne serai pas moi. Je serai un pion entre tes mains ou celles de Lochlainn.

— Non. Tu te trompes. Tu…

— Ian, fit-elle avec un sourire triste. Pour qui m'as-tu prise le soir de notre rencontre ?

Il baissa les yeux.

— C'est bien ce que je pensais, murmura-t-elle. Je ne te souhaite que du bonheur. Achète Lakes of Wonder. Sauve ton entreprise.

Sur ces mots, elle l'embrassa sur la joue et s'en alla.

# 15

*Un mois plus tard*

Lakes of Wonder n'avait jamais été aussi beau. Même sur les photos du jour de son ouverture, il n'était pas aussi resplendissant qu'aujourd'hui. Les bâtiments étaient ornés de guirlandes vertes et violettes qui faisaient oublier les peintures défraîchies. Il y avait des fleurs partout, autour des portes, le long des allées, et dans les bras des employés du parc qui accueillaient les visiteurs en leur offrant des bouquets.

— Ça va ? demanda Tai en s'approchant de Ian.

Il avait à la main un grand gobelet Seamus rempli de pop-corn.

— Mieux que jamais, répondit Ian.

— J'avais deviné.

— Comment ?

— Tu ne m'as pas demandé si tu avais pris la bonne décision.

— En effet, s'esclaffa Ian. J'ai confiance, cette fois.

Confiance, rien de plus. Mais il s'en contentait.

— Je dois admettre que cela va me manquer, dit Tai en regardant autour de lui.

— Tu auras encore le choix entre tous les parcs d'attractions de BBA.

— Oui, mais le pop-corn ne sera pas aussi bon.

— C'est le même fournisseur !

Ian regarda sa montre.

— Ah bon ? Ce doit être le gobelet Seamus qui le rend meilleur, plaisanta Tai. Et il n'est que cinq minutes plus tard que la dernière fois que tu as regardé l'heure.

— Je ne veux pas être en retard.

— C'est pour ça que tu as l'air d'une grenouille.

— Une grenouille ?

— Oui, tu n'arrêtes pas de sauter sur place tellement tu es nerveux.

Ian allait à nouveau regarder son poignet gauche, mais arrêta son geste en voyant le sourire moqueur de Tai.

— On se voit plus tard, dit Ian. Teri me cherche. Changements de dernière minute.

— Tu as fait tout ce que tu pouvais. La suite n'est pas entre tes mains.

Ian lui fit un signe de tête et s'éloigna pour aller trouver Teri. Tai avait raison, cette fête qui célébrait à la fois le changement d'année et la fermeture de Lakes of Wonder était déjà un succès. Les journalistes présents ne cachaient pas leur joie d'être là. Certes, il y avait eu des protestations à l'annonce de la fermeture du parc mais, si tout se déroulait comme il l'espérait, ce serait bientôt le dernier de ses soucis.

Il inspira profondément. L'avenir ne dépendait pas seulement de lui, mais il comptait bien se donner à fond pour que les choses tournent en sa faveur.

Rien n'aurait pu rendre Anna plus heureuse que de voir les yeux de Pepa s'illuminer quand la petite fille aperçut le Phare des Surprises.

Elle poussa un cri d'admiration.

— Pas mal, hein ? dit Anna en lui souriant.

Elle échangea un regard complice avec Maritza, puis s'accroupit pour parler à Pepa.

— Ma chérie, j'ai deux ou trois petites choses à faire. Je vous retrouve un peu plus tard devant le Phare pour regarder la parade avec toi, Maritza et mes parents, d'accord ?

— D'accord.

Pepa tapa dans la main d'Anna et leva les yeux vers Maritza.

— Maman, on peut aller dans le téléphérique ?

— Oui, attends. Ça va aller ? demanda Martiza à Anna. Tu ne veux vraiment pas que nous venions avec toi ?

— Merci beaucoup mais je t'assure que ça ira. Je fais juste l'aller-retour et je vous rejoins.

Maritza l'embrassa en la serrant fort dans ses bras. Presque trop fort.

— Et toi, tu es sûre que ça va ? demanda Anna. Tu as l'air bizarre. Je peux rester avec toi si tu veux.

— Non, je t'interdis de ne pas y aller ! D'ailleurs tu devrais te dépêcher. À tout à l'heure.

Maritza avait les joues rouges. Est-ce qu'elle couvait quelque chose ?

— Tu me promets que tu te sens bien ?

— Oui, très bien. Je suis dans un endroit merveilleux où je n'imaginais même pas aller un jour et ma fille est aux anges. Tu n'as aucune raison de t'inquiéter pour moi. Vas-y, à tout à l'heure.

— D'accord. Amusez-vous bien.

Anna inspira profondément et s'engouffra dans la boutique de souvenirs. Une fois devant la porte cachée, elle la poussa discrètement et s'engagea dans le tunnel.

Cela lui serrait le cœur d'être pour la toute dernière fois à Lakes of Wonder. Partout où elle regardait, elle voyait Ian. Elle le revoyait marchant à côté d'elle, retenant ses grands pas pour l'attendre. Elle revoyait son sourire, parfois teinté de cynisme en public, mais toujours sincère quand ils étaient en tête à tête. Elle revoyait l'excitation dans son regard quand ils avaient découvert que la porte légendaire du Phare était bien réelle.

La vente de Lakes of Wonder à BBA avait été conclue un mois

plus tôt. Les médias étaient restés vagues sur ce qui allait advenir du parc après ce soir, mais Preston et Olive étaient certainement en négociations actives avec des promoteurs. Alors quand Anna avait reçu une invitation VIP pour cette soirée de clôture, elle avait longuement hésité avant d'accepter. Mais son expérience en Californie lui avait montré qu'elle ne pouvait pas fuir ses origines. Elle était issue de la famille Stratford et de la famille Lochlainn – même si elle avait appelé Catalina pour lui annoncer poliment mais fermement qu'elle refusait de participer au concours pour l'héritage. Elle ne voulait pas de liens familiaux réduits à des liens financiers.

Arrivée devant la porte de l'appartement, elle prit la petite clé qu'elle avait coincée sous le col de sa robe verte. La clé qu'elle avait récupérée en quittant ce même appartement seule, au lendemain de sa deuxième nuit avec Ian.

Elle entra et vit tout de suite que quelqu'un était revenu depuis cette fameuse nuit. Les coussins étaient replacés sur le canapé et la couverture soigneusement pliée. Il n'y avait pas un grain de poussière. L'équipe d'entretien continuait donc à venir malgré la fermeture imminente du parc ?

Après avoir ôté ses sandales, Anna marcha jusqu'au canapé et le caressa du bout des doigts en savourant le contact du tapis persan sous ses pieds. C'était étrange. Cet endroit lui manquait déjà alors qu'il existait encore. Pour l'instant.

Et n'était-ce pas étrange qu'un être lui manque à tel point que son cœur semblait sur le point d'éclater à chaque seconde ?

Elle était toujours certaine de ne pas pouvoir vivre dans le monde de Ian. Elle avait pris la bonne décision. Le lien retissé avec ses parents était plus fort que jamais. Ils lui avaient proposé de s'associer avec eux, mais elle avait préféré refuser. Elle voulait maintenant compléter sa formation pour monter sa propre entreprise en tant que décoratrice d'intérieur.

Mais elle souffrait terriblement d'être séparée de Ian. Et au lieu de diminuer, sa souffrance augmentait de jour en jour.

Elle poussa un profond soupir. Ce n'était pas le moment de se perdre dans ses pensées. Si elle était venue, c'était pour partager ce moment avec sa famille. Elle avait juste une chose importante à faire avant de rejoindre ses proches.

S'approchant de la bibliothèque, elle prit la photo encadrée de Keith et Jamie. Elle ne pouvait pas laisser un souvenir aussi précieux être détruit par les bulldozers.

Son regard se posa sur une photo en noir et blanc qui montrait Archibald en compagnie d'un homme qui ne pouvait être que Cooper Blackburn. Sa ressemblance avec Ian était frappante.

Finalement, elle rassembla toutes les photos qu'elle trouva et les rangea dans son sac à dos, en s'attardant sur celle de Keith et Jamie. Son grand-père biologique refusait toujours de la rencontrer, si bien qu'elle se demandait pourquoi elle avait été choisie pour signer cette vente. Peut-être que Keith avait seulement voulu que l'un de ses petits-enfants voie le lieu que Jamie avait tant aimé.

La question resterait peut-être sans réponse. Pour elle, en tout cas, l'heure était venue de dire adieu à Lakes of Wonder. Le parc n'existerait plus que dans les mémoires. Anna s'en souviendrait toute sa vie, et même si son aventure avec Ian avait été brève, elle doutait de pouvoir connaître à nouveau quelque chose d'aussi fort. Elle mourait d'envie de profiter d'être ici pour le voir, mais il valait mieux éviter. Elle avait eu le courage de le quitter sans se retourner et préférait en rester là.

Même si le souvenir de ce baiser dans l'ascenseur...

Un bruit de fanfare la fit sursauter. Elle regarda l'heure sur son téléphone. Selon le programme, la parade n'était pas censée commencer avant vingt bonnes minutes. Y avait-il un événement particulier ?

Elle s'approcha de la fenêtre. L'esplanade devant le Phare était noire de monde, à l'exception d'un passage laissé entre le port maritime et le Phare. De toute évidence, quelque chose se préparait.

Elle plissa les yeux et reconnut au loin... Seamus ! Il arrivait sur le lac en crachant du feu ! Quelqu'un avait retrouvé l'ancien véhicule de parade ? Celui qui crachait de vraies flammes ? Il avait, paraît-il, été détruit des décennies plus tôt !

C'était une belle façon de dire au revoir à Lakes of Wonder, elle ne pouvait pas le nier.

Le volume de la musique augmenta.

— Anna ! Viens sur le balcon !

Non seulement elle croyait voir Ian partout, mais maintenant elle entendait même sa voix.

— Anna ! Le balcon. Ouvre la porte et sors.

Elle écarquilla les yeux. La voix de Ian ne résonnait pas dans sa tête. Il était vraiment en train de l'appeler !

Se précipitant vers la porte du balcon, elle ouvrit et se trouva nez à nez avec le serpent de mer géant. Sa tête mécanique bougeait doucement d'un côté à l'autre. Le regard d'Anna remonta le long du cou de Seamus, jusqu'à son dos. Et assis à cheval sur lui...

Elle avait le souffle coupé. Son cœur s'était arrêté de battre.

Elle se pencha par-dessus la balustrade, ignorant les acclamations qui montèrent de la foule quand elle fit son apparition.

— Tu en as marre de la vie ? lança-t-elle à Ian. Que fais-tu sur le dos de Seamus ? Et où as-tu trouvé cette machine ? Non, peu importe. Ce truc crache des flammes et tu es assis dessus ! Tu es fou ?

— C'est le seul moyen que j'aie trouvé pour attirer ton attention.

— Il suffisait peut-être de venir me dire bonsoir, non ? Ou de m'offrir une crème glacée ? Des choses qui n'auraient pas mis ta vie en danger ?

Elle ne pouvait pas le quitter des yeux. Il était beau. Cela faisait tellement de bien de le voir...

— Je t'écoute, maintenant, dit-elle. Tu veux bien descendre de là ?

— J'ai une meilleure idée, répondit-il avec un grand sourire.

Il manipula les commandes de son engin, et la tête du serpent cessa de remuer. Puis son cou s'allongea, jusqu'à ce que sa tête touche le mur du Phare juste en dessous du balcon. Ian ne s'attendait tout de même pas à ce qu'elle saute sur cette vieille machine branlante ?!

— Qu'est-ce que tu fais ? demanda-t-elle. Tu n'espères pas que je...

— Bien sûr que non. C'est moi.

Il se détacha du siège, se leva et marcha sur le cou du serpent pour la rejoindre. Sa seule sécurité était un fil qui le reliait à la machine.

— Ian ! Arrête ! Tu as le vertige !

Elle avait si peur qu'elle ferma les yeux.

— Arrête, Ian. Cela ne vaut pas la peine. C'est dangereux.

— Mais non, regarde.

Sa voix était tout près d'elle.

Elle ouvrit les yeux. Il était là, les yeux brillants, le sourire aux lèvres. Debout devant elle.

— Je t'assure que cela valait la peine, dit-il en la fixant du regard.

Elle rit et lui montra les gens rassemblés en bas, avec tous les téléphones braqués vers eux.

— Je croyais que cet appartement devait rester secret ? plaisanta-t-elle.

— Au diable les secrets. Tu avais raison. Je n'ai pas été honnête avec toi quand nous nous sommes rencontrés. Et cela t'a rendue suspicieuse vis-à-vis de moi. Alors...

Elle secoua la tête. Elle avait encore du mal à croire qu'il était là, si près d'elle et...

— Ian, qu'est-ce que tu portes ?

— Ça ? demanda-t-il en baissant les yeux. Eh bien, c'est un costume aussi vieux que Seamus.

Son habit de prince brillait dans la lumière du soleil. Une veste et un pantalon blancs, une écharpe rouge qui allait de son épaule droite à sa hanche gauche et une cape bleu vif ornée d'un galon doré. Et sa poitrine était couverte de fausses décorations de toutes les couleurs. Il lui fit un clin d'œil et sortit de sous sa veste une casquette rouge avec des plumes blanches.

— Voilà, dit-il en la mettant sur sa tête. Je ne voulais pas la faire tomber avant que tu la voies.

— Tu portes des couleurs. Tu ne passes plus du tout inaperçu. Ta proie risque de te remarquer.

Elle aimait mieux plaisanter car, si elle prenait cette scène au sérieux, elle allait se mettre à pleurer. Ou bien elle allait se réveiller, car peut-être qu'elle était en train de rêver.

— Tu m'as demandé de te convaincre, dit-il.

Il ôta sa casquette pour la saluer. Le public applaudit à tout rompre.

— Pour te convaincre, il n'y avait qu'une solution. Te montrer que j'ai fini par comprendre que la magie du parc était bien réelle.

— Je ne comprends pas, balbutia-t-elle. Preston et Olive... Leur projet immobilier... Comment... Ian, pourquoi faire tout cela alors que le parc sera bientôt fermé ?

Il lui prit les mains.

— Lakes of Wonder va fermer. Mais seulement le temps que je fasse rénover les installations et les décors. Puis il rouvrira et sera encore plus beau qu'avant. J'espère que ce sera une vraie collaboration Blackburn/Lochlainn cette fois-ci.

Un immense espoir emplit le cœur d'Anna.

— Ta stratégie pour chasser Harlan...

— A marché, annonça-t-il. BBA a acheté Lakes of Wonder. Preston et Olive ont voté pour moi et j'ai obtenu la majorité des voix au conseil d'administration.

— Mais...

— Puis j'ai vendu mes parts de BBA et, avec cet argent, j'ai racheté Lakes of Wonder. Le parc est à moi et rien qu'à moi. Tai est le nouveau P-DG de BBA.

Cette fois, c'était certain. Elle était en plein rêve.

— Mais... BBA... c'est ta famille. Ton héritage. Tu as dit que l'entreprise avait toujours été dirigée par un Blackburn et que cela ne changerait jamais.

— Je me trompais.

Il caressa sa joue de sa main gantée de blanc, puis se débarrassa de son gant avec une expression de dégoût. Elle sentit alors ses doigts essuyer les larmes qu'elle n'avait pu retenir.

— BBA est une entreprise. Mais notre dernière conversation dans l'ascenseur... Je n'ai cessé d'y repenser. Tu m'as montré qu'être fidèle à ses valeurs était un choix. C'est toi que j'ai choisie, Anna. Je veux faire partie de ta famille. Fonder une famille avec toi. Si tu veux bien de moi.

— Oui, Ian. Je te veux. Je t'ai toujours voulu.

Elle vit sur son visage un sourire plus beau que tous les feux d'artifice. Puis il mit un genou à terre et déclara :

— Anna Stratford, veux-tu être ma princesse de Lakes of Wonder ?

— Oui, mon prince de Lakes of Wonder. Je le veux. Pour toujours.

Il se redressa, la prit dans ses bras, et le goût de son baiser se mêla à celui des larmes de bonheur d'Anna.

SUSANNAH ERWIN

# Sept ans de secrets

*Traduction française de*
MARIE MOREAU

PASSIONS

HARLEQUIN

*Titre original :*
SEVEN YEARS OF SECRETS

# 1

En cette mi-octobre, le ciel était clair et lumineux. La brise, bien que douce encore, annonçait l'arrivée prochaine d'un vent plus froid, et les érables qui bordaient le trottoir arboraient des couronnes de feuilles rougeoyantes. Sur les lampadaires et dans les vitrines des magasins, les citrouilles de Halloween côtoyaient les tournesols et les tiges de blé, et des ballots de paille parsemaient les rues de la petite cité pittoresque de Roseville.

Mara Schuyler n'aurait pu rêver d'un décor plus charmant pour faire son reportage télévisé sur la fête de la moisson dans l'État de New York. Elle se trouvait à une soixantaine de kilomètres au sud de la frontière canadienne et à des années-lumière de la frénésie des grandes métropoles. Roseville était l'un des plus jolis endroits où l'envoyait sa rédaction depuis qu'elle avait intégré l'équipe de la chaîne locale WRZT, où elle travaillait pour le bulletin d'informations de 17 heures.

Joli, oui. Rien d'extraordinaire, mais Mara s'en contentait. À peu près. Elle avait renoncé à son ambition de devenir une célèbre journaliste de télévision, celle qui aurait sa propre émission d'informations diffusée partout dans le monde. Elle savait désormais que cela n'avait été qu'un rêve, celui d'une petite fille qui n'aurait manqué pour rien au monde le rendez-vous du magazine *60 minutes* chaque dimanche soir avec ses grands-parents.

Ce rituel restait un beau souvenir gravé dans sa mémoire,

mais elle était adulte à présent. Et réaliste. C'était déjà une chance de gagner sa vie en tant que journaliste, qui plus est d'avoir un poste de reporter à la télévision. Même si ce n'était que pour une chaîne locale. Et même si ses missions consistaient à interviewer le vainqueur de la course annuelle de caisses à savon ou à couvrir une réunion municipale à l'issue de laquelle on déciderait s'il fallait ou non transformer un bâtiment désaffecté en skate park. Ces histoires ne lui permettaient ni de dénoncer les dysfonctionnements de l'État, ni de démanteler des cartels de la drogue ou autres organisations criminelles, mais elles avaient de l'importance aux yeux des habitants de la région.

Du moins, elles en avaient pour les trois spectateurs qui avaient commenté en ligne sa vidéo sur la course de caisses à savon. Le premier pour reprocher à Mara de ne pas avoir accordé plus de temps d'antenne à son fils arrivé deuxième, le deuxième pour lui faire remarquer qu'elle devrait sourire davantage, le troisième pour inviter les internautes à cliquer sur un lien s'ils voulaient doubler leur salaire actuel tout en restant chez eux. Ce dernier n'avait sans doute pas regardé son reportage.

À propos du skate park, personne n'avait laissé de commentaires.

— On peut y aller ? demanda-t-elle à Hank Yi, le cameraman qui travaillait avec elle.

Hank regarda la charmante rue principale et haussa les épaules.

— Ma foi, oui. Prête pour ton essai ?

Elle prit une profonde inspiration, afficha un beau sourire et récita son texte :

— Ici Mara Schuyler, en direct du centre de Roseville où les commerçants se préparent pour la soixante-sixième édition du Festival annuel de la citrouille. Qui présentera la plus belle exposition ? Abe Nagasaki perdra-t-il sa couronne de roi de la sculpture de citrouille ? Le suspense est entier ! Euh… entier ou total ? demanda-t-elle à Hank.

— Peu importe, répondit-il. Qui est attentif à ce que raconte le journal de 17 heures ? Les téléspectateurs sont en train de faire leurs devoirs ou de repenser à leur journée de travail. Leur poste est allumé, mais ils n'écoutent pas vraiment.

Elle roula des yeux et soupira. Ce n'était pas la première fois qu'ils avaient cette conversation.

— Nous donnons des informations, Hank. Les mots sont importants. Nous avons le devoir d'être précis.

— Pourquoi cette obsession pour le moindre détail ? Tu te prends pour Declan Treharne ?

Mara pesta intérieurement contre elle-même. Quelle erreur d'avoir dit un jour à Hank qu'elle avait connu Declan Treharne ! Tout cela à cause de cette bouteille de tequila bue après le fiasco du reportage sur les ambulances... Declan, qu'elle n'avait pas vu depuis des années, était devenu un célèbre journaliste d'investigation, aussi brillant dans la presse écrite que dans l'audiovisuel. Autant dire qu'elle ne partageait plus rien avec lui.

Ils n'avaient pas non plus de passé commun, à vrai dire. Quel souvenir gardait-elle de lui ? Presque quatre ans d'intense rivalité à l'école de journalisme, puis une semaine de passion encore plus intense, et pour finir une trahison dévastatrice. Désormais Declan était reconnu par toute la profession, admiré par le public et craint par les politiques corrompus et les acteurs du crime organisé, tandis qu'elle...

— Ce reportage servira de bruit de fond, poursuivit Hank. Rien de plus. Nous serons en direct dans cinq minutes pour les titres, alors trouve une accroche et lance-toi.

— Tu ne cesseras jamais de me sous-estimer, grommela-t-elle.

Elle sortit un stylo de sa poche et chercha une phrase percutante à noter. Quand elle voulut griffonner quelque chose, elle vit que le stylo ne fonctionnait pas, la couverture de son carnet était trop souple.

— Tu aurais un porte-bloc ? demanda-t-elle à Hank.

— Non. Antenne dans quatre minutes.

— Je suis sur le point... Non. Je suis folle d'impatience... Non plus. Le suspense est insoutenable ?

Elle soupira en riant. Il ne fallait pas exagérer. Et mieux valait éviter les lieux communs.

— Deux minutes, annonça son technicien.

— La créativité ne vient pas sous pression !

Elle gribouilla des mots sur sa main, puis les effaça en se frottant la peau.

— Antenne dans quatre, trois, deux...

Hank pointa le doigt vers elle.

— Ici Mara Schuyler, en direct du centre de Roseville où les commerçants se préparent pour la soixante-sixième édition du Festival annuel de la citrouille, qui se tiendra de jeudi à dimanche. Qui présentera la plus belle exposition ? Abe Nagasaki perdra-t-il sa couronne de roi de la sculpture de citrouille ? Betsy Goldstein parviendra-t-elle à remporter une quatrième fois le concours de la meilleure tourte à la citrouille ? Rendez-vous vite dans l'un des supermarchés de la chaîne Buy and Save pour la goûter tant qu'il en reste ! Un grand moment de plaisir vous attend.

Elle continua à sourire jusqu'à ce que Hank baisse sa caméra, lui indiquant qu'elle n'était plus à l'antenne. Ils avaient vingt-huit minutes devant eux avant leur rendez-vous avec le président du festival, pour une brève interview qui clôturerait le journal de 17 heures.

Mara plongea la main dans son sac cabas et en sortit son téléphone et sa tablette afin de consulter ses messages et de revoir ses notes.

— « Un grand moment de plaisir vous attend » ? À ce point-là ?

— Écoute, si nous pouvons nous attirer les bonnes grâces de la maire de Roseville à peu de frais... nous aurons plus facilement accès à elle le jour où nous en aurons besoin. Et sa tourte est vraiment bonne.

Elle était concentrée sur son téléphone et ne faisait pas vraiment attention à Hank. Mais...

Du coin de l'œil, elle vit que son cameraman était déjà quelques mètres plus loin, occupé à chercher le meilleur endroit pour l'interview du président.

Ce n'était pas Hank qui venait de lui parler.

Cette voix, elle la connaissait. Sept ans s'étaient écoulés depuis qu'elle l'avait entendue pour la dernière fois aussi près d'elle, mais elle avait eu ensuite maintes fois l'occasion de l'écouter par le biais de différents médias.

Elle garda les yeux fixés sur son écran, espérant en dépit de tout qu'elle se trompait et que l'écho de cette voix sortait tout droit de son imagination. Elle repensait à Declan parce que Hank l'avait mentionné, voilà tout.

Mais quand il s'éclaircit la voix, elle leva les yeux et dut se rendre à l'évidence.

— Bonjour, Declan.

Il sourit et ôta ses lunettes de soleil d'aviateur.

— Salut, Mara. Tu es superbe.

Elle ne l'était sûrement pas autant que lui.

*Bon sang !*

Declan Treharne était encore plus beau en vrai qu'à l'écran. La télévision ne faisait pas ressortir les reflets blonds de ses cheveux châtains - plus courts et moins ébouriffés qu'autrefois. La caméra ne saisissait ni le bleu intense de ses yeux qui allait du plus clair au plus foncé en partant du centre, ni les paillettes dorées qui formaient une constellation d'étoiles autour de ses pupilles. Et aucune image ne pouvait faire justice à sa présence incroyablement charismatique. Declan n'était pas l'homme le plus grand que Mara ait connu, loin de là, mais c'était sans aucun doute le plus à l'aise dans son corps. Sa veste en cuir bougeait avec lui comme une seconde peau. Dans la rue principale de Roseville, il paraissait à la fois dans son élément et venu d'une autre planète. Cette planète sur laquelle Mara avait autrefois rêvé d'avoir une place.

Et voilà qu'en une fraction de seconde elle était de nouveau hypnotisée par son charme, comme si on l'avait projetée dans le passé et qu'elle se retrouvait assise au premier rang pour suivre son premier cours d'Introduction au journalisme. Elle était entrée dans cette classe avec ambition et détermination, puis Declan avait passé la porte et sa concentration s'était envolée dès l'instant où elle l'avait vu.

Elle se rendit compte qu'elle le regardait fixement, ouvrant et fermant la bouche comme un poisson empalé sur un hameçon mais essayant encore d'attraper le ver.

— Ça va ? demanda-t-il d'un air grave.

— Ça va…, répéta-t-elle.

Puis elle cligna des yeux et sentit ses joues s'enflammer, ce qui la rendit furieuse contre elle-même.

— Oui, tout va bien, insista-t-elle.

Elle avait la bouche desséchée.

— Tant mieux, dit-il. Tu aurais une minute ? J'aimerais te parler. Je peux t'emmener prendre un café ?

Il lui montra son véhicule garé le long du trottoir, un coupé futuriste dont la peinture métallisée étincelait sous le soleil. Mara cligna encore plusieurs fois des yeux.

— Tu veux que… que je monte dans une voiture que je n'aurais même pas pu payer avec l'intégralité de mon prêt étudiant ? Avec toi ?

Enfin, elle arrivait à peu près à formuler des phrases entières. Malheureusement, la suivante fut :

— Tu te fiches de moi ?

— Dois-je prendre cela pour un non ? demanda Declan.

— J'aimerais surtout que tu m'expliques ce que tu fais là ! Et puis comment as-tu su que tu me trouverais ici, à Roseville ?

— J'ai cherché ton nom dans l'annuaire des anciens élèves et j'ai appelé ton directeur, répondit-il en se passant la main sur la nuque. Je suis venu t'inviter à boire un café avec moi.

Elle ferma les yeux en serrant les paupières, non seulement pour prendre le temps de comprendre ce qui lui arrivait, mais aussi parce que regarder trop longtemps Declan, c'était comme regarder le soleil. Éblouissant jusqu'à la douleur.

— Je n'ai pas de temps pour un café, répondit-elle finalement. Je travaille. Je donne une interview en direct dans...

Elle rouvrit les yeux pour regarder sa montre connectée.

— Vingt-deux minutes. Et je dois d'abord revoir mes notes.

— Et après ton interview ?

Au moins sur ce point, le succès et la notoriété n'avaient pas changé Declan. Il était toujours aussi obstiné. C'était l'une des qualités qui faisaient de lui un si bon journaliste.

— Après je retourne au bureau pour préparer ma journée de demain. Et je ne suis pas libre ce soir, ajouta-t-elle en le voyant prendre son inspiration.

Elle avait juste prévu de s'installer dans son canapé pour regarder les derniers épisodes de la série documentaire qui la tenait en haleine, mais, cela, il n'avait pas besoin de le savoir.

— Alors un petit déjeuner demain matin.

Cette fois, ce fut lui qui la coupa quand elle voulut émettre une objection.

— Tu dois bien te nourrir, ajouta-t-il. Alors autant le faire en ma compagnie.

Son sourire était celui de quelqu'un à qui l'on disait rarement non. Repensait-il comme elle à la semaine torride lors de laquelle ils avaient exploré leur alchimie sexuelle ? Elle avait eu de nombreuses liaisons depuis, et même une aventure de neuf mois qui avait pris fin quand elle avait déménagé pour venir travailler chez WRZT, mais aucun amant ne lui avait donné autant de plaisir que...

Non. Elle ne devait pas laisser ces souvenirs de Declan remonter à la surface. Elle avait mis tellement de temps à les enfouir au fond d'elle !

— Je ne prendrai ni un café, ni le petit déjeuner, ni rien d'autre avec toi, ni aujourd'hui, ni demain, ni aucun autre jour, tant que tu ne m'auras pas dit ce que tu es venu faire ici, au milieu de mon tournage. Ne me dis pas que tu as eu l'envie soudaine de déguster le meilleur café de Roseville, parce que ce n'est que de l'eau brûlée.

— De l'eau brûlée ? À quoi cela peut bien… ?

Il s'interrompit quand elle lui lança un regard noir.

— J'aimerais t'expliquer, reprit-il, mais nous devrions peut-être remettre notre discussion à un moment où tu seras moins… tendue.

— Tendue ? Tu crois que je suis tendue ? Pourquoi ? Parce que tu daignes réapparaître dans ma vie sept ans après…

Non. Elle ne voulait pas lui montrer combien elle était affectée. Pas maintenant, au moment où d'autres souvenirs lui revenaient à l'esprit, comme toutes ces fois où Declan lui avait dit qu'elle se faisait trop de souci et s'attardait sur des détails insignifiants qui l'empêchaient de voir le sujet important.

Elle remit son téléphone et sa tablette dans son sac et partit rejoindre Hank, qui discutait avec le président du festival devant la façade de l'hôtel de ville.

— J'ai du travail ! lança-t-elle à Declan tout en s'éloignant. Tu peux retourner d'où tu viens, nous n'avons rien à nous dire.

Marchant sans se retourner, elle tendit l'oreille pour guetter le bruit de ses pas derrière elle. Rien. Il ne l'appela même pas pour insister.

Tant mieux. C'était très bien comme cela. Du moins, elle avait tout intérêt à s'en convaincre.

# 2

L'interview du président dura deux minutes et se déroula sans problèmes. Mara tint le micro d'une main tremblante mais, grâce au talent de cadreur de Hank, les téléspectateurs ne s'en rendirent sûrement pas compte. Après avoir remercié et dit au revoir à son invité, elle rangea ses affaires et déclina l'invitation de son collègue à monter avec lui dans la camionnette pour regagner les locaux de la chaîne. Il avait sûrement remarqué qu'elle était perturbée par quelque chose et ne manquerait pas de lui poser des questions sur le trajet, ce qu'elle voulait surtout éviter. Elle prétendit qu'elle voulait se promener dans Roseville afin de faire des repérages en vue des reportages qu'ils auraient à réaliser dans les jours à venir, jusqu'au couronnement final du gagnant du concours. Elle réserverait un véhicule avec chauffeur une fois qu'elle aurait terminé.

Elle soupira et longea d'un pas lent la rivière qui traversait le centre historique, donnant machinalement des coups de pied dans les tas de feuilles mortes. Elle aimait son métier. Sincèrement. Elle aurait juste préféré, peut-être, que Declan Treharne ne vienne pas la narguer en pleine journée de travail pour lui rappeler quel grand journaliste d'investigation il était alors qu'elle… couvrait le Festival de la citrouille à Roseville. C'était un événement charmant, certes, mais évidemment assez peu comparable au dernier reportage de Declan, qui s'était infiltré au sein d'une multinationale du crime. Son enquête, publiée dans le *New York Globe*, avait permis aux autorités d'arrêter les responsables de cette organisation. Il en avait ensuite fait un podcast qui lui avait valu plusieurs prix prestigieux. Bien sûr.

Arrivée au charmant pont qui enjambait le cours d'eau, elle s'arrêta et regarda autour d'elle. Elle avait au moins la chance de travailler dans une belle région. Sur sa montre connectée, elle programma son application de méditation pour une durée de cinq minutes, puis elle se concentra sur l'instant présent. Peut-être que si elle respirait calmement et se laissait imprégner par la beauté du lieu, elle évacuerait sa frustration et… oui, la jalousie que l'irruption de Declan avait fait naître en elle.

Elle ferma les yeux, prit une profonde inspiration, expira doucement. Inspirer, expirer. Inspirer…

— Et pourquoi pas un café maintenant ? Ou quelque chose de plus fort ? Il est 17 heures passées, après tout.

Bon sang. Même quand elle méditait, son cerveau se laissait envahir par Declan.

— Ton directeur m'a dit que tu avais fini ta journée, donc, cette fois, tu ne peux pas te servir de ton travail comme excuse.

Elle ouvrit brusquement les yeux. Assis au volant de sa voiture, la vitre ouverte côté passager, Declan s'était arrêté le long du trottoir. Le moteur ronronnait doucement. Elle se pencha pour regarder à l'intérieur du véhicule.

— Ne serait-ce pas le modèle que Tony Stark conduisait dans le premier *Iron Man* ? demanda-t-elle.

— Tu t'y connais en voitures, répondit-il avec un grand sourire. Et en films.

Elle le fixa en plissant les paupières.

— Je te connais aussi, répliqua-t-elle. Apparemment tu n'as pas changé. Je ne suis pas intéressée, monsieur le super héros. Tu peux aller tenter ta chance ailleurs.

— Écoute-moi jusqu'au bout. Je te promets de disparaître et

de te laisser tranquille une fois que nous aurons parlé. Si c'est ce que tu veux.

— Disons que notre conversation a déjà eu lieu alors. Au revoir.

Sur ses mots, elle avança la tête haute. Il la suivit en roulant tout doucement.

— Je suis désolé, lança-t-il.

Elle s'arrêta net, se tourna vers lui et mit les mains sur les hanches.

— Désolé ? À quel propos ?

Il y avait tant de réponses possibles ! Désolé de lui avoir laissé faire tout le travail de fourmi sur leur projet commun en deuxième année pendant qu'il était encensé par les administrateurs de l'université qui le félicitaient d'avoir démasqué les voleurs de matériel dernier cri qui agissaient au sein de l'établissement ? Désolé d'avoir récolté les fruits de l'enquête pour laquelle elle s'était tant investie et qui avait valu à Declan la bourse grâce à laquelle il avait eu son indépendance financière ?

Bon, pour être honnête, c'était elle qui avait volontairement fait fuiter l'histoire...

Désolé de l'avoir quittée sans un mot ?

De cela, il était entièrement responsable.

Il freina et descendit de voiture pour la rejoindre.

— Désolé de ne pas t'avoir contactée plus tôt, dit-il. J'ai reçu ton mail pour la réunion des anciens élèves. J'avais l'intention de te répondre, mais...

— C'est pour *ça* que tu es désolé ? répliqua-t-elle avec stupeur. Parce que tu n'as pas répondu à un message groupé pour le cinquième anniversaire de notre diplôme ? Il y a plus de deux ans de cela ?

*Incroyable.*

Il haussa les épaules et lui adressa un sourire d'excuse.

— J'aurais quand même dû répondre. Parce que le mail venait de toi. Nous... nous étions amis. Et conserver des liens d'amitié, c'est important.

Elle connaissait bien le Declan plein d'assurance, fanfaron, prêt à tout pour atteindre ses objectifs. Elle se jugeait volontiers immunisée contre son pouvoir de séduction. Mais ce Declan à l'air penaud, qui la regardait avec une expression de... de regret ? Était-ce possible ? Si oui, c'était nouveau et pour le moins déstabilisant.

Elle n'était pas immunisée contre les charmes d'un Declan qui lui présentait ses excuses.

— C'était il y a longtemps, marmonna-t-elle. Je me suis dévouée pour envoyer les invitations parce que personne d'autre ne voulait s'en charger, c'est tout. Ce n'est pas comme si je t'avais tout spécialement écrit. Et nous savions que tu ne viendrais pas. Tu étais au Kirghizistan pour couvrir les manifestations postélectorales.

— Tu as suivi mes reportages ?

Elle remarqua une lueur dans ses yeux.

— Voyons, Declan. Tes podcasts sont les plus écoutés du pays. Tu es invité dans toutes les grandes émissions d'informations. Je suis aussi journaliste, tu sais. Je me tiens au courant.

Tout en parlant, elle se rendit compte que sa remarque lui donnait l'air à la fois idiote et jalouse. Mieux valait qu'elle parte avant de se ridiculiser encore plus.

— Bon, dit-elle, c'était sympa de te revoir. Salut.

— Mara, attends.

Il posa la main sur son bras. Ce fut un contact léger, mais qui suffit à la brûler à travers sa veste et sa chemise.

— J'ai une proposition à te faire, ajouta Declan. Je crois qu'elle te plaira.

Il lui décocha son sourire de star. Elle savait d'expérience qu'il l'utilisait à merveille pour arriver à ses fins.

— Une proposition ? Je ne compte pas recoucher avec toi.

— Euh... ce n'est pas ce que je voulais te proposer. Même si j'étais parfaitement sincère quand je t'ai dit que tu étais superbe.

— Tant mieux. Je veux dire, tant mieux si ce n'était pas ce que tu voulais me proposer.

Tant mieux ? Vraiment ? C'était pourtant ce dont elle rêvait depuis des années sans vouloir se l'avouer. Qu'il réapparaisse comme par magie et lui confesse que cette semaine avait été aussi importante pour lui que pour elle, que ce souvenir l'obsédait de jour comme de nuit, au point qu'il n'en pouvait plus et qu'il devait tout de suite l'emmener dans son lit où ils resteraient...

Elle se rendit compte qu'il lui parlait. « ... vaille avec moi », réussit-elle à saisir.

— Attends, dit-elle en levant la main. Peut-être que je n'entends plus bien à force de couvrir les accidents de la route et de subir le hurlement des sirènes. Tu voudrais que je travaille avec toi ? Non, j'ai dû mal comprendre.

— Tu as très bien compris. Viens chez LNT.

Elle devait vraiment avoir des problèmes d'audition.

— LNT ? répéta-t-elle. Comme Lochlainn News Television ?

— C'est ça.

— Je croyais que tu travaillais pour le *New York Globe*.

Declan se gratta la nuque. C'était l'un des deux tics nerveux qu'elle lui connaissait.

— C'est le cas, répondit-il. Mais j'ai pris un congé sans solde pour lancer le nouveau service d'informations en ligne de LNT. Le groupe Lochlainn veut créer des contenus exclusivement diffusés en streaming. Le budget est plus que confortable. Je recrute des journalistes dotés d'un point de vue différent afin qu'ils proposent des émissions sortant de l'ordinaire. Tu pourrais choisir tes reportages et tes interviews. LNT a les moyens de financer enquêtes, voyages... Il suffira de demander.

Mara fut prise d'un vertige.

— Tu veux que moi, je travaille avec toi ? balbutia-t-elle en pointant l'index vers elle-même, puis vers lui. Chez LNT ?

— Pour le site de streaming de LNT, corrigea-t-il. Ce qui est encore mieux. Nous devons imaginer l'avenir de l'information, Mara. Tu seras une pionnière.

Une pionnière. Elle avait toujours rêvé d'être une journaliste de premier plan, de tracer la voie pour d'autres, notamment ceux qui manquaient de ressources et de contacts. Mais il y avait quelque chose d'étrange.

— Je ne comprends pas, dit-elle. Pourquoi LNT t'a engagé pour cette mission ? Tu es un journaliste d'investigation. Tu as toujours travaillé sur le terrain, pas dans un bureau.

— Eh bien… Ils m'ont dit qu'ils voulaient un œil neuf, c'est pourquoi ils ont cherché en dehors des candidats habituels.

Declan haussa les épaules, mais son regard fuit vers la gauche. C'était son second tic : celui qui trahissait un léger manque de sincérité. Mara plissa les yeux. Voilà qui était intéressant.

— Qu'est-ce que tu en dis ? reprit-il. Il faudrait que tu sois à New York la semaine prochaine. Le site doit être opérationnel début janvier.

— Dans trois mois ? En comptant décembre, le moment où tout le monde est obnubilé par les fêtes ? Ça ne laisse vraiment pas beaucoup de temps.

— C'est pourquoi j'ai besoin d'une réponse. Tu es partante ?

C'était si inattendu ! Elle se mit à réfléchir tout haut :

— J'ai un travail ici. Il faudrait que je présente ma démission, que je déménage… Oh ! et que je quitte mon poste de conseillère pour le journal du lycée.

— Est-ce un oui ?

— Non ! En plus, tu ne m'as pas donné les conditions. Combien est-ce que je serai payée ? Quels seront les avantages ?

Declan lui annonça un salaire à l'embauche tellement élevé qu'elle crut encore avoir mal compris. Elle lui fit répéter trois fois la somme.

Elle pourrait faire tellement de choses avec cet argent ! Aider des jeunes journalistes ou des étudiants défavorisés, subventionner un journal local en difficulté financière…

— Pourquoi moi ? demanda-t-elle. Avec ce budget, tu pourrais attirer des célébrités du monde médiatique.

— Il y a déjà suffisamment de vedettes chez LNT, répondit-il en souriant. Pour ce site Internet, le groupe Lochlainn cherche de nouvelles voix. De l'originalité. C'est tout toi.

C'était trop beau pour être vrai. Oui, elle buvait du petit-lait en écoutant les compliments de Declan. Elle avait fantasmé des années en imaginant le jour où elle le reverrait en personne. Mais cela, même en rêve, elle n'y avait pas pensé. Qu'il la retrouve pour lui commander une série de reportages de son choix.

Il y avait forcément un piège quelque part. Ou une arrière-pensée. Un programme secret. Son instinct de journaliste la trompait rarement.

— Je couvre la fête de la moisson et le concours de plongeon interlycées. Les incendies et les accidents de la route. S'il manque quelqu'un au service politique, on peut éventuellement me confier le compte rendu d'un conseil municipal - tu aurais dû voir la fois où il a été question de modifier le parcours de la parade du 4 Juillet, quel tapage ! Voilà les reportages que je fais. Alors ne me raconte pas que tu es impressionné par mon travail. Je ne suis plus une étudiante crédule et inexpérimentée, au cas où tu ne l'aurais pas remarqué.

— J'ai remarqué, murmura-t-il d'une voix pleine de sous-entendus.

Réalisant soudain qu'il avait toujours la main sur son bras, elle se dégagea d'un geste.

— Je ne compte toujours pas coucher avec toi.

— Ce n'est toujours pas ce que je te propose, répliqua-t il.

— J'attends toujours de savoir pourquoi tu viens me chercher pour travailler avec toi chez LNT alors que tu ne m'as pas fait signe depuis sept ans. Et je ne crois pas une seconde que tu culpabilises de ne pas être venu à la réunion des anciens.

Declan se gratta de nouveau la nuque. Son sourire s'effaça et il la fixa avec une intensité troublante.

— Je vais être honnête avec toi, dit-il. Des choses importantes dépendent du succès de ce site Internet. Et même si je suis honoré qu'on ait fait appel à moi et qu'il n'était pas question que je refuse, je ne suis pas vraiment sur mon territoire.

Il tendit la main vers elle et, avant de se rendre compte de ce qu'elle faisait, elle avait déjà entremêlé ses doigts aux siens.

— J'ai besoin d'une amie, poursuivit-il. Quelqu'un en qui j'ai confiance, à la fois humainement et professionnellement. Quelqu'un qui voudrait autant que moi que cette entreprise soit une réussite.

— Une amie ? répéta-t-elle avec étonnement.

— Nous étions des amis. De bons amis.

— *Étions.* Nous ne sommes plus rien l'un pour l'autre. À cause de toi. Tu es parti. Nous avons reçu notre diplôme et tu es parti sans te retourner. Pas un coup de fil, pas un texto ni un mail, et tu as externalisé la gestion de tes profils sur les réseaux sociaux. Pourquoi devrais-je accepter ta proposition en sachant que tu risques de te volatiliser du jour au lendemain ? Et, non, ce n'est pas parce que nous avons couché ensemble juste avant la remise des diplômes, ajouta-t-elle en l'empêchant de parler. Ça, c'était ma responsabilité. Mon erreur. Ton départ, en revanche, je n'y suis pour rien. C'était *ta* décision.

À sa grande surprise, elle vit une expression de regret sur son visage. Cela ne ressemblait pas à Declan Treharne.

— Oui, reconnut-il, et j'en suis désolé. Plus désolé que tu ne peux l'imaginer. J'ai cru… Peu importe ce que j'ai cru.

— Non, c'est important. Dis-moi ce que tu as cru.

Il inspira profondément avant de répondre :

— Cam Brower m'a dit que tu étais prise en stage au *Financial Times*. Que tu partais à Londres. Pour un an.

— Cam t'a dit… Mais pourquoi l'avoir cru sur parole ? demanda-t-elle en le fixant des yeux. Pourquoi ne pas m'avoir posé directement la question ?

— J'ai vu le billet d'avion pour Londres sur ton ordinateur. Cam étant ton colocataire, j'ai pensé qu'il était bien informé. Nous arrivions à la fin de nos études. Tu savais que j'allais m'installer à

New York. Toi, tu allais partir au Royaume-Uni pour commencer ta propre carrière. Je savais que je n'avais pas mon mot à dire, et je ne voulais pas avoir l'air de me donner ce droit en abordant le sujet avec toi. Alors je ne t'ai rien demandé. J'ai considéré que tu m'en parlerais si tu le souhaitais.

— Je…

Comment Cam avait-il pu si mal comprendre ? C'était un mystère. Mais Cam n'avait jamais prêté beaucoup d'attention à ce que disaient les gens en général, et ses colocataires en particulier. Il n'avait jamais été une source d'information fiable. Ce n'était pas surprenant qu'il travaille à présent pour le *National Inquisitor*, un tabloïd connu pour propager des rumeurs calomnieuses.

Declan avait raison. Mara ne lui avait pas dit que son groupe d'amis du lycée avait organisé un voyage en Europe cet été-là. Sur un coup de tête, elle avait profité d'une promotion pour acheter son billet d'avion, sans savoir si elle s'en servirait. Parce qu'elle croyait alors avoir un avenir avec Declan. Ou au moins vivre une belle histoire qui durerait au-delà de la remise des diplômes.

Finalement, elle n'avait eu ni le voyage ni la belle histoire.

— Je ne comprends pas, dit-elle. Tu aurais quand même dû m'en parler. Et tu aurais pu m'appeler ensuite. Tu aurais pu me faire signe pour que nous restions en contact.

— Toi aussi, souligna-t-il avec une logique implacable. La communication fonctionne dans les deux sens.

Comment le contredire ?

— Je… Tu…

Elle ouvrit et ferma plusieurs fois la bouche.

— Je ne pensais pas que tu…

— Laissons le passé derrière nous, dit-il, la tirant de son embarras. S'il te plaît, viens chez LNT.

Elle prit une profonde inspiration. Elle aurait dû entendre le murmure de la rivière, le chant des oiseaux, le bruissement des feuilles agitées par les écureuils, les cris des enfants qui jouaient au loin ou le bruit des voitures qui passaient dans les rues adjacentes. Rien. Elle n'entendait que le battement sourd de son cœur.

Allait-elle dire oui à Declan, tout en continuant à se demander quelle était la vraie raison de sa proposition ? Était-elle prête à quitter son emploi, son appartement douillet et sa mission bénévole au lycée pour partir à l'aventure avec lui ?

— J'ai besoin d'un peu de temps, répondit-elle.

— Bien sûr. Je suis toujours libre demain pour le petit déjeuner, si tu veux que nous en discutions plus longtemps, dit-il avec un sourire.

— Ce ne sera pas nécessaire. Je te donnerai ma réponse ce soir.

Elle devait vérifier son contrat de travail avec WRZT. Et peut-être essayer de trouver, parmi ses collègues, quelqu'un qui pourrait la remplacer au lycée.

— Prends le temps qu'il te faut.

Il s'approcha d'elle. Ils étaient seuls sur le pont, sous un ciel rougi par la lumière du soleil couchant. Mara avait la bouche sèche et les mains moites. Elle eut beau s'ordonner de résister au magnétisme de Declan, elle se pencha involontairement vers lui.

Il baissa la tête. Elle retint son souffle. Il était si près qu'elle voyait toutes les nuances de ses yeux dans les moindres détails. Son regard l'avait toujours fascinée.

Sa bouche sembla s'approcher de la sienne.

— Merci de bien vouloir y réfléchir, murmura-t-il.

— Je t'en prie.

Oh ! comme ses lèvres lui avaient manqué ! Elle s'était réveillée tant de fois en sueur au milieu de la nuit, hantée par le souvenir de leurs baisers ! Encore après toutes ces années, il suffisait qu'elle se rappelle les mouvements de sa langue contre la sienne pour que tout son corps se mette à frissonner.

Il se pencha. Elle ferma les yeux. Elle sentit son souffle chaud passer sur sa bouche, puis il déposa un baiser juste au-dessus de son oreille droite.

— Dis oui, susurra-t-il.

L'élan de désir qu'elle avait ressenti fit place à la colère d'avoir cru qu'il allait l'embrasser. Elle s'efforça de répondre sèchement :

— Je te tiens au courant.

— J'ai hâte.

Il se redressa et lui sourit.

— Nous formions une bonne équipe, ajouta-t-il. Il n'y a pas de raison que cela change.

Il tourna les talons et se dirigea vers sa voiture.

— Sauf si je refuse ! lança-t-elle.

— Tu ne refuseras pas.

Sur ces mots, il monta dans son bolide et s'en alla.

Non, elle n'allait pas refuser. Il avait raison et elle le savait.

Mais peut-être qu'il se trompait sur les raisons qui allaient la pousser à accepter.

Il ne lui avait pas tout dit sur ce projet chez LNT. Elle était certaine qu'il lui cachait quelque chose. Et elle comptait bien découvrir la vérité, qu'il le veuille ou non. Elle lui avait permis une fois de la doubler, mais il n'était plus question qu'elle s'efface pour le laisser récolter les fruits du succès.

# 3

Revoir Mara pour la première fois depuis sept ans lui avait fait un choc – pour le pire et pour le meilleur.

Il l'avait connue jolie avec sa tignasse flamboyante, ses yeux verts interrogateurs et sa peau blanche parsemée de taches de rousseur. Mais en voyant la femme qu'elle était devenue, Declan avait failli tomber à genoux devant elle. Son corps était devenu voluptueux, et son regard s'était empli d'une assurance irrésistible.

Il avait fallu qu'il revoie Cam Brower par hasard pour revisiter avec lucidité les choix qu'il avait faits sept ans plus tôt. À l'époque, il n'avait pas vu d'autre moyen d'atteindre ses objectifs. Mais il comprenait maintenant qu'il avait agi par égoïsme, ne pensant qu'à ses propres blessures et à son ambition, au détriment de tout le reste. Au détriment de Mara. Il aurait pu, par facilité, mettre cela sur le compte de la jeunesse et de l'inexpérience. Mais sa défunte mère lui avait toujours reproché d'être vieux jeu et, à vingt ans, il avait connu assez de choses difficiles pour ne plus se cacher derrière son immaturité.

Alors, plutôt que de repenser au passé et au ressentiment légitime de Mara, il allait se concentrer sur le présent et au défi qu'il devait relever : lancer avec succès la nouvelle offre de LNT afin de gagner sa place sur le testament de Keith Lochlainn.

Declan n'avait pas d'attirance particulière pour l'audiovisuel. Bien sûr, il lui arrivait de réaliser des interviews filmées ou de participer à des émissions d'informations, mais il aimait plus que tout la liberté et la créativité que lui permettait l'écriture. Il s'était spécialisé dans les articles longs, grâce auxquels il pouvait entrer dans le détail des sujets qu'il traitait. Dans ses enquêtes, publiées le plus souvent dans le magazine dominical du *New York Globe*, il donnait la parole à ceux que l'on n'écoutait jamais et dénonçait, preuves à l'appui, ceux qui se croyaient protégés par leur fortune et leur pouvoir. Il lui manquait encore le prix Pulitzer, mais sa jeune carrière avait déjà été couronnée de plusieurs récompenses prestigieuses.

Il n'avait ni envie ni besoin de l'argent de Keith. Tout ce que Declan attendait de lui, c'était qu'il reconnaisse leur lien de parenté. Mais il avait accepté le défi de Keith en songeant que ce nouveau poste lui permettrait de réparer certaines erreurs du passé.

Concernant Mara, notamment.

Quatre semaines plus tard, Declan se demandait s'il avait eu une idée de génie ou s'il avait fait preuve d'une irrationalité totale.

Il entra dans son bureau vitré, situé au trente-deuxième étage du siège de LNT. La tour Lochlainn était si élevée qu'elle dominait la Septième Avenue, bien qu'elle soit entourée d'autres gratte-ciel. Les étages du bas étaient occupés par les studios de tournage des émissions produites par le groupe, tandis que la partie supérieure du bâtiment – avec ses différentes vues imprenables sur Manhattan – accueillait les bureaux de la direction. Un restaurant étoilé était perché sur le toit, doté d'une immense terrasse.

Declan et son équipe avaient été installés au milieu, là où il n'y avait ni l'avantage de la vue ni celui de la facilité d'accès.

À l'issue d'une discussion interne, l'entreprise avait baptisé son nouveau service LNT Plus. Declan avait bien essayé de proposer un nom plus original, plus personnel, mais sans succès.

Depuis son bureau, Declan voyait tout ce qui se passait dans celui de l'immeuble d'en face. Il était capable de prédire les allées et venues de la femme qui l'occupait avec une marge d'erreur de moins de trois pour cent.

Voilà pourquoi il n'était pas fait pour le travail de bureau. Il était allergique à la prévisibilité. Elle lui donnait des démangeaisons. Elle le rendait malade d'ennui et le mettait de mauvaise humeur. Le manque de stimulation l'irritait. Il ne faisait aucun reproche à ceux qui cherchaient un emploi stable aux horaires réguliers, où l'objectif était seulement de réduire le nombre de feux à éteindre. Mais lui avait besoin d'action, de terrain, d'adrénaline.

Comme en réponse à ses réflexions, son téléphone sonna. Declan sourit en voyant le nom qui s'affichait sur l'écran.

— Salut, Bobbi. Non, je ne suis pas prêt à revenir. Pas encore.

Bobbi James, la légendaire rédactrice en chef du *New York Globe* en poste depuis trente ans, qui l'avait pris sous son aile sept ans plus tôt et l'avait ensuite engagé au journal, poussa un soupir dépité.

— Quand, alors ? demanda-t-elle.

— Le 15 janvier. Le jour du lancement.

— Je te prends au mot. Je n'en reviens toujours pas que mon meilleur reporter m'ait quittée pour faire de la télévision.

— Pas de la télévision. Du streaming.

— Quelle différence ? Les gens regardent des images sur un écran au lieu de lire des mots sur du papier, ce qui est la seule bonne façon de s'informer.

— Si tu le dis, répondit-il en riant. Merci d'avoir pris des nouvelles mais je suis désolé, je dois te laisser pour aller à une réunion.

— Attends, dit-elle d'une voix hésitante. J'ai entendu… Selon certaines sources, la santé de Keith Lochlainn n'est pas au mieux. Des sources sérieuses. Tu vas bien ?

Declan laissa passer un silence. Il ne savait pas quoi répondre.

Bobbi était l'une des deux personnes qui connaissaient le lien l'unissant à Keith Lochlainn. Enfin, d'autres gens devaient être au courant maintenant. Il y avait déjà l'avocat de la Lochlainn

Company, qui était venu lui faire cette proposition professionnelle. Catalina Lochlainn, l'épouse de Keith, savait sûrement elle aussi. Mais Declan n'avait confié la vérité qu'à deux personnes : sa grand-mère et Bobbi.

— D'après ce que j'ai compris, répondit-il finalement, il n'est pas en danger immédiat.

— Je ne veux pas me mêler de ce qui ne me regarde pas. Oui, je sais, c'est difficile à croire venant de quelqu'un comme moi, ajouta-t-elle en riant. Je suis connue pour mettre mon nez dans les affaires des autres. Mais, cette fois, je m'inquiète seulement pour toi. Tu vas bien ?

— Pourquoi je n'irais pas bien ? Je travaille pour lui. Ce n'est pas comme si nous avions une relation personnelle.

L'avocat avait été très clair. Declan n'aurait pas de contact avec Keith tant qu'il n'aurait pas accompli sa mission avec succès.

À en juger par la réaction de Bobbi, elle avait dû percevoir une certaine amertume dans sa voix.

— Je suis désolée, dit-elle avec une douceur qui ne lui ressemblait pas. Keith aurait dû reconnaître que tu étais son petit-fils il y a des années, la première fois que tu l'as mis face à la réalité.

Declan ferma les yeux. Il détestait qu'on lui rappelle à quel point il avait été naïf. Mais il avait été si excité le jour où, après avoir rassemblé toutes les pièces du puzzle, il s'était décidé à joindre le bureau de Keith Lochlainn... Tout cela pour être chassé et menacé par une armée de juristes qui l'avaient traité d'escroc en lui promettant qu'il finirait mal s'il essayait à nouveau de contacter le grand patron de la Lochlainn Company.

— J'avais mal choisi mon moment, confia-t-il. Je ne pouvais pas le savoir à l'époque, mais Jamie venait de disparaître. Et voilà que j'arrive en affirmant que Jamie est mon père biologique.

— Mais Keith est prêt à te reconnaître maintenant, non ? Sinon il ne t'aurait pas fait venir chez LNT.

— Il est seulement prêt à me léguer quelque chose après sa mort. Rien de plus.

— C'est n'importe quoi.

Declan était d'accord avec elle, et pourtant, en entendant sa remarque, il ne put s'empêcher de prendre la défense de Keith.

— Je peux comprendre son point de vue. Mon existence est le résultat de la haine de son fils envers lui et envers l'héritage de la famille Lochlainn. Keith n'a pas envie d'étaler cela sur la place publique.

— Il pourrait quand même te reconnaître en privé. Tu es son seul petit-enfant. Tu es quelqu'un de bien, fiston. Mais attention, si tu répètes à quiconque ce que je viens de te dire, je te coupe la tête.

Il rit et répondit :

— Je n'affirmerais pas aussi vite que je suis le seul. En parlant avec l'avocat du groupe Lochlainn, j'ai eu l'impression qu'on me faisait entrer dans une sorte de compétition, même s'il n'a pas dit les choses aussi clairement.

Il était fort probable que Jamie ait eu au moins un autre enfant biologique en tant que donneur de sperme. Cependant, Declan pensait rarement à l'existence possible de ces demi-frères et sœurs. Le simple fait que Jamie soit son père biologique, lui, le journaliste que Declan avait vénéré bien avant de commencer ses recherches sur son géniteur, suffisait à lui occuper entièrement l'esprit.

— Que pense Louise de tout cela ? demanda Bobbi, qui avait rencontré sa grand-mère à plusieurs occasions.

— La clinique de fertilité préservait l'anonymat des donneurs. Ma grand-mère est contente que ma mère n'ait jamais su que j'étais à moitié un Lochlainn, car, dans le corps diplomatique au sein duquel elle évoluait, les gens comme Keith qui se prennent pour les maîtres du monde constituent un vrai fléau. En tout cas, ma mère les détestait ! dit-il en riant.

Le souvenir de sa mort alors qu'il était encore au lycée l'emplit d'une immense tristesse. Il s'était relevé de cette épreuve, mais sa mère lui manquerait éternellement.

— Ta mère serait quand même fière de toi, assura Bobbi.

— Elle m'aurait dit d'envoyer promener les Lochlainn.

— Alors pourquoi as-tu accepté leur proposition ? Je ne vais pas te mentir, j'ai besoin de toi ici.

Declan regarda par la vitre. Son équipe se rassemblait pour la réunion à venir. Il reconnut de dos la chevelure rousse de Mara. La jeune femme avait déjà pris place à la table de conférences.

— J'avais mes raisons, répondit-il. Excuse-moi, je vais devoir te laisser, j'ai une réunion.

— J'ai compris, tu en as assez de mes questions.

— Tu parles comme si tu étais encore ma patronne, plaisanta-t-il.

— Parce que je le suis ! Tu es seulement en disponibilité. Ne l'oublie pas.

Après avoir raccroché, Declan rejoignit la salle de conférences et se plaça en bout de table, conscient que ses deux minutes d'avance équivalaient pour les autres à un retard. Il sentit le regard de Mara fixé sur lui mais évita de se tourner vers elle. C'était le seul moyen de rester concentré.

— Bonjour à tous et merci pour votre présence, dit-il. Nous sommes à J moins huit semaines, sans compter les vacances de Noël. Je vous propose de faire le point sur le travail déjà accompli.

Il fit signe à Mads Jefferson, la jeune star de TikTok, qu'il avait convaincu de venir en tant qu'expert de la pop culture, et à sa productrice, Adanna Obi.

— Commençons par vous deux, ajouta-t-il.

Mads et Adanna présentèrent les premières vidéos de la série qu'ils préparaient pour LNT Plus. Ils avaient trouvé des sujets accrocheurs et leur liste d'invités était impressionnante. Declan donna ensuite la parole à Bryan Winner, présentateur de journal télévisé qui avait derrière lui une expérience de plus de quarante ans sur la chaîne d'information la plus regardée du pays. Il avait été attiré chez LNT Plus par un budget illimité pour mener les enquêtes de son choix, en l'occurrence l'exploration spatiale et les limites de la physique terrestre. Au début, Declan avait craint d'avoir commis une erreur, surtout quand Bryan avait commencé à entrer dans les détails scientifiques. Mais en découvrant la vidéo définitive, il s'était détendu. Elle était grand public, et Bryan avait surpris tout le monde en la ponctuant de traits d'humour irrésistibles.

Le tour de table se poursuivit. Tout le monde était enthousiasmé de faire partie d'une aventure offrant à chacun la possibilité de donner le meilleur de soi. À mesure que les interventions se succédaient, Declan se sentait de plus en plus confiant. Le lancement allait être un succès. Et il pourrait envoyer promener Keith Lochlainn.

Declan n'avait pas accepté cette mission pour gagner l'approbation de Keith. Il avait décidé depuis bien longtemps, dès le jour où Keith lui avait envoyé ses avocats, qu'il réussirait sa vie sans l'aide des Lochlainn. Il avait pris ce poste pour une seule raison.

Et cette raison était assise à quelques mètres de lui, entre deux chaises vides.

— Mara ? dit-il en posant les yeux sur elle. Tu es toute seule aujourd'hui ?

— Oui, répondit-elle avec calme.

— Tobey avait un empêchement ?

Tobey Haulfield était le producteur que Declan avait mis en équipe avec Mara. Il avait une longue expérience dans la production de documentaires, et Declan avait considéré qu'il saurait mettre en valeur le travail de Mara.

— Tobey… a décidé de chercher du travail ailleurs. Pour une meilleure utilisation de ses compétences.

Sur ces mots, elle lui sourit. Il y eut un silence gêné. Les autres évitaient de les regarder franchement, mais Declan remarqua des coups d'œil en coin et des sourcils levés en signe d'interrogation.

— Tobey a décidé… ? reprit-il d'un ton surpris.

— Disons que c'était une décision mutuelle, corrigea Mara. Entre lui et moi.

— Et vous comptiez m'en parler ?

— Je le fais maintenant, répondit Mara avec un haussement

d'épaules. Je voulais te le dire avant la réunion, mais tu étais en retard.

Le silence se fit encore plus pesant. Declan se leva.

— Bon travail, tout le monde. Je vous laisse y retourner, et me tiens à votre disposition si vous avez besoin de me parler individuellement. À plus tard.

Le bruit des chaises et des voix emplit la salle d'un coup. Declan fixa les yeux sur une seule et unique personne qui s'apprêtait à sortir en même temps que les autres.

— Mara, tu restes.

Elle se figea, puis se tourna vers lui d'un mouvement raide.

— Il y a un problème ? demanda-t-elle avec un sourire forcé.

— S'il te plaît, viens t'asseoir, dit-il en lui montrant le siège à côté de lui.

Elle s'exécuta.

— J'imagine que c'est à propos de Tobey, dit-elle. Lui et moi, nous ne partagions pas la même vision des choses. C'est mieux comme cela. Mes reportages auront plus d'impact, ce qui profitera à tout le monde.

— Tu peux me dire ce qui se passe ?

— Comment ça ?

— Tobey était ton troisième producteur. J'ai compris pourquoi tu ne t'étais pas entendue avec les deux premiers. Ils étaient trop inexpérimentés et tu n'avais pas d'affinités avec eux. Mais, ensuite, j'ai nommé Tobey parce que vous vous complétiez bien, je l'ai choisi en fonction de tes points forts et de tes faiblesses...

— Que sais-tu de mes points forts et de mes faiblesses ?

— Voyons, Mara. Je te connais...

— Non. Tu as connu une étudiante, et tu dois penser que j'en suis toujours une, sinon tu ne m'aurais pas mise en équipe avec Tobey. Ce n'est pas parce que nous avons couché ensemble que tu me connaissais vraiment à l'époque, et il est certain que tu ne me connais pas aujourd'hui.

Il avait toujours aimé la façon dont ses yeux verts brillaient quand elle était amusée ou en colère. De toute évidence, elle n'était pas du tout amusée à cet instant.

— Alors c'est ça, le problème ? demanda-t-il. Notre passé ? Si tu n'es pas capable de le laisser derrière toi et de saisir la chance que je te donne...

— La chance que tu me donnes ?

Là, il était allé trop loin. Beaucoup trop loin. Les yeux de Mara lançaient des éclairs.

— Oui, ajouta-t-elle avec une colère contenue. Oui, bien sûr que c'est ça, le problème.

Elle prit sa sacoche d'ordinateur d'un mouvement brusque.

— Le problème, c'est qu'après sept ans je pense encore à cette semaine de sexe médiocre...

Il la dévisagea. Médiocre ? Sérieusement ?

— ... et que je n'apprécie pas à sa juste valeur « la chance que tu me donnes ». Toi qui prétendais être impressionné par mon travail chez WRZT ! Je savais que tu avais une idée derrière la tête.

— Attends. Non. Ce n'est pas ce que je voulais dire. Je me suis mal exprimé...

— Venant de quelqu'un qui choisit ses mots avec autant de précision, c'est difficile à croire.

— Il faut un début à tout, marmonna-t-il. Ce n'est pas...

Mara se leva sans attendre qu'il ait fini sa phrase.

— Tu veux une lettre de démission officielle ? Mieux vaut que nous en restions là avant que la situation devienne trop difficile ou douloureuse et que nous ne sachions plus comment nous en sortir...

Declan reconnaissait ces mots-là.

— Tu me renvoies à la figure ce que je t'ai dit la veille de la remise des diplômes ?

— Mais oui, Declan. Tu n'avais pas tort. J'aurais dû savoir que c'était une mauvaise idée de venir travailler avec toi. Toi et moi, nous ne sommes pas capables de...

— J'ai dit ça ce jour-là parce que tu partais à Londres. Je voulais t'épargner une corvée.

Et aussi parce qu'il venait d'ouvrir la première des nombreuses lettres à venir de la part des avocats de Keith Lochlainn et que l'estime qu'il se portait était au plus bas. Il n'avait pas eu le courage de s'investir dans une relation. Surtout pas avec Mara, qui méritait bien plus que ce qu'il avait été en mesure de lui donner à l'époque.

— Ah ! s'exclama-t-elle. En fait, c'est par galanterie que tu as rompu avec moi ! Sauf que je ne partais pas du tout à Londres.

— Quoi qu'il en soit, tu n'es pas venue à la fête ce soir-là. Ni au traditionnel petit déjeuner du lendemain. Le message m'a paru clair…

— Maintenant c'est moi qui t'ai évité ? Puisque tu sembles avoir encore oublié ce léger détail, laisse-moi te le rappeler. Figure-toi que nous n'avions pas tous une bourse d'études qui incluait le gîte et le couvert. Nous étions un bon nombre à devoir travailler pour payer notre loyer. Je commençais tôt ce matin-là, c'est tout. Et puis si tu te posais des questions, ajouta-t-elle avec un regard déçu, tu n'avais qu'à m'appeler. La communication fonctionne dans les deux sens.

Elle était douée pour lui renvoyer à la figure ses propres paroles. Mais tout cela s'était passé le soir où l'on avait annoncé le nom du vainqueur de la bourse de fin d'études. Voyant que Mara ne l'appelait pas pour le féliciter, Declan s'était vexé. Il savait qu'elle avait aussi espéré obtenir cette bourse, mais ils avaient déjà été concurrents auparavant et s'étaient toujours réjouis l'un pour l'autre.

Il s'était finalement rappelé que le reportage qui lui avait valu cette bourse avait été initialement le projet de Mara. Il ignorait pourquoi elle n'avait pas publié le fruit de ses recherches. Elle ne lui en avait rien dit à l'époque ; pourtant, en lisant ce qu'il avait écrit, elle avait forcément dû se rendre compte qu'ils avaient suivi les mêmes pistes.

— Tu as raison, reconnut-il. Je suis désolé. J'aurais dû me

souvenir que tu avais un emploi et que tu ne pouvais pas te joindre à nous. J'aurais dû t'appeler.

Elle cligna des yeux et le fixa avec stupeur.

— Attends. J'ai raison ? Tu es désolé ?

Elle regarda autour d'elle et ajouta :

— Il y a des caméras cachées, c'est ça ?

Il rit et répondit :

— Je sais reconnaître quand j'ai tort.

— Ah bon ? J'ai souvenir d'une personne qui niait avoir mangé le dernier biscuit pendant notre séance de travail alors qu'il y avait des miettes plein sa chemise.

— Il faut croire que j'ai mûri.

— Tu avais de la marge.

Ils se regardèrent et s'esclaffèrent en même temps.

— Nos disputes m'ont manqué, dit Mara en reprenant son souffle.

— Moi aussi, cela m'a manqué.

Parlait-il de leurs disputes ? Ou de la délicieuse sensation de chaleur qu'il éprouvait en sa présence ? Peut-être les deux.

— Néanmoins, ajouta-t-il après un silence, tu ne peux pas continuer à pousser tes producteurs à la démission. Les gens vont finir par croire que c'est impossible de travailler avec toi. Or je sais que ce n'est pas le cas.

— Exact. C'est toi qui as raison cette fois.

Elle se rassit.

— J'aurais dû te parler plus tôt de mes problèmes avec Tobey au lieu de laisser la situation dégénérer, poursuivit-elle. Je pensais pouvoir prendre sur moi mais, ce matin, c'était la goutte qui a fait déborder le vase.

— Que s'est-il passé ?

— Disons qu'il s'est montré condescendant.

Declan fronça les sourcils.

— C'est vrai que Tobey a beaucoup d'expérience, mais...

— Moi aussi, j'ai de l'expérience, lui rappela-t-elle. Mais

apparemment, comme je viens d'une petite équipe au sein d'une chaîne locale, il faut me traiter comme si je n'avais jamais vu une caméra de ma vie. Bref. Ce matin, j'ai vu le montage qu'il avait fait de notre première vidéo et... Il n'avait gardé que les chutes ! s'exclama-t-elle d'un ton rageur. Il m'a fait passer pour une imbécile. Une incompétente. Les autres producteurs étaient pliés de rire.

— Quoi ? Mais c'est...

— Malhonnête ? Sexiste ? Méprisant ? Dis-moi quel terme te paraît le plus juste.

Elle secoua la tête et soupira.

— Il ne voulait pas travailler avec moi, reprit-elle. Il a accepté le poste dans l'espoir de travailler avec toi. Il critiquait toutes mes propositions et me traitait comme une marionnette. J'étais censée m'asseoir, me taire et l'écouter m'expliquer comment on fait une bonne vidéo. C'est pour ça que tu m'as fait venir ?

— Certainement pas. Mara, dit-il en la regardant dans les yeux, je suis désolé que Tobey se soit comporté comme un goujat. J'aurais dû me renseigner davantage sur lui.

Il y eut un moment de suspens, pendant lequel il se perdit dans la forêt de son regard. Elle était si expressive qu'il avait l'impression de pouvoir suivre le cours de sa réflexion.

— Tu ne pouvais pas savoir, répondit-elle finalement. Sur le papier, il était très bien. Je me réjouissais de travailler avec lui au début. Avant de faire sa connaissance. Cependant...

— Cependant quoi ?

Elle respira profondément avant de s'expliquer :

— Tobey et moi, nous avons tourné des images pour trois vidéos différentes. Et... Le problème ne vient pas seulement du montage. À mon avis, ce sont des sujets sans intérêt. Déjà vus et revus. Je sais qu'il nous reste peu de temps avant le lancement...

De toute évidence, il y avait un « mais ». Et Declan avait compris de quoi il était question.

— Quels sont les sujets dont Tobey n'a pas voulu ? demanda-t-il.

— Eh bien... Il m'a dit que j'étais folle de vouloir mener cette enquête, mais je te dis quand même de quoi il s'agit. Je ne sais pas si tu te souviens de Tim, mon frère ? Il se trouve qu'il a épousé Lavinia Palmas.

— Lavinia Palmas ? De Palmas Chicken ? Tim a épousé la princesse du poulet ?

— Elle déteste ce surnom, dit Mara en roulant des yeux. Un paparazzi l'a appelée comme cela un jour et c'est resté.

— Il n'y a pas eu un scandale dans sa famille ?

Même sans fréquenter les bureaux de la rubrique mondaine de son journal, Declan avait entendu parler de cette histoire en salle de rédaction.

— Ses parents étaient fâchés qu'elle épouse un écologue dont les recherches portent sur les gaz à effet de serre générés par l'industrie agroalimentaire, étant donné que leur principale source de revenus...

— Oui. Ils lui ont coupé les vivres.

— Non, c'est elle qui n'a plus voulu de leur argent. Ils se contentent du salaire de Tim. Lavinia était consultante en management, mais elle est enceinte et alitée pour l'instant.

— C'est le sujet que tu veux traiter ? Les enfants qui tournent le dos à leurs parents fortunés ?

Cela risquait d'être délicat... N'était-ce pas précisément l'histoire de Jamie et de Keith Lochlainn ?

— Ce thème pourrait être intéressant, oui, répliqua Mara. Des gens qui renoncent à leur héritage parce qu'il a été acquis dans le mépris des gens et de l'environnement ? Lavinia est effectivement très loquace sur l'exploitation des travailleurs par l'entreprise de sa famille. Elle a fait don aux syndicats et coopératives agricoles d'une grande partie de son fidéicommis. Ce serait un bon sujet à traiter. À condition de trouver d'autres exemples, ce qui ne serait sans doute pas évident. Mais il doit en exister.

— Ce n'est donc pas le reportage que tu voulais tourner, si je comprends bien. Alors quelle est ton idée ? Pourquoi m'as-tu parlé de Lavinia ?

— Parce que mon tuyau vient d'elle. Bien qu'elle ait pris ses distances avec sa famille, elle nourrit toujours une passion pour la mode et pour les défilés haute couture.

— Ah. Tu veux parler des marques de luxe.

— Non. Si tu arrêtais de m'interrompre, je pourrais aller au bout.

— Désolé.

— Lors de la dernière Fashion Week de New York, Lavinia est allée à une soirée chez Keith Lochlainn...

— Keith Lochlainn ?

À en juger par le regard que lui lança Mara, Declan avait parlé trop fort. Il reprit tout bas :

— Je suis surpris que Keith Lochlainn s'intéresse à la mode.

— Catalina, sa femme, est l'égérie de House of Logan. Elle organise parfois des cocktails...

Mara s'interrompit et ouvrit de grands yeux.

— Tu sais de qui d'autre nous pourrions parler à propos des refus d'héritage ? s'écria-t-elle. Jamie Lochlainn ! On l'a officiellement déclaré mort depuis peu, mais je pense...

— Ton sujet, coupa Declan.

— Oui. Lavinia a étudié l'histoire de l'art à l'université et c'est une grande admiratrice d'Alain Robaire.

— Comme la plupart des gens.

— En effet. Elle en a parlé à Catalina lors de cette soirée, et un homme qui les entendait est entré dans la conversation. Ils se sont mis à discuter de la dernière acquisition de Keith Lochlainn, un tableau de Robaire que Lavinia n'avait jamais vu alors qu'elle se passionne pour l'œuvre de cet artiste. L'homme lui a assuré que cette œuvre, d'une valeur de quinze millions de dollars, provenait d'une collection très privée se trouvant au Portugal, ce qui expliquait qu'elle ne soit répertoriée nulle part. Lavinia s'est montrée sceptique et il l'a très mal pris. Il lui a répondu que Keith Lochlainn n'était pas le premier collectionneur de Manhattan à exposer une œuvre inédite. Mais, ensuite, quelqu'un d'autre est entré dans la pièce et Lavinia a vu l'homme blêmir en le voyant.

Il a aussitôt quitté la réception. Quand elle m'a raconté tout cela, j'ai eu envie de mener l'enquête. Et selon un bruit qui court, un groupe de personnes vend des œuvres d'art de provenance douteuse dans un but de blanchiment d'argent sale. Certains disent même que cet argent sert à corrompre des juges et des responsables politiques.

Elle se tut et croisa les bras, attendant manifestement sa réaction.

— Et ?

— C'est le sujet que je veux traiter.

— Tu veux révéler que les gens les plus riches de Manhattan...

— Et pas seulement de Manhattan. Lavinia m'a dit...

— Y compris Keith Lochlainn, le propriétaire de LNT.

Et son grand-père. Biologiquement parlant.

Keith n'avait pas que des qualités, loin de là. Tout le monde connaissait son caractère impitoyable. Mais soudoyer des fonctionnaires, voilà qui ne lui ressemblait pas. Il menait ses batailles d'influence au grand jour.

— Je ne pense pas que Keith...

— Tu vois, c'est pour cela que Tobey n'en a pas voulu. Il était sûr que tu refuserais.

— ... détienne sciemment de faux tableaux qui couvrent une opération de blanchiment.

Mara croisa les bras et se mit à le dévisager. Il connaissait ce regard. Elle était en train de cogiter et, s'il la laissait faire, elle n'allait pas tarder à faire le lien entre Keith et lui.

— Tout repose sur une discussion entre ta belle-sœur et un homme dont nous n'avons même pas l'identité. C'est cela qui me dérange, pas le rôle que Keith Lochlainn pourrait jouer dans cette histoire.

— Il s'appelle Alan Skacel. C'est un marchand d'art qui possède une galerie très en vue dans l'Upper East Side.

— Tu peux l'interviewer ?

— Il a disparu. Après la soirée chez les Lochlainn. La galerie est fermée, la grille est cadenassée. Quand on l'appelle, on tombe directement sur sa messagerie, qui est pleine. Il n'est pas rentré chez lui depuis des semaines, mais ses voisins disent qu'il s'absente souvent pour de longs voyages. Personne ne semble l'avoir vu depuis la fameuse réception.

— Tu veux faire un reportage sur sa disparition ?

Le public adorait les faits divers. Encore plus quand ils concernaient les ultrariches.

— Génial, nous allons te chercher un nouveau prod…

— Tu es d'accord ? je peux enquêter ?

— Quand nous aurons trouvé un nouveau prod…

— Pas le temps, le coupa Mara. Je dois aller au Poets and Artists Ball. La grande soirée de vendredi. Il va falloir que tu m'obtiennes un billet d'entrée.

— Le Poets and Artists Ball ? Pourquoi ?

Ce bal était l'un des événements les plus importants de la vie mondaine new-yorkaise. Il servait à rassembler des fonds pour constituer des bourses au profit de jeunes écrivains et artistes. Les personnalités se battaient pour y être conviées et défiler sur le tapis rouge.

— Ce n'est pas rien, ce que tu me demandes.

Mara se mordilla la lèvre inférieure, son premier signe d'incertitude depuis le début de la réunion.

— Je sais, admit-elle. Mais Freja et Niels Hansen présideront le bal cette année, et devine qui d'autre a récemment acheté un Robaire à Alan Skacel ?

Declan s'adossa et l'observa avec attention. Il sentait qu'elle tenait quelque chose. Elle avait encore peu d'éléments, mais il était bien placé pour reconnaître le début d'une grande enquête. Si Mara parvenait à prouver l'existence d'une escroquerie au sein du gratin de Manhattan… ce serait un tournant pour sa carrière. Elle recevrait des propositions de tous les plus grands médias du pays.

Il ne portait pas les Hansen dans son cœur, loin de là, mais s'ils pouvaient être utiles à Mara dans son travail, il n'allait pas lui opposer de refus.

— D'accord, dit-il. À une condition.

— Ne t'inquiète pas, je trouverai la tenue adéquate. Lavinia me supplie de lui emprunter ses robes puisqu'elle ne pourra pas les remettre avant longtemps.

— Ce n'est pas ma condition. Mais c'est bon à savoir, car tes dépenses vestimentaires ne seront pas prises en charge par ton employeur.

Elle plissa les yeux et répliqua :

— Si tu persistes à me dire que j'ai besoin d'un producteur et que je ne peux pas commencer l'écriture de mon reportage toute seule...

Il secoua la tête.

— Non, ce n'est pas ce que je pense. Mais nous commencerons les entretiens demain.

— Bon. Quelle est ta condition ? demanda-t-elle en croisant les bras.

— Je ne prendrai pas sur le budget de l'entreprise pour t'acheter un billet d'entrée pour le bal, répondit-il en souriant. Le prix le plus bas est de quinze mille dollars. Et de toute façon, il n'y en a plus un seul disponible.

Lui obtenir un accès à cette soirée aurait été impossible pour n'importe qui. Par chance, il n'était pas n'importe qui.

— Si tu veux entrer, lui annonça-t-il, tu devras être ma cavalière.

# 4

Mara leva les yeux de son téléphone où elle rentrait ses dernières notes. La voiture à l'arrière de laquelle elle était assise venait de se garer le long du trottoir. Voyant qu'on lui ouvrait sa portière, elle s'apprêta à remercier le chauffeur, mais ce fut Declan qui apparut devant elle, la main tendue pour l'aider à descendre. Elle ne put retenir un froncement de sourcils.

Depuis quelques jours, elle se demandait souvent si elle avait pris la bonne décision. Tobey n'était pas le seul à s'être posé des questions sur l'intérêt de cette enquête. Y avait-il un véritable trafic de faux tableaux à dénoncer ou n'était-ce qu'une rumeur sans fondement ? Mais la disparition d'Alan Skacel l'intriguait. Et après ses débuts difficiles chez LNT Plus, elle n'avait d'autre choix que de prouver à tous ceux qui doutaient d'elle, à commencer par Tobey, que Declan avait eu raison de l'engager.

Elle reconnaissait tout de même une erreur. Elle aurait dû aller voir Declan plus tôt. Par fierté, elle avait voulu s'en sortir seule mais, si elle lui avait parlé de ses problèmes avec Tobey, tout aurait pu se passer différemment. Elle aurait pris le temps de préparer sereinement son enquête au lieu d'agir dans la précipitation. Et elle aurait pu se rendre seule au Poets and Artists Ball, ce qui lui aurait évité de se retrouver dans cette situation inconfortable. Comment allait-elle se concentrer sur son travail en passant la soirée au bras de Declan ?

Cela commençait mal. Alors qu'elle aurait dû réviser mentalement ses notes et se répéter ce qu'elle avait à faire ce soir, elle fixait bêtement la main de son cavalier en se remémorant le plaisir qu'elle avait eu à entremêler ses doigts aux siens. Elle se rappelait aussi ses caresses, les mouvements de cette main sur son ventre et entre ses cuisses…

— Mara ? dit-il en se penchant vers elle. Tu viens ?

Elle sentit ses joues s'enflammer. Heureusement qu'il ne pouvait pas lire dans ses pensées.

Ce n'était pas le moment de se laisser envahir par les souvenirs. Elle était là ce soir pour prouver ce qu'elle valait en tant que journaliste. Elle prit la main de Declan, ignorant le courant électrique qui la traversa à ce contact, et descendit de voiture.

Lorsqu'elle fut debout face à lui et qu'il découvrit sa transformation physique, il ouvrit de grands yeux. Si elle avait l'habitude de se maquiller et de se coiffer pour la télévision, jamais elle n'avait dû se préparer pour un événement comme ce gala de charité. Elle avait passé des heures dans un salon de beauté à recevoir toutes sortes de soins, en compagnie de son amie Amaranth Thomas dont l'humour l'avait aidée à se détendre. Mara n'avait pas encore eu le temps de faire beaucoup de rencontres depuis son arrivée à New York, mais son entente avec Amaranth avait été immédiate et sa présence auprès d'elle cet après-midi avait été précieuse. Une fois coiffée et maquillée, elle s'était tournée vers son amie pour connaître son avis. Amaranth s'était extasiée sur la mise en valeur de ses yeux et de ses lèvres, assurant qu'elle n'aurait aucun complexe à avoir en arrivant au bal, bien au contraire.

Néanmoins, voyant que Declan restait immobile et silencieux, Mara se demanda si le jugement d'Amaranth était fiable. Son apparence n'était peut-être pas aussi glamour et sophistiquée que prévu…

Elle mit les mains sur son chignon pour s'assurer qu'il était toujours bien en place, puis toucha les boucles d'oreilles en diamant offertes par ses parents pour son dernier anniversaire. Tout semblait en ordre.

— Il y a un problème ? demanda-t-elle à Declan.

Elle vérifia ensuite d'un geste rapide les bretelles de la robe en mousseline vert émeraude et garnie de perles prêtée par Lavinia. Elles étaient bien sur ses épaules. Le buste de Lavinia était légèrement plus large que le sien, si bien que les fines bretelles avaient tendance à glisser. Mais il suffirait qu'elle pense à se tenir bien droite tout au long de la soirée pour éviter tout incident.

Declan cligna des yeux, puis son sourire habituel revint sur ses lèvres.

— Aucun problème ! répondit-il en lui offrant le bras. Mais tu ne portes pas de manteau, entrons vite avant que tu gèles.

Elle inspira, espérant puiser du courage dans l'air froid de l'hiver new-yorkais. En équilibre instable sur ses talons aiguilles, elle s'accrocha au bras de Declan.

— Allons-y, dit-elle.

Une fois à l'intérieur du palace, ils se dirigèrent vers le grand escalier qui montait à la salle de réception. Mara se trouva d'un coup entourée de célébrités. Partout où elle regardait, elle reconnaissait des visages vus dans les médias. Et elle repéra plusieurs personnes figurant sur la liste de ceux qui avaient récemment acheté une œuvre d'art à Alan Skacel.

Declan ne passait pas inaperçu non plus. Les paparazzis alignés de chaque côté du tapis rouge ne l'interpellaient pas autant que les stars du cinéma ou de la musique, mais il dut tout de même poser pour plusieurs photos. À chaque fois, Mara resta en retrait. Elle ne voulait pas qu'on la prenne pour sa compagne. Elle était venue dans un but professionnel. Techniquement, Declan était son patron, et elle savait déjà ce qui se dirait si elle s'affichait avec lui devant les objectifs. Toutefois, elle ne put s'empêcher de ressentir une pointe de fierté en voyant avec quelle aisance il répondait aux sollicitations.

Sa prestance n'avait d'égal que son charme.

Ses cheveux châtains étaient plus courts qu'avant, son sourire permanent avait accentué ses rides d'expression et ses yeux étaient toujours aussi bleus et lumineux qu'un lac de montagne en été. L'élégance lui allait à ravir. Il était aussi beau en jean ou en tenue de sport, mais Mara devait reconnaître que cette veste noire sur mesure mettait merveilleusement en valeur ses épaules larges et sa taille mince. Sous son pantalon assorti, elle devinait ses jambes de tennisman assidu, dont elle avait connu chaque muscle...

Non, ce n'était pas le moment de penser à cela. Elle avait une enquête à mener.

Elle détourna les yeux et chercha un détail sur lequel se concentrer, mais la foule se densifiait et chaque nouvel arrivant était plus célèbre que le précédent. Comme ses mains devenaient moites, elle dut prendre sur elle pour ne pas les essuyer sur le tissu délicat de sa robe.

Declan lui prit la main et la tint fermement dans le creux de son coude. Cela lui permit de garder l'équilibre, car ses maudits escarpins commençaient à glisser sur le sol en marbre. L'affluence l'obligeait à rester collée contre son cavalier, ce dont elle n'allait pas se plaindre. Elle sentait son biceps chaud et ferme à travers la laine de sa veste, fine et douce comme une seconde peau. Quant à son odeur... Elle lui rappelait des moments qui restaient parmi les plus beaux de sa vie. Des séances de travail nocturnes et des révisions au petit matin, des éclats de rire entre les rayons de la bibliothèque où figuraient des pancartes imposant le silence, ou encore ces quelques fois où ils s'étaient faufilés discrètement dans la salle de montage de l'école pour modifier au dernier moment leur vidéo pour le journal télévisé des étudiants. Le parfum de Declan la ramenait sept ans en arrière, alors qu'elle mangeait avec lui une pizza commandée à 23 heures, au milieu d'une séance de travail qui s'était muée en une conversation d'une nuit entière. Ils avaient refait le monde jusqu'à ce que la sonnerie de son réveil les interrompe, leur rappelant que les cours allaient bientôt commencer.

Les grandes portes de la salle de bal furent ouvertes et la foule se pressa vers l'entrée. Mara aurait sans doute glissé si Declan ne l'avait retenue et prise par les épaules le temps de trouver la table à laquelle ils étaient placés. Mara fut un instant soulagée en voyant la moquette sur le sol, avant de se rendre compte que ses talons s'accrochaient aux fibres. Heureusement, elle n'eut pas à marcher longtemps. Un point de plus pour Declan : leur table était située au centre, face à la scène, à la distance idéale pour profiter des discours. Mara fixa sa chaise avec envie, impatiente de s'asseoir pour ne plus avoir à se soucier des instruments de torture qui lui serraient les pieds. Le dîner, hélas, ne commencerait que dans une heure. Si elle s'asseyait dès maintenant, elle perdrait un temps précieux pour discuter avec les gens qu'elle était venue voir. Elle soupira.

— Enlève tes chaussures, lui souffla Declan. Mets les ballerines que tu as dans ton sac à main.

Elle le regarda avec stupeur. Comment...

— Tu t'en souviens ? demanda-t-elle.

— Tu détestes les talons hauts mais, comme tu t'obstines à en porter, tu as toujours des chaussures de secours sur toi. Comment aurais-je oublié ? Première année, cours d'Introduction au journalisme. Tu as changé de chaussures tout en interrogeant le représentant du centre de santé sur l'accès à la naloxone. Je ne savais même pas ce qu'était la naloxone.

— Un médicament qui peut éviter un décès en cas d'overdose de fentanyl. Il me semblait essentiel qu'elle soit disponible sur le campus, marmonna Mara, toujours sidérée que Declan se rappelle cette habitude.

— Et tu as obtenu gain de cause. En tout cas, c'est là que j'ai su.

Le bruit de fond s'éteignit et le tourbillon de robes et de smokings s'effaça. Mara se sentit comme coupée du monde et n'entendit plus que les battements de son propre cœur.

— Que tu as su quoi ? demanda-t-elle dans un souffle.

Leurs yeux se rencontrèrent et elle se perdit dans son regard azur. Pendant combien de temps ? Elle n'aurait su le dire. Une seconde ? Une heure ? Une éternité ? Cela dura jusqu'à ce que Declan affiche son sourire éblouissant, celui qui prévenait qu'il ne fallait jamais le prendre trop au sérieux. Elle baissa les yeux et perçut de nouveau l'agitation autour d'elle. Une minute à peine avait dû s'écouler en fin de compte.

— Que j'allais m'asseoir à côté de toi en cours pour copier sur toi, répondit-il. Je me suis dit, voilà quelqu'un qui non seulement est assez prévoyant pour avoir une seconde paire de chaussures, mais qui en plus est à la pointe sur les sujets qui comptent pour les étudiants. Elle connaît son public. Alors ? dit-il en regardant son sac à main. Tu les as ?

Elle ouvrit son sac et lui montra ses chaussons de danse flexibles.

— Vas-y, l'encouragea-t-il avec un sourire encore plus large. Enfile-les.

— Ici ?

Elle sourit au couple qui s'asseyait en face d'eux, de l'autre côté de la grande table ronde, puis se tourna de nouveau vers Declan.

— Devant tout le monde ?

— Personne ne te regarde, assura-t-il.

— Oui, je sais que je suis une inconnue, comparée à toi, mais tout de même…

— Ce n'est pas la raison pour laquelle personne ne te regarde. Tous les gens présents ce soir sont obsédés par l'image qu'ils vont donner à ceux qu'ils veulent impressionner. Voilà pourquoi ils ne font pas attention à toi. Crois-moi, si tu en as envie, tu peux changer de chaussures. Ne te gêne pas pour eux.

Elle se mordilla la lèvre et hésita un instant. Mais il avait raison, personne ne regardait dans leur direction. Même pas vers Declan, malgré sa notoriété. Et ses pieds détestaient ces escarpins. Quelle idée de les avoir choisis en les voyant sur son écran, lors d'un appel en visio avec Lavinia, sans même les avoir essayés !

— Oui, j'en ai envie, mais…

— Attends, dit-il en s'agenouillant devant elle. Laisse-moi t'aider.

Il défit délicatement la boucle qui lui serrait la cheville gauche. Prenant appui sur le dossier de sa chaise, elle leva le pied pour qu'il puisse la déchausser. Le soulagement se mêla au plaisir de sentir les mains de Declan sur sa peau. La cheville était donc une zone érogène ?

Lorsque Declan s'occupa de son pied droit, elle eut l'impression qu'il s'aventurait un peu plus haut et un peu plus longtemps que nécessaire. Se faisait-elle des idées ? Toujours est-il qu'en baissant les yeux vers lui, le voyant agenouillé ainsi devant elle, elle se remémora les moments où il avait eu les mains non sur ses pieds mais sur ses cuisses, et la bouche…

— Voilà, dit-il en se redressant. Tes chaussures sont sous la table, il ne faudra pas les oublier en partant.

Il regarda au loin et fit un signe de la main.

— Je vois quelqu'un à qui je dois parler, dit-il. On se retrouve ici pour le dîner ?

— Bien sûr. Bonne chasse.

— Il s'agit plutôt d'entretenir le contact avec une source en l'occurrence, mais je te souhaite la même chose

Il forma un V avec son index et son majeur et s'éloigna.

Manifestement, ce qui venait de se passer ne l'avait pas perturbé le moins du monde. Mara, elle, avait besoin d'un verre. Peu importe ce qu'elle boirait, pourvu que ce soit assez froid pour éteindre le feu que Declan avait allumé en elle. Elle tourna la tête, cherchant le bar le plus proche…

Mais n'était-ce pas Freja Hansen, debout près de la scène ?

Mara l'observa du coin de l'œil, aussi discrètement que possible. Cette élégante jeune femme blonde, vêtue d'une robe couleur champagne, ne pouvait être que la présidente du gala. Mara ne l'avait jamais rencontrée, mais elle apparaissait souvent dans les médias en tant qu'héritière d'une famille danoise qui avait fait fortune dans le commerce.

Mara inspira profondément en réfléchissant à la meilleure façon de se présenter à Freja. Fallait-il lui dire tout de suite qu'elle était journaliste et menait une enquête ? Ou le lui dévoiler progressivement ?

Freja était en pleine conversation avec le président de l'association Poets and Artists qui attribuait les bourses aux lauréats. Bien. Cela lui laissait un peu de temps pour se préparer. Il était important d'avoir l'air calme et raffinée. Elle avança vers Freja d'un pas lent et s'arrêta non loin d'elle pour attendre qu'elle ait fini sa discussion. Comme un serveur passait avec un plateau chargé de verres pleins, Mara tendit la main pour prendre le premier qui venait tout en gardant les yeux fixés sur l'héritière danoise et l'élégant homme noir qui parlait avec elle. Quand ils semblèrent sur le point de se séparer, Mara sentit sa bouche s'assécher et but une grande gorgée.

Quelle erreur ! Sa toux fut impossible à contenir. L'alcool fort lui brûla le fond de la gorge et l'excès de sucre lui donna un haut-le-cœur. Elle se tamponna aussitôt la bouche avec une serviette en papier en espérant ne pas avoir craché sur la robe de Lavinia. Ce liquide fluorescent devait être affreusement tachant.

Au moment de relever les yeux, elle découvrit avec consternation que Freja la regardait en souriant. Mara fit son possible pour ne pas grimacer. Bravo. Elle avait voulu faire bonne impression ? C'était réussi !

Elle prit sur elle et sourit en retour en s'approchant de Freja. Par chance, Lavinia mesurait quelques centimètres de moins qu'elle. Maintenant qu'elle avait ôté ses talons aiguilles, la robe arrivait jusqu'au sol, dissimulant ses ballerines.

— Bonjour, dit-elle en tendant la main à Freja, je suis Mara Schuyler. Celle qui devrait goûter plus prudemment un cocktail qu'elle ne connaît pas.

Freja rit en lui serrant la main.

— Freja Hansen. Votre réaction a parfaitement défini ce que j'en ai pensé.

— Mais je parie que vous ne l'avez pas recraché devant tout le monde.

— C'est vrai. Cela n'empêche que j'aurai deux mots à dire demain au comité chargé du buffet.

Freja s'interrompit et regarda sa robe.

— Ne serait-ce pas la collection d'automne de Sadie Soho ? C'est une merveille.

— Euh, c'est possible, répondit Mara avec hésitation. Mais pour être honnête avec vous, j'ai emprunté cette robe à Lavinia Palmas. Enfin, Lavinia Schuyler à présent. Ma belle-sœur.

— Lavinia ! s'exclama Freja avec un enthousiasme non feint. Nous étions assises côte à côte au dernier défilé de Gary Habit. Elle est ici ce soir ?

— Non, elle est alitée pour l'instant.

— On m'a dit qu'elle était enceinte. A-t-elle déjà choisi son chirurgien esthétique ?

— Son chirurgien esthétique ? répéta Mara en s'efforçant d'exprimer poliment son incompréhension.

— Pour l'intervention après l'accouchement, répondit Freja comme si c'était une évidence.

Mara resta interloquée.

— Elle devra se faire retendre la peau du ventre, ajouta Freja. Sinon, comme vous le savez, elle pourra dire adieu à la haute couture.

— Oui, eh bien... J'ignore si elle a trouvé un chirurgien esthétique. Je lui poserai la question. En tout cas je suis heureuse d'avoir l'occasion de vous parler ce soir. J'aurais souhaité vous demander...

— Freja ! Enfin. Te voilà.

Un homme qui avait les mêmes splendides yeux bleus et les mêmes pommettes saillantes que Freja les rejoignit.

— Avant que tu fasses une remarque, poursuivit-il, le vin est aussi épouvantable que les cocktails, c'est pourquoi j'arrive les mains vides.

Mara le vit ensuite se tourner vers elle.

— Bonsoir, je suis Niels. Son frère, précisa-t-il en pointant le pouce vers Freja.

— Mara Schuyler. Enchantée.

Niels avait une beauté comparable à celle d'une pièce de musée. C'était un homme superbe, mais Mara n'éprouva aucune attirance pour lui.

— Vous non plus, vous n'aimez pas les cocktails trop sucrés ? demanda-t-elle en souriant.

Le visage de Niels s'éclaira et il lui adressa un regard séducteur. Non, décidément, il ne la troublait pas du tout.

— Cette boisson bleue est un crime contre les papilles gustatives, dit-il.

Puis il se tourna vers Freja.

— Tu viens avec moi à table ? Simon veut te parler avant le dîner – je redoute déjà le repas à venir.

— Mara est la belle-sœur de Lavinia Palmas, dit Freja d'un ton insistant.

Niels se redressa d'un coup.

— Lavinia ! s'écria-t-il en pivotant vers elle. Je parlais justement d'elle tout à l'heure. Nous regrettons de ne plus la voir en ville. Est-elle venue au gala ?

— Comme je le disais à votre sœur, elle est alitée en ce moment.

— Je vois, répondit-il en échangeant un regard avec Freja. Rien de grave, j'espère ?

— Son médecin préfère être prudent. Mais elle va bien.

— Tant mieux. Toutefois, je ne lui pardonnerai pas de m'avoir caché qu'elle avait une belle-sœur aussi charmante.

En disant ces mots, il lui adressa un sourire si enjôleur que Mara comprit pourquoi un tabloïd anglais l'avait classé parmi les hommes les plus sexy d'Europe.

— Vous lui direz qu'elle m'a beaucoup déçu.

— Je transmettrai, répondit Mara en riant. Et je vous remercie. Toutefois, « charmante » est un mot qu'on emploie rarement pour parler de moi.

— Je ne peux pas vous croire. Vous ne devez pas fréquenter les bonnes personnes.

— Ou alors c'est vous qui ne me connaissez pas suffisamment.

— Impossible. Je sais parfaitement juger de trois choses : le vin, l'art et les gens. Surtout les femmes ravissantes.

Mara baissa la tête. Ce n'était pas la première fois qu'elle était la cible d'un séducteur, loin de là, mais jamais un homme suivi par les paparazzis de Paris à Shanghai ne s'était intéressé à elle.

— Je fais confiance à votre goût en matière de cocktails, répondit-elle, donc je vous crois sur parole en ce qui concerne le vin. Je serais heureuse d'entendre votre opinion sur l'art. N'avez-vous pas récemment acheté un Robaire ?

Il haussa les sourcils.

— J'ignorais que c'était de notoriété publique, fit-il. Êtes-vous connaisseuse de l'œuvre de Robaire ?

— Connaisseuse, je n'irais pas jusque-là. Mais vous avez acquis une toile inédite, non ? Découverte il y a peu lorsqu'un collectionneur portugais a eu besoin de vendre ses biens ?

Niels la scruta avec attention.

— Charmante, passionnée d'art et très au courant du marché, commenta-t-il.

— N'est-ce pas le motif de notre présence à tous ce soir ? Soutenir les arts ? répliqua Mara en souriant. J'aimerais beaucoup en discuter plus longuement avec...

Elle n'eut pas le temps de finir sa phrase. Freja, qui avait fait un pas de côté pour échanger quelques mots avec d'autres convives, se tourna vers Niels.

— Le dîner va être servi, dit-elle. Nous devrions aller nous asseoir. Mara, c'était un plaisir de vous rencontrer. Vous voulez bien nous excuser ?

— Bien sûr, répondit-elle.

Mais Niels lui prit galamment la main.

— S'il vous plaît, venez à notre table.

Il échangea un regard appuyé avec Freja, qui finit par acquiescer d'un signe de tête avant de s'éloigner.

— L'une de nos invitées a dû annuler au dernier moment et nous avons une place libre, expliqua Niels.

Mara eut l'impression que son regard s'attardait sur son corsage.

— Ce serait l'occasion de faire plus ample connaissance, poursuivit-il. Et ne vous inquiétez pas pour le vin, je me suis arrangé avec le personnel de l'hôtel pour avoir de meilleures bouteilles servies au cours du repas.

— Merci, mais...

Il se pencha et lui susurra à l'oreille :

— Je n'accepterai aucun refus.

*Pardon ?* s'exclama-t-elle intérieurement. Sa remarque était inquiétante quand on pensait à toutes les femmes avec qui il était apparu en photo dans la presse à scandale. Mais si elle lui disait le fond de sa pensée, elle pourrait faire une croix sur la source essentielle qu'il représentait dans le cadre de son enquête.

— Eh bien, je..., commença-t-elle.

Elle sursauta en sentant un bras chaud et puissant lui enserrer les épaules.

— Désolé, Niels, Mara est à ma table ce soir, intervint Declan.

Niels cligna des yeux avec surprise. Mara lança un regard noir à Declan et voulut se débarrasser de son bras, mais il l'étreignit plus fermement.

— Je vois, dit Niels. Bonsoir, Declan. Ravi de te revoir.

— C'est réciproque. Il s'est passé beaucoup de temps depuis St. Alexander.

Mara les observa l'un et l'autre. Ils semblaient s'affronter du regard, comme deux mâles dominants prêts à se battre.

— Vous étiez à l'école ensemble ? demanda-t-elle.

Declan lui avait déjà parlé de St. Alexander, un prestigieux internat suisse, mais sans entrer dans les détails. À l'université, quand ils avaient évoqué leurs souvenirs de lycée entre amis, il était toujours resté en retrait.

— Nous nous sommes croisés, répondit Declan.

Niels finit par détacher son regard de celui de Declan pour se tourner vers elle.

— J'ai quelques années de plus que Dec, lui expliqua-t-il. Et j'étais souvent pris par des activités sportives et sociales auxquelles… il ne participait pas.

— Niels veut dire que j'étais un élève boursier, précisa Declan.

Niels fit un geste d'excuse qui ne s'accordait guère avec l'expression de son visage.

— C'est du passé, dit-il avec un sourire qui semblait hypocrite tant son regard était dur. Cela n'enlève rien au plaisir de se revoir. Comment vous connaissez-vous tous les deux ?

— Nous sommes journ…

— Nous étions ensemble à l'université, la coupa Declan. Et nous nous sommes rapprochés au fil du temps. N'est-ce pas, Mara ?

Il lui donna un discret coup de hanche pour l'encourager à jouer le jeu. En réponse, elle lui adressa un regard d'avertissement.

— Oui, fit-elle en souriant à Niels. Declan et moi, nous nous sommes rencontrés en première année. Mais je ne dirais pas…

— Je vois que le personnel demande aux convives de rejoindre leur table, déclara Declan. Mara, nous devrions aller nous asseoir. À plus tard, Niels.

— Certainement, répondit Niels.

Sur ces mots, il s'inclina devant elle et lui fit le baisemain. Personne n'avait jamais fait preuve d'une telle courtoisie envers elle, et à vrai dire cela ne lui déplut pas. Elle sentit Declan se changer en pierre à côté d'elle.

— Je me réjouis d'avance de faire plus ample connaissance avec vous, dit Niels en se redressant.

— Moi de même, répondit-elle.

Elle attendit qu'il soit à bonne distance pour se libérer brusquement du bras de Declan.

— Tu peux m'expliquer ? lança-t-elle en se mettant face à lui.

Tu savais que les Hansen figuraient en tête de ma liste de sources potentielles. Je ne...

— Tu me remercieras plus tard.

Sur ces mots, il tourna les talons et marcha tout droit vers leur table. Mara le rattrapa en trottinant, faisant de son mieux pour se frayer un chemin entre les illustres convives sans les bousculer.

— Pourquoi devrais-je te remercier ? lui demanda-t-elle une fois à sa hauteur.

— Parce que Niels est un enfant gâté qui n'a pas l'habitude qu'on lui résiste. En faisant ce que je viens de faire, j'ai multiplié par trois son intérêt pour toi.

Elle parvint à passer devant lui pour se mettre en travers de son chemin.

— Attends, ordonna-t-elle. Ce combat de coqs tout à l'heure, tu crois que cela m'a aidée ? Arrête de te prendre pour un super héros, je n'ai pas besoin de ton intervention.

— Je ne le *crois* pas. Je le *sais*.

Elle roula des yeux et rejoignit son siège.

— Je m'en sortais très bien sans toi. J'étais invitée à la table des Hansen avant que tu interviennes.

— Niels Hansen aime faire un usage éphémère des belles choses. Mais désormais il te verra comme une personne à prendre au sérieux. Pas comme un mouchoir jetable.

— Un mouchoir jetable ? Peux-tu me rappeler pourquoi je suis censée te remercier alors que le seul qui m'ait traitée comme un objet, c'est toi ?

Declan soupira avant de répondre :

— Écoute, j'ai souvent vu Niels à l'œuvre. Tu veux lui parler de ton enquête sur le marché de l'art, très bien. Cela l'incitera à te regarder dans les yeux et non...

Il baissa les siens et les releva aussitôt en s'éclaircissant la voix.

— Tu m'as compris, conclut-il.

Voyant sa réaction, elle vérifia son décolleté. Ses bretelles avaient glissé. Elle restait plus couverte que nombre de jeunes stars de Hollywood présentes ce soir, mais sa robe tombait tout de même nettement plus bas que prévu. Elle s'efforça de dissimuler sa gêne et se redressa en faisant un mouvement de tête désinvolte.

— Ce ne sont que des seins, Declan. Je suis certaine que Niels en a vu beaucoup. Tout comme toi. La moitié de la population mondiale en possède, au cas où tu l'aurais oublié.

— Mais je m'en souviens très bien.

En entendant sa voix rauque et sensuelle, elle se remémora la semaine qui avait précédé leur remise de diplôme. Pendant ces quelques jours, Declan s'était montré particulièrement intéressé par ses seins. Elle revoyait ses grandes mains les caressant, ses pouces massant ses mamelons avant qu'il y passe la langue pour la faire gémir d'excitation…

Elle cligna des yeux. Non, elle n'allait pas laisser Declan lui faire perdre sa lucidité. Elle n'avait qu'à voir son sourire pour deviner qu'il avait fait exprès de la troubler avec son sous-entendu. Il voulait jouer à cela ? Très bien.

Elle fit un mouvement d'épaules et ses bretelles descendirent davantage. Elle n'enfreignait toujours pas les règles de la décence, mais Declan baissa de nouveau les yeux, et, cette fois, il ne les releva pas.

— Je meurs de soif, pas toi ? demanda-t-elle en faisant glisser ses doigts le long de sa gorge, jusqu'entre ses seins.

Elle vit la pomme d'Adam de Declan bouger lorsqu'il avala sa salive.

— Si, moi aussi, répondit-il dans un souffle.

Elle poursuivit son geste et s'effleura nonchalamment la poitrine. Il dut voir ses mamelons se durcir à travers la fine mousseline de sa robe, car son regard se mit à briller.

Ils savaient tous les deux qu'elle faisait exprès de le provoquer. Par jeu. Mais quel plaisir de voir sa réaction ! Comment résister à la tentation de continuer ?

S'approchant de lui, elle lui susurra à l'oreille :

— Que proposes-tu pour nous désaltérer ?

Le regard de Declan se fixa alors au loin, derrière elle.

— Si tu as envie de boire, il y a une bouteille de vin blanc sur la table. Excuse-moi, je vois Bobbi James. Je dois lui parler.

Il partit sans qu'elle ait eu le temps de lui répondre.

Bon. Au moins, elle savait maintenant qu'il n'était pas totalement immunisé contre ses charmes. Une information utile.

Mara remonta discrètement ses bretelles et prit place à table. Le dîner se déroula sans incident, cependant elle se tint droite et raide pour éviter tout incident vestimentaire. Declan, lui, ne sembla pas s'en soucier le moins du monde. À partir du moment où il revint à table, il passa son temps tourné vers sa voisine de droite, l'ignorant complètement. Quant à l'homme placé à sa gauche, à peine était-il assis qu'il reçut un coup de téléphone et s'éloigna pour ne revenir qu'à la fin du repas.

Frustrée, Mara ne put s'empêcher de guetter du coin de l'œil la table des Hansen. Niels et Freja étaient entourés d'une véritable cour et la gaieté régnait au sein de leur groupe. Lorsqu'elle croisa le regard de Niels, elle rougit d'avoir été surprise en train de l'observer.

Après le dessert, les prix furent décernés et les lauréats prononcèrent leur discours. Puis on ralluma les lumières de la salle pour indiquer la fin de la soirée. Comme les convives commençaient à partir, Mara recula sa chaise. Declan posa alors la main sur la sienne.

— Non, dit-il simplement.

— Comment ça, non ?

— Non, ne va pas voir Niels. Tu t'es déjà montrée trop directe avec lui. Le rougissement était bienvenu, cela dit.

— Hein... ? Mais je ne...

Elle se ressaisit et ajouta avec colère :

— Tu ne m'as pas dit un mot de toute la soirée. Je ne vois pas comment tu...

— Très bien. Continue comme ça. Il va avoir l'impression que nous nous disputons, cela devrait lui plaire.

— Tu veux qu'on se dispute ? D'accord. Pourquoi m'as-tu ignorée pendant tout le dîner ?

Il haussa les épaules.

— Cela ne se fait pas d'accorder toute son attention à sa cavalière lors d'un événement mondain.

— Je ne suis pas ta cavalière, je suis ta collaboratrice.

— C'est vrai. Mais nous sommes arrivés ensemble. Il faut penser à la bienséance. Surtout vis-à-vis de ceux qui s'attendent à ce que nous suivions les règles de leur monde.

— Je suis mes propres règles, qu'on appelle communément la politesse. Je vais voir les Hansen, poursuivit-elle en se levant. Les remercier pour cette belle soirée et essayer d'obtenir une interview.

Declan se mit debout en même temps qu'elle et la saisit par le bras.

— Non, répéta-t-il.

— Tu veux vraiment que tout le monde croie qu'on se dispute ?

Il lui tenait l'avant-bras sans serrer, mais de telle sorte qu'elle sentait toute sa puissance et sa chaleur corporelle. Faisant son possible pour ignorer les picotements qui la parcouraient, elle tenta de se dégager discrètement, sans attirer l'attention. Il ne la laissa pas faire.

— Je veux que tu puisses mener ton enquête, lui murmura-t-il à l'oreille. Niels n'aime pas qu'on lui coure après. Il veut être dans le rôle du chasseur. Je le connais bien. Tu ficheras tes chances en l'air si tu le sollicites.

Elle se figea.

— Bon. Qu'est-ce que je dois faire selon toi ?

— Lui donner une raison de venir te voir.

— Cela me paraît difficile. D'autant plus que tu ne sembles pas décidé à me lâcher.

Il cligna des yeux avec surprise.

— Oh ! pardon, dit-il en desserrant les doigts.

— Alors ? demanda-t-elle. Que dois-je faire ?

— J'ai bien une idée, répondit-il en se grattant la nuque. Pas très professionnelle. Tu risques de ne pas l'aimer. Je ne suis pas sûr moi-même qu'elle soit très sage. Mais elle renforcera l'intérêt que Niels te porte.

Mara jeta un œil vers la table des Hansen. Freja disait au revoir à ses invités tandis que Niels fermait sa veste comme s'il s'apprêtait à partir.

— Je t'écoute ? Que proposes-tu ?

— Que nous nous embrassions.

— Pardon ? Tu n'es pas sérieux. C'est censé faire accourir Niels ?

— Il aime prendre ce qui appartient à d'autres. À moi, notamment. S'il croit que nous sommes ensemble, cela deviendra à ses yeux une compétition entre lui et moi.

— Il faut vraiment que nous soyons ensemble ? Nous pourrions être séparés depuis peu, plutôt.

Le visage de Declan se ferma brusquement. Mara ne lui avait jamais vu une telle expression, pas même lorsqu'il lui avait annoncé qu'il vaudrait mieux que leurs chemins se séparent après la remise des diplômes.

— Non. Tu ne serais qu'un jouet qu'il aurait plaisir à casser.

— Tu parles de lui comme d'un ennemi personnel. Il va falloir m'expliquer. Pourquoi ne m'avais-tu jamais parlé de lui ?

— Je n'avais pas de raison de le faire. J'avais quitté St. Alexander quand je t'ai connue. Il faisait partie de mon passé.

Il la prit soudain par les épaules.

— Il regarde vers nous, dit-il. Tu es prête ?

— Je...

Le baiser de Declan étouffa la fin de sa phrase.

Au début elle resta immobile, se demandant si ce moment était réel, si c'était un simple souvenir ou si des années de fantasmes avaient fini par lui donner l'impression que son rêve se matérialisait. Il avait juste posé les lèvres sur les siennes, sans exiger davantage, la laissant libre de décider de la suite. L'espace d'un instant, elle resta passive et calme tandis que de délicieux frissons la parcouraient. Puis la main droite de Declan descendit de son épaule à sa taille.

Au diable les convenances. Elle embrassait Declan Treharne pour la première fois depuis sept ans et elle s'en voudrait éternellement de ne pas en avoir profité au maximum.

Se laissant aller contre lui, elle noua les bras autour de son cou et passa la pointe de la langue entre ses lèvres. Alors ils se plaquèrent l'un contre l'autre et s'embrassèrent avec la même passion qu'autrefois. Il avait gardé la même assurance, mais se montrait plus attentionné que le jeune homme de vingt-deux ans qu'elle avait connu. Elle n'avait pas imaginé que ce pourrait être encore meilleur, et pourtant ! L'adulte qu'il était devenu était encore plus irrésistible, plus habile, plus sexy…

Mais elle devait cesser de penser à tout cela. Entre Declan et elle, cela n'avait pas marché la première fois. Il n'y avait aucune chance pour que ce soit différent aujourd'hui. De toute façon, elle n'avait pas l'intention de s'engager dans une relation maintenant. Elle était concentrée sur sa carrière et rien ne devait la détourner de ses objectifs.

— Excusez-moi.

Mara se figea en entendant une voix grave et distinguée derrière elle.

— Je suis navré de vous interrompre, mais je vais partir. Je dois prendre un avion pour l'Europe. Puis-je me permettre de vous dire un mot avant de m'en aller ?

Mara ouvrit les yeux et s'écarta de Declan, qui parla le premier.

— C'est à quel sujet, Niels ?

Lentement, Mara se retourna. Elle devait avoir une allure épouvantable. Des mèches échappées de son chignon lui chatouillaient le dos. Et son rouge à lèvres avait coulé, à en croire les traces sur la bouche de Declan.

Elle se hâta de remonter sa bretelle gauche en se rendant compte qu'elle avait glissé.

— Vous m'avez parlé de Robaire, lui dit Niels en souriant. Freja et moi, nous organiserons un petit cocktail chez nous dans deux semaines, lors de notre retour à New York. Ce sera une simple réunion entre amis, pour montrer le tableau que nous avons acquis. Voudriez-vous vous joindre à nous ?

Mara luttait pour recouvrer son calme.

— Oh ! ce serait un honneur, répondit-elle.

— Très bien. Puis-je avoir vos coordonnées afin de vous faire parvenir une invitation ?

— Bien sûr…

Ses nouvelles cartes de visite n'étaient pas encore imprimées.

— Je vais vous les noter sur…

Declan l'interrompit en tendant sa propre carte à Niels.

— Tu peux m'envoyer l'invitation, dit-il. Je ne manquerai pas de la transmettre à Mara.

Le regard de Niels se fit glacial.

— Entendu. Tu es le bienvenu aussi, Declan. Un peu de culture ne devrait pas te faire de mal.

— Si Mara est là, je serai là aussi.

— Bien sûr, grommela Niels.

Son expression se radoucit quand il se tourna vers elle.

— Je suis impatient de vous revoir, Mara, lui dit-il. J'espère que nous pourrons avoir une vraie conversation à l'occasion de cette soirée. En tête à tête, ajouta-t-il en lançant un regard à Declan. À très bientôt.

Il lui fit le baisemain, saluant Declan d'un signe de tête avant de s'en aller. Mara le regarda s'éloigner pour éviter de regarder Declan. Elle se demandait même si elle pourrait de nouveau le regarder dans les yeux un jour. Pas après ce baiser. Pas après s'être cramponnée à lui en le dévorant littéralement.

— Parfait, conclut Declan. Mission accomplie.

Il se baissa pour ramasser les escarpins restés sous la table.

— Tiens, dit-il. Ton chauffeur t'attend en bas.

— Merci.

Elle prit ses chaussures tout en cherchant un moyen de justifier son comportement quelques minutes plus tôt.

— Nous devrions peut-être...

— On se voit mercredi chez LNT pour la réunion, coupa-t-il. Repose-toi bien.

Il se dirigea vers la sortie sans attendre sa réponse.

Au moins, elle n'avait plus à se demander quoi lui dire. Elle inspira profondément, espérant que l'oxygène l'aiderait à remettre de l'ordre dans ses pensées. Pourquoi était-il parti aussi brusquement ? Leur baiser n'avait pas pu le laisser indifférent. Elle avait bien senti son érection à travers leurs vêtements. Pourtant, il avait fait comme s'il ne s'était rien passé. Comme sept ans plus tôt, lorsque, à la fin de la semaine torride qu'ils avaient vécue, il lui avait déclaré sans montrer la moindre émotion que chacun allait reprendre le cours de sa vie.

En fin de compte, elle n'avait aucune raison d'être surprise. Elle avait même de quoi être soulagée. Les choses étaient claires et c'était très bien ainsi. Elle n'avait pas besoin d'une relation ambiguë avec Declan, surtout maintenant qu'il était son patron.

Personne ne la prendrait au sérieux si on croyait qu'elle avait usé de ses charmes pour obtenir la diffusion de son reportage. Quelle chance elle avait eue que la salle de réception ait été presque vide et que personne – à part Niels Hansel – ne les ait vus s'embrasser !

À présent, elle avait tout intérêt à oublier ce baiser, comme Declan semblait l'avoir fait.

Elle sentit hélas l'empreinte de ses lèvres sur les siennes pendant toute la fin de soirée et le week-end qui suivit.

# 5

Declan regardait fixement par la vitre de la voiture, guettant la sortie de Mara tout en essayant de rester concentré sur sa conversation téléphonique avec Bobbi. Ce qui n'était pas un grand succès.

— Tu peux répéter s'il te plaît ? demanda-t-il en voyant la porte de l'immeuble s'ouvrir.

Ce n'était pas Mara, seulement un homme avec une poussette. Declan regarda sa montre. Le cocktail donné dans le grand appartement des Hansen dans l'Upper East Side ne devait pas commencer avant une demi-heure, et bien sûr personne n'attendait des invités qu'ils arrivent à l'heure. Mais il voulait prendre le temps d'avoir une vraie conversation avec elle, bien différente des échanges de quelques mots qu'ils avaient eus au bureau depuis le Poets and Artists Ball. Il avait bien essayé de lui parler posément, mais les rares fois où il avait été disponible pour le faire, elle avait été trop occupée à rattraper le retard avec son nouveau producteur. Il avait donc réservé une voiture avec chauffeur pour ce soir, dans l'espoir de profiter du trajet pour dire à Mara ce qu'il avait à lui dire.

Pour lui présenter ses excuses.

Bobbi soupira à l'autre bout du fil.

— Cela fait deux fois que tu me fais répéter. Arrête d'essayer de gagner du temps. Quelle est ta réponse ?

— Ma réponse ?

— À propos de la mission que je te propose ! dit-elle sans cacher son agacement.

Il n'avait aucune idée de ce dont elle parlait. Si elle se rendait compte qu'il n'avait pas écouté un mot, elle allait vraiment se mettre en colère.

— Eh bien… Ce serait pour combien de temps ? demanda-t-il en espérant s'en sortir habilement.

— Tu ne m'as pas écoutée.

Il tapota la banquette en cuir du bout des doigts. Il était seul dans le véhicule. Le chauffeur attendait dehors, prêt à ouvrir la portière de Mara… à condition qu'elle se décide à arriver.

— Désolé. Tu as raison. J'étais distrait.

— Tu as le mérite de l'admettre, répondit Bobbi d'un ton moqueur. Que t'arrive-t-il, Dec ? Tu m'avais bien dit que tu pourrais faire des travaux ponctuels pour le *Globe* tout en étant chez LNT, non ? Si j'ai mal compris, d'accord. Mais j'ai besoin de savoir. Je perds mon temps à t'en parler si c'est impossible pour toi.

— Pardon, Bobbi. Oui, je suis intéressé.

— Bon. Alors…

— Mais…

Declan s'en voulut de devoir interrompre Bobbi. Il l'imaginait en train de faire les cent pas devant la grande baie vitrée de son bureau surplombant la ville. Elle avait appris à garder une expression toujours neutre mais, intérieurement, elle devait bouillir.

— Je ne suis pas libre pour l'instant, poursuivit-il. Et je serai de retour mi-janvier.

— Je sais.

Elle laissa passer un silence avant d'ajouter :

— Je vais faire tout mon possible pour retarder cette mission. C'est un sujet qui m'intrigue. Il ne s'agit que d'une rumeur à ce jour, mais elle provient de sources fiables. Je vais essayer d'en savoir plus d'ici là. Toutefois s'il y a du nouveau rapidement, je devrai mettre un autre journaliste sur le coup.

Il hocha la tête. Si tout se passait bien ce soir, l'enquête de Mara serait bien lancée et ce serait pour elle un nouveau départ, le début de la grande carrière qu'elle méritait depuis toujours. Alors Declan pourrait quitter LNT.

— C'est normal, répondit-il. Mais peux-tu me redire de quelle mission il s'agit ? Promis, je suis attentif.

— Tu n'as vraiment rien écouté, soupira-t-elle. Monaco.

Declan se redressa brusquement. Monaco était le lieu de l'enquête qui avait connu une fin tragique. Celle qui le hantait encore dès qu'il fermait les yeux, le jour comme la nuit.

— Quoi ? s'exclama-t-il. Mais elle est…

— Non, elle n'est pas morte. En tout cas, c'est ce qu'on nous a dit. Cela m'aiderait de renvoyer mon meilleur reporter dans l'arène, évidemment, mais…

— Alice de la Vigny est réapparue, murmura-t-il dans un souffle.

— D'après notre source, oui. Nous travaillons pour en avoir la confirmation. Je peux t'accorder un peu de temps. Mais je doute que cela puisse attendre jusqu'au mois de février.

— Vigny, c'est mon enquête.

— Ça l'était.

Bobbi raccrocha et Declan laissa retomber sa main sur ses genoux. Il avait les yeux rivés sur le dossier du siège avant, mais dans sa tête se bousculaient les images des jardins impeccables et des façades en pierre de Monaco.

Il avait confiance en l'équipe du *Globe* pour faire la lumière sur ce nouvel élément. Pour l'instant, son intervention n'était pas requise.

— Salut.

Le chauffeur venait d'ouvrir la portière, et Mara se tenait debout devant lui, sublime. Ni coiffure compliquée ni maquillage sophistiqué. Ce soir elle avait les cheveux détachés et aucun fond de teint ne dissimulait ses adorables taches de rousseur. Non que son allure glamour lui ait déplu le soir du gala, loin de là ! Il avait particulièrement apprécié le tissu soyeux de sa robe épousant à merveille les courbes de son corps, masquant juste ce qu'il fallait pour que son imagination le rende fou. Et quand ils s'étaient embrassés et qu'il avait posé les mains sur elle...

— Salut, Mara.

Elle s'assit à côté de lui et boucla sa ceinture. Elle sentait le citron et la fraise. C'était l'odeur de son shampooing, il s'en souvenait maintenant. Elle n'avait pas changé de marque.

Quand le chauffeur eut démarré, Mara se tourna vers sa vitre et le silence s'installa. Declan prit une profonde inspiration. Il n'avait pas autant de temps qu'il l'aurait souhaité, mais il fallait absolument qu'il lui parle avant de se retrouver face aux Hansen.

Oui, dire quelque chose, n'importe quoi, sinon il allait encore se perdre dans ses souvenirs. Ne pas repenser, par exemple, à Mara enfilant sa chemise, un matin, pour aller chercher deux tasses de café dans la cuisine. Voyant qu'elle ne revenait pas, Declan s'était levé et l'avait trouvée en train de discourir au milieu de ses colocataires, trois célibataires endurcis qui avaient récemment renoncé aux femmes pour des motifs variés et qu'il avait surpris buvant les paroles de Mara. Elle avait été si belle dans la lumière du matin, avec ses cheveux roux ébouriffés et ses yeux brillants, parlant en connaisseuse des matchs de base-ball de la veille.

Ses colocataires partis, il n'avait même pas eu la patience de la ramener dans sa chambre pour lui faire l'amour. Appuyée contre le comptoir, elle l'avait regardé avec malice tandis qu'il s'approchait d'elle et déboutonnait sa chemise.

— Mara..., commença-t-il en se forçant à revenir à l'instant présent

— Je le savais. Il y a quelque chose qui ne va pas. C'est ma tenue ?

— Hein ? Non, pas du tout.

Elle portait une robe bleu marine, simple et élégante.

— J'ai demandé conseil à Lavinia, qui m'a recommandé de ne

pas en faire trop, car les gens comme les Hansen sentent quand on a peur et qu'on surjoue pour obtenir quelque chose de leur part.

— Tu es très belle comme ça.

C'était vrai. Si belle qu'il avait du mal à garder son sang-froid en la regardant. Il était sûr que personne ne lui arriverait à la cheville ce soir.

— Écoute, il faut qu'on...

— Tu as fait une drôle de tête en me voyant tout à l'heure, dit-elle d'une voix nerveuse. Comme si quelque chose n'allait pas.

— Non, il n'y a aucun problème. En tout cas pas avec toi.

Les révélations de Bobbi à propos d'Alice l'avaient sidéré, il ne pouvait pas le nier. Forte de son aisance dans la haute société et de son réseau, Alice de la Vigny avait fourni des jeunes, voire très jeunes, femmes à des hommes fortunés. Mais elle avait disparu six mois plus tôt et, d'après la rumeur, on l'avait assassinée pour l'empêcher de révéler les noms des gens qui avaient fait appel à ses services. C'était un soulagement de découvrir qu'elle était peut-être encore en vie, car Declan s'était senti coupable en apprenant qu'elle était morte après lui avoir parlé. Néanmoins, cette scandaleuse activité, si tant est qu'elle ait continué à l'exercer, devaitprendre fin.

— Donc il y en a bien un ! s'exclama Mara en se tournant vers lui. Dis-moi de quoi il s'agit. C'est quelque chose à propos des Hansen ?

— Non, pas du tout.

Il essaya de lui sourire avant d'ajouter :

— Mais nous devrions...

— Tu peux me parler franchement, tu sais, insista Mara. Nous avons été amis. Si tu as besoin d'une oreille attentive, je t'écoute. Ou s'il y a un problème.

— Autre chose ?

— Pourquoi cette question ?

— Parce que si tu as fini, j'aimerais te parler, oui.

— Vas-y.

— À propos de notre baiser l'autre soir. Je suis allé voir les ressources humaines et...

— Tu es allé voir les ressources humaines ? Mais ce n'était qu'un stratagème ! Grâce auquel nous avons été invités au cocktail de ce soir. Pourquoi en as-tu parlé aux ressources humaines ?

— Parce que nous nous sommes embrassés. En public. Et les gens vont peut-être...

— Nous nous sommes embrassés pour attirer l'attention de Niels. Et cela a marché. À moins que je ne me trompe ? demanda-t-elle en inclinant la tête. Ce n'était pas un stratagème ? il y avait un autre motif ?

— Je... Non, non.

Declan ne mentait pas. Il n'y avait eu aucune arrière-pensée dans sa proposition d'embrasser Mara, mais, en réalité, ce moment l'avait bouleversé. Cependant, comme cela n'arriverait plus, il était inutile d'en parler. Dès qu'il quitterait LNT, il ne verrait plus Mara.

— Tant mieux si nous sommes sur la même longueur d'onde concernant ce baiser, poursuivit-il. Et les ressources humaines savent que nous avons eu une relation par le passé. LNT n'interdit pas à ses employés de sortir ensemble...

— Nous ne sortons pas ensemble.

— Non. Mais je préfère être tout à fait transparent. C'est plus professionnel.

La voiture était-elle surchauffée ? Il eut l'envie soudaine de demander au conducteur de baisser la température.

— Mais toi et moi, nous devrions parler de...

— Cliff ! le coupa-t-elle. Mon nouveau producteur ! C'est vrai, nous nous sommes à peine croisés depuis que je travaille avec lui. Il n'est certes pas aussi expérimenté que Tobey, mais il a une bien meilleure vision des reportages que nous pouvons réaliser ensemble. Je crois que nous allons former une bonne équipe. Je te remercie pour ton aide, ajouta-t-elle avec un grand sourire.

*Transparente et professionnelle.*

Leur baiser avait donc été aussi insignifiant à ses yeux ? Ce n'était pas l'impression qu'il avait eue sur le moment. Il l'avait sentie aussi brûlante que lui.

— Je suis ravi que tu t'entendes bien avec Cliff. Mais je veux que tu saches que tu peux toi aussi aller parler aux ressources humaines. Si tu souhaites te plaindre du fait que je t'ai embrassée, je t'encourage à le faire. Nous travaillons ensemble et c'est moi qui déciderai si ta vidéo sera mise en ligne ou non lors du lancement du site. Il y a un déséquilibre de pouvoir…

— Il y a toujours eu un déséquilibre de pouvoir entre nous deux, dit-elle avec un rire bref. Au moins, cette fois-ci, le baiser était un moyen d'arriver à nos fins et il m'a profité autant qu'à toi. Peut-être même davantage. Niels Hansen m'a invitée à son cocktail.

Il y avait toujours eu un déséquilibre de pouvoir ? Comment cela ?

— Tu peux m'expliquer ? demanda-t-il.

— Voyons, Declan, tu étais le roi de l'école de journalisme. Le meilleur, le plus populaire, celui qui suscitait l'admiration des étudiants et des professeurs. Être en binôme avec toi, c'était comme avoir trouvé le graal. Nous nous battions afin que tu nous choisisses pour rejoindre ton équipe. À ton avis, pourquoi Ahmed Shah et Julie Ting passaient très lentement en petite tenue devant ta porte en allant prendre leur douche ? Ils espéraient tous les deux attirer ton attention.

— J'avais une chance avec Julie Ting ?

— Tu avais une chance avec Ahmed ! J'admets que tu n'es pas vilain à regarder, mais Ahmed avait été mannequin en Italie. Il était d'une beauté hors du commun. Enfin peu importe. Ce que je voulais dire, c'est qu'il n'y a jamais eu d'équité entre toi et moi.

Le chauffeur ralentit et Mara se pencha vers la vitre.

— Je crois que nous sommes arrivés, dit-elle.

Declan ne bougea pas.

— J'ignorais que tu ressentais ça.

— C'est ce que nous ressentions tous. Ne me fais pas croire

que tu n'en avais pas conscience. Avec ton sens de l'observation, tu t'en rendais forcément compte.

Il fit l'effort de se replonger dans ses souvenirs. Oui, il avait eu du succès à l'université, comme aujourd'hui, mais c'était le résultat de son travail acharné. De son talent, qu'il cultivait en permanence. De ses compétences, qu'il s'attachait à développer. Voilà ce qui l'avait mené tout en haut.

Cependant… Ce n'était pas son mérite qui lui avait permis de devenir rédacteur en chef du journal de l'université. Il n'avait encore rien prouvé quand on l'avait choisi. C'est un garçon plus âgé que lui, qu'il avait connu à St. Alexander, qui lui avait obtenu l'entretien alors qu'il aurait dû attendre d'être en troisième année pour y avoir accès. Il avait saisi cette chance et n'avait cessé de poursuivre sa course vers les sommets.

L'idée qu'Ahmed et Julie avaient essayé de le séduire ne lui avait jamais traversé l'esprit. Peut-être parce qu'il avait su que la carrière qu'il envisageait ne laissait pas de place pour une relation. Il avait toujours été attiré par les enquêtes au long cours, nécessitant une infiltration, une incursion en milieu hostile ou un séjour en zone de guerre. Son but, c'était de démasquer les criminels et de rassembler suffisamment de preuves contre eux pour que les représentants de la loi ne puissent plus les ignorer. Cela ne se faisait pas sans danger, voilà pourquoi il s'était voué à une vie de solitaire.

Jamie Lochlainn était mort en enquêtant sur un cartel de la drogue. Son corps n'avait pas été retrouvé. Declan ne se faisait pas d'illusion : il finirait sans doute de la même manière que son père biologique. Par conséquent, il ne s'était autorisé que des aventures d'un soir.

Mara avait été la seule exception. Ils avaient d'abord été amis, et le fait qu'ils deviennent amants les avait surpris l'un comme l'autre. Du moins, c'est ce qu'il avait pensé.

— Est-ce pour cette raison que tu…

Non. Cela ne pouvait pas être la raison pour laquelle elle était montée chez lui ce fameux soir, donnant le coup d'envoi d'une semaine qui l'avait marqué à jamais.

Il vit une étincelle dans son regard.

— Tu me demandes si c'est pour ça que j'ai couché avec toi ? Par ambition ?

Le chauffeur lui ouvrit sa portière et tendit la main vers elle pour l'aider à descendre. Elle sortit de voiture et Declan se couvrit mentalement de reproches. Quel imbécile ! Il n'aurait pas pu débuter la soirée de façon plus calamiteuse.

Comme il restait assis sur la banquette, Mara se pencha pour ajouter :

— Pour information, si j'avais couché avec toi par ambition, cela aurait été stupide de ma part d'attendre notre dernière semaine d'école. En tout cas, merci d'avoir douté de mon éthique et de mes facultés intellectuelles.

Elle claqua la portière.

D'accord. Il l'avait bien mérité. Et il avait intérêt à trouver les mots pour lui présenter de sincères excuses.

Alors qu'il allait sortir à son tour, elle rouvrit la portière de l'autre côté et avança de nouveau la tête vers lui.

— C'est toujours bon pour ce soir ? demanda-t-elle. C'est ce dont je voulais te parler. Nous devons nous mettre d'accord. À propos de notre couple. Enfin, de notre faux couple. Donc... nous sommes toujours ensemble ? Pour Niels, je veux dire ?

— Oui, affirma-t-il.

Il descendit de voiture et rejoignit Mara devant l'entrée du gratte-ciel où résidaient les Hansen. Il sourit en remarquant qu'elle portait des chaussures plates. Son seul regret était qu'elle n'aurait pas besoin de lui pour troquer ses escarpins à talons contre des ballerines.

— Et pour information, dit-il, je n'ai jamais remis en question tes facultés intellectuelles. Ni ton éthique. Elles sont de premier ordre.

Son visage se décrispa et elle accepta de prendre le bras qu'il lui offrait.

— Merci, répondit-elle. Mais nous faisons semblant d'être en couple, alors... peut-être qu'elles ne sont pas aussi bonnes que cela.

Elle sourit et ajouta :

— Tu ne m'as toujours pas expliqué ce qu'il y avait entre Niels et toi ?

Ils saluèrent l'agent de sécurité qui vérifia leur pièce d'identité avant de leur indiquer l'ascenseur qui les mènerait directement à l'appartement des Hansen.

— Ce serait le bon moment pour le faire.

— Il n'y a pas grand-chose à raconter, répondit Declan dans l'ascenseur. Nous étions élèves dans le même pensionnat. J'étais boursier. Pas lui. Il pouvait s'acheter tout ce qu'il voulait mais, apparemment, cela ne lui suffisait pas. Il voulait ce qui appartenait aux autres.

— À toi, par exemple ?

De grands yeux marron et un sourire lumineux revinrent à sa mémoire.

— Il ne pouvait rien me prendre. Alors il a choisi de faire du mal à une personne qui m'était très chère. Une amie pour qui j'avais beaucoup d'affection. Elle n'a plus jamais été la même après. Et il l'a fait pour s'amuser.

— Quelle horreur. Est-ce qu'elle va mieux maintenant ?

— Je ne sais pas. Sa famille a déménagé peu de temps après. J'ai essayé de la joindre, de prendre de ses nouvelles, mais elle ne m'a jamais répondu. Les Hansen ont assez d'argent et d'influence pour exercer les pressions nécessaires quand un problème se présente.

Il ne laisserait pas Niels faire à Mara ce qu'il avait fait à Giulia. Les deux situations étaient très différentes, bien sûr. En tant que fille d'une femme de ménage de l'école, Giulia avait été particulièrement vulnérable face à un élève dont les parents étaient membres du comité de direction de l'institution. Néanmoins,

Declan faisait confiance à Niels pour trouver d'autres moyens d'exercer sa cruauté s'il pensait que Mara était une cible facile.

Si cela impliquait de faire semblant d'être en couple avec Mara, soit. Ce stratagème ne le dérangeait pas. Pas du tout.

À vrai dire, il lui plaisait peut-être même un peu trop.

L'ascenseur s'arrêta et les portes s'ouvrirent sur l'entrée de l'appartement. Mara laissa échapper une exclamation de surprise. Même Declan, qui fréquentait depuis des années les riches et les puissants, devait reconnaître que cette entrée était exceptionnelle. Du sol en marbre aux mosaïques en or et en lapis-lazuli, en passant par le haut plafond voûté, tout était à couper le souffle. Mara lui saisit le bras et lui murmura à l'oreille :

— J'ai l'impression d'avoir pénétré dans un monde parallèle.

Une jeune femme en uniforme noir vint prendre le manteau de Mara.

— Soyez les bienvenus, leur dit-elle. Madame Schuyler, monsieur Treharne, les Hansen sont enchantés de vous accueillir. Si vous voulez bien me suivre.

Mara regarda Declan en haussant les sourcils tandis que l'employée les guidait dans l'appartement, leur faisant traverser plusieurs pièces toutes plus éblouissantes l'une que l'autre. Ils finirent par arriver dans un salon donnant sur une grande terrasse. La baie vitrée était ouverte, de sorte que les invités pouvaient aller et venir entre l'intérieur et l'extérieur. Declan se demanda un instant s'il devait réclamer le manteau de Mara, avant de se rendre compte que des chauffages étaient discrètement répartis sur la terrasse. Il y avait des tables et des chaises dehors tandis qu'à l'intérieur un grand bar occupait tout un côté de la pièce. Face au bar, le mur était nu, à l'exception de la fameuse toile de Robaire que personne n'avait encore vue.

Mara s'approcha du tableau. Declan fréquentait peu les musées et l'art du XX$^{e}$ siècle le laissait particulièrement dubitatif. Qu'est-ce que ces formes colorées et ces éclaboussures de peinture avaient de si exceptionnel ? C'était un mystère pour lui. Mais il ne pouvait nier que ce Robaire attirait le regard. C'était une peinture d'un mètre quatre-vingts sur un mètre vingt qui semblait créer sa propre lumière.

Après être passé par le bar, Declan rejoignit Mara.

— Qu'en penses-tu ? demanda-t-il.

— J'ai vu peu d'œuvres de Robaire en vrai, mais celle-ci semble du niveau des meilleures.

— C'est une évidence.

Declan se tourna en entendant la voix de Niels : ce dernier s'était immiscé entre Mara et lui.

— Quel plaisir de vous revoir, dit Niels à Mara.

Declan la vit rougir.

— Merci infiniment de m'avoir invitée, répondit-elle.

Niels l'embrassa sur les deux joues.

— Oui, merci de nous accueillir, intervint Declan en luttant pour contenir son énervement.

Il contourna Niels et passa le bras gauche autour des épaules de Mara tout en tendant la main droite à leur hôte.

— Nous avons annulé le dîner que nous avions prévu pour fêter nos cinq mois ensemble afin de venir ce soir, ajouta Declan. N'est-ce pas, ma chérie ?

Il descendit la main jusqu'au bas de son dos.

— Oui, confirma Mara avec un grand sourire.

Mais elle lui marcha discrètement sur le pied. Il comprit le message et remit la main sur son épaule. Heureusement qu'elle ne portait pas de talons aiguilles aujourd'hui.

Niels lui serra la main pour la forme avant de s'adresser de nouveau à Mara.

— Qu'est-ce qui vous fait dire que cette œuvre est l'une des meilleures de Robaire ? lui demanda-t-il.

Mara, se libérant, s'avança vers le tableau.

— Eh bien, répondit-elle, je commencerais par ce clair-obscur qui attire notre attention là où l'artiste veut que nous regardions. Mais, bien sûr, ce sont les zones qu'il nous incite à négliger qui révèlent le sens profond de son travail, par le vide et la solitude qu'elles expriment. Et l'utilisation de la couleur, qui imite les émotions de l'observateur dans son voyage visuel, est sans égale.

Interloqué, Declan regarda attentivement le tableau. Il ne voyait rien d'autre que des formes et des blocs confus.

Niels paraissait aux anges. Ses lèvres charnues dessinèrent un sourire qui traduisait à la fois la surprise et une excitation malsaine. Declan mourait d'envie d'entraîner Mara loin de cet affreux prédateur.

— Excellent, jugea Niels. Vous vous intéressez vraiment à Robaire.

— Oui, beaucoup. Mais cette toile me fascine tout particulièrement. Quand l'avez-vous acquise, déjà ?

— Au cours de ces derniers mois.

— Étonnant. Je ne me souviens pas qu'il ait utilisé le bleu cobalt de cette manière auparavant. Et la technique qu'il a empruntée pour son pigment ici, ajouta-t-elle en montrant un endroit précis. C'est très inhabituel de sa part.

Niels fixa le tableau en fronçant les sourcils.

— Pas si inhabituel que cela, répliqua-t-il. On la trouve déjà dans *Femme dans l'escalier*.

— Ah oui ?

Elle prit le temps d'observer la toile et ajouta :

— Je vois ce que vous voulez dire.

Puis elle se tourna vers Niels et lui sourit.

— Quelle découverte, tout de même ! Vous avez dû vivre une véritable aventure avec cette œuvre. Elle appartenait à un collectionneur portugais décédé depuis peu, c'est bien cela ?

— Effectivement. On m'a dit qu'il avait pris Robaire sous son aile pendant une période difficile et que l'artiste l'avait remercié en lui offrant plusieurs toiles.

— C'est fantastique, dit Mara. Vous savez, je travaille désormais chez LNT en tant que journaliste et je fais des recherches pour un documentaire sur Robaire. J'aimerais beaucoup vous interviewer, vous ou votre sœur, sur ce tableau et son histoire. J'ai conscience de vous en demander beaucoup…

— Un peu trop, hélas, dit Niels avec un sourire crispé. Je pense que vous comprenez.

— Bien sûr, assura Mara sans se départir de son amabilité. J'espère que vous ne m'en voulez pas d'avoir tenté ma chance. Je trouve tout cela tellement fascinant.

— Je ne vous en veux pas le moins du monde. À présent, puis-je vous proposer de venir prendre un verre sur la terrasse ? Il y a d'autres amateurs d'art dont vous devriez faire la connaissance. Peut-être seront-ils d'accord pour répondre à vos questions. Ce serait un plaisir pour moi de vous les présenter.

— Volontiers ! Enfin, si cela ne t'ennuie pas, trésor ? demanda-t-elle à Declan en battant des cils.

— Vas-y, je t'en prie, répondit-il. Je préfère rester ici pour boire, il fait meilleur.

Declan n'avait aucune confiance en Niels, et l'envie de s'en prendre à lui physiquement le submergeait à chaque fois qu'il le voyait. Mais c'était l'enquête de Mara et il ne comptait pas l'empêcher d'obtenir les informations dont elle avait besoin. D'autant plus que depuis sa conversation avec Bobbi, il sentait que son temps chez LNT était compté. Il afficha donc un sourire hypocrite avant qu'ils tournent les talons pour se diriger vers la terrasse.

Une fois seul, il cessa de jouer la comédie. Le bilan était positif, non ? Mara était en contact avec les sources qui lui permettraient de faire toute la lumière sur cette affaire. Certes, Niels avait refusé l'interview, mais ce n'était que la première fois qu'elle le lui demandait. Les choses pouvaient encore évoluer.

Declan n'avait qu'à regarder Mara discuter avec les autres invités pour deviner qu'elle allait arriver à ses fins. Elle plaisantait et riait, les yeux pétillants, habile et sûre d'elle. Vu son talent, elle ne tarderait pas à être l'une des stars de LNT et à avoir une totale liberté dans son travail.

Ce jour-là, il pourrait retourner faire ce qu'il faisait de mieux dans la vie : servir le monde à sa façon en dénonçant la corruption et l'injustice.

C'était l'avenir qu'il voulait. Un avenir dans lequel il n'aurait de comptes à rendre qu'à lui-même et à sa rédactrice en chef. Un avenir dans lequel il serait libre de sauter dans un avion dès qu'une actualité l'appellerait à l'autre bout du monde, et où personne ne s'inquiéterait s'il disparaissait pendant deux semaines. Enfin, Bobbi se mettrait sans doute en rogne, mais elle avait suffisamment confiance en lui pour savoir qu'il faisait ce qu'il avait à faire.

Il aimait n'avoir d'autre responsabilité que de faire connaître la vérité et de servir les valeurs qu'il portait en lui. Il savait que certains le prenaient pour un idéaliste qui se croyait capable de soulever des montagnes, mais il avait de grandes victoires à son actif. Les puissants ne lui faisaient pas peur et il en avait fait chuter plus d'un. Son enquête autour d'Alice de la Vigny était une affaire d'exploitation de jeunes réfugiées et de personnes très vulnérables par des nantis sans scrupule. Des missions comme celle-ci l'accaparaient entièrement, il n'y avait pas de place pour autre chose dans sa vie.

Il regarda les cheveux de Mara qui brillaient comme un feu dans la nuit. Son rire parvint à ses oreilles. Oui, songea-t-il avec mélancolie. Vivre une relation avec une personne partageant ses rêves, ses préoccupations et ses désirs, voilà qui était tentant.

Seulement, il n'était pas fait pour cela. Même si Mara était la mieux placée pour comprendre son métier et qu'elle elle était sûrement prête elle-même à prendre de grands risques, il ne supportait pas l'idée de lui imposer cela. Souvent, il partait sans être sûr de rentrer, et malgré toutes les précautions qu'il prenait, il savait que tout pouvait s'arrêter du jour au lendemain. Il avait choisi cette vie et assumait de la mener en solitaire. La mort de sa mère l'avait anéanti alors qu'elle avait été victime de sa maladie. Lui, au contraire, se mettait sciemment en danger, aussi ne voulait-il infliger l'épreuve du deuil ni à Mara ni à quiconque.

Keith avait peut-être eu raison de le chasser le jour où il avait sonné à sa porte, tant d'années auparavant. Il avait dû tellement souffrir de la perte de Jamie… Et voilà qu'un jeune garçon venait le voir, affirmant qu'il était le fils biologique de Jamie et qu'il voulait embrasser la même carrière que lui ! Pourquoi Keith se serait-il infligé la même douleur une deuxième fois ?

Declan regarda de nouveau Mara. Il ne pouvait pas s'en empêcher. Il voulait sans cesse la voir, la toucher, l'embrasser. Il avait tellement envie d'elle que c'en était douloureux.

Heureusement, il pourrait bientôt la laisser s'épanouir chez LNT et retourner jouer le rôle qui lui allait le mieux. Sur le terrain. Loin de l'empire des Lochlainn au sein duquel il n'avait assurément pas sa place.

# 6

Mara se força à rire en même temps que les membres de la jet-set qui l'entouraient. Leurs plaisanteries, qui ne concernaient que leur petit milieu très fermé, commençaient à la fatiguer. Et surtout, elle craignait que cette soirée ne soit un échec total. Niels l'avait volontiers présentée aux industriels, aux politiciens et aux vedettes en tous genres présents au cocktail, mais il avait semblé se désintéresser d'elle ensuite. Freja s'était montrée très polie quand Mara était allée la saluer, son attitude indiquant toutefois clairement qu'elle la considérait comme l'invitée de Niels et non la sienne. C'était compréhensible. Declan et Mara étaient les deux seuls représentants des médias et Mara voyait bien qu'en tant que journaliste elle suscitait une certaine méfiance. Les autres convives s'étaient montrés très enclins à échanger des banalités avec elle mais, à chaque fois qu'elle avait abordé le sujet du marché de l'art et des dernières acquisitions faites à Manhattan, elle s'était heurtée à des murs.

Elle se demandait si la soirée se passait mieux pour Declan. Contrairement à elle, il avait l'habitude de naviguer dans les hautes sphères de la société. Sa bourse lui avait permis d'être scolarisé avec des enfants de diplomates et de hauts responsables politiques, puis sa notoriété l'avait amené à fréquenter l'élite. Il pouvait faire la conversation à n'importe qui, comme à la sublime femme noire avec qui il parlait à cet instant. Certaine de l'avoir déjà vue, Mara mit quelques instants à reconnaître Audrey Burt, une artiste de comédie musicale récemment récompensée d'un Tony Award.

Elle soupira. Évidemment, il attirait l'attention des personnalités les plus en vue du moment. C'était Declan. Son charme naturel opérait à chaque fois. Il avait eu l'air sincèrement surpris quand elle lui avait parlé de Julie et d'Ahmed, mais il devait bien se rendre compte de l'effet qu'il faisait aux gens.

Si seulement elle avait eu cette clairvoyance sept ans plus tôt. À l'époque, elle avait cru que leur amitié était sincère, que le désir passionné né lors de cette dernière semaine à l'université était mutuel. Encore aujourd'hui, en y repensant, elle avait du mal à comprendre que Declan ait pu lui tourner le dos aussi facilement, alors qu'elle avait eu le sentiment de vivre le début d'une magnifique relation. Comment avait-elle pu se tromper à ce point ?

Une chose était sûre : elle ne commettrait pas deux fois la même erreur.

D'autant qu'elle avait bien d'autres préoccupations. À ce propos, où était passé Niels ? Il semblait s'être volatilisé. Freja, elle, était toujours là, en grande conversation avec le chef d'orchestre du Manhattan Symphony et un célèbre écrivain brésilien. Elle affichait la même expression que d'habitude, polie et sereine, mais Mara remarqua avec étonnement qu'elle avait les poings serrés. Cela ne lui ressemblait pas. Elle avait toujours l'air de si bien maîtriser toutes les situations !

Faisant semblant d'admirer les arbres en pot disposés sur la terrasse, Mara tendit l'oreille. Elle ne put entendre qu'un soupir exaspéré, suivi du mot « Niels » prononcé dans un chuchotement. Puis Freja s'éloigna d'un pas pressé.

Mara n'était peut-être pas la seule à se demander pourquoi le frère jumeau de Freja n'était plus sur la terrasse avec leurs invités.

Inutile de rester dehors à faire des mondanités qui ne la menaient nulle part. Mara devait trouver Niels et obtenir les réponses qu'elle était venue chercher à ce cocktail.

En traversant le salon, elle passa à côté de Declan qui ne la regarda même pas. Tant mieux. Elle aurait moins de mal à faire parler Niels s'il n'était pas obnubilé par sa vieille rivalité avec Declan. Mais elle eut beau parcourir toutes les pièces qu'elle avait déjà vues, de la cuisine digne d'un restaurant trois étoiles à la salle à manger dont la table devait pouvoir accueillir au moins vingt-cinq personnes, en passant par la bibliothèque où elle aurait voulu pouvoir s'installer pendant des heures, elle ne put mettre la main sur celui qu'elle cherchait. Elle s'aventura donc dans l'autre partie de l'appartement, non sans mémoriser les objets d'art devant lesquels elle passait.

Niels ne lui avait pas menti sur ce point. La collection des Hansen était impressionnante. Certaines pièces auraient fait rêver les plus grands musées.

Mais où était-il ?

Après avoir passé en revue tout l'étage, elle se retrouva dans l'entrée où un escalier menait à une mezzanine qui semblait donner sur d'autres pièces. La main posée sur la rampe en acajou, elle hésita un instant à monter. Rien n'indiquait que l'accès à l'étage supérieur était interdit aux invités, mais, de toute évidence, ce serait faire preuve d'indiscrétion que de se le permettre. Elle entendit dans sa tête la voix de son ancien professeur : « Faites preuve d'audace. » Puis elle imagina la réponse de Lavinia : « Tu as parlé de moi aux Hansen quand tu les as rencontrés, alors ne me fais pas honte. »

Un mouvement attira son regard en haut. Une personne aux cheveux gris bouclés, vêtue d'un pantalon kaki et d'une veste noire, traversa précipitamment la mezzanine et s'engouffra par une porte ouverte. Mara sentit sa bouche s'assécher et son cœur battre sourdement dans sa poitrine. Elle n'en était pas certaine, mais il lui semblait bien qu'elle venait de voir Alan Skacel, le galeriste porté disparu.

Elle sortit son téléphone de sa poche pour regarder une photo de lui. Cette chevelure ne trompait pas.

*Pourvu que Lavinia me pardonne...*

Elle monta l'escalier et se dirigea vers la porte qu'avait empruntée Skacel – s'il s'agissait bien de lui. Quand elle l'eut franchie, elle découvrit une autre bibliothèque, moins vaste que celle d'en bas. Un bureau en bois jonché de documents trônait au milieu de la pièce, et les étagères assorties étaient remplies de livres, de photos et d'objets décoratifs. Elles couvraient entièrement deux murs, tandis que le troisième comportait une cheminée entourée de luxueux fauteuils.

En face d'elle se trouvait une autre porte, fermée. Elle perçut des voix étouffées. Elle parvint tout de même à distinguer deux voix masculines, sans doute celles de Niels et de l'homme qui ressemblait à Alan Skacel.

Elle s'approcha sur la pointe des pieds. C'était impoli d'écouter aux portes, et si on la surprenait, elle allait sans aucun doute faire honte à Lavinia. Cette pensée ne l'empêcha pas de le faire. Seulement la porte était si épaisse que le sens des mots échangés lui échappait. Le seul côté positif, c'était que cela devait marcher dans les deux sens et que, depuis la pièce voisine, on ne devait pas non plus entendre sa respiration, qui lui paraissait affreusement bruyante.

Faisant passer ses cheveux sur son épaule gauche, elle colla l'oreille droite contre le bois de la porte et finit par entendre :

— ... undi.

Puis :

— ... eux mon arge...

Il y eut ensuite un bruit sourd, comme si un objet était tombé sur le sol. Des éclats de voix s'ensuivirent.

Mara saisit délicatement la poignée pour la tourner, en vain. La porte était fermée à clé. Si elle voulait l parler aux deux occupants de la pièce, elle n'avait plus qu'à attendre qu'ils sortent. Elle s'installa donc dans un fauteuil près de la cheminée, en espérant que personne ne remarquerait son absence en bas. Le revêtement lui piquait les jambes et le coussin était trop ferme.

De toute évidence, ce siège était davantage fait pour la décoration que pour le confort. Les minutes passèrent. Alors qu'elle se demandait s'il était judicieux de rester ici plus longtemps, elle aperçut l'ombre d'une silhouette par la porte donnant sur la mezzanine. Que faire ?

Son cœur se mit à battre la chamade. Voyant que la silhouette s'approchait, elle se sentit au bord de la crise d'angoisse. L'individu apparut dans l'encadrement de la porte.

Declan. Évidemment.

Elle se leva et chuchota :

— Qu'est-ce que tu fais là ?

— Et toi ? demanda-t-il à haute voix.

Elle lui fit aussitôt signe de parler moins fort.

— Je... je cherchais des toilettes libres.

Comment se justifier alors qu'elle n'était même pas sûre d'avoir vraiment vu Alan Skacel ?

— Je ne crois pas que tu sois au bon endroit, répondit Declan en regardant autour de lui.

— Merci, heureusement que tu es là pour me le dire. Bon, tu veux bien me laisser maintenant ? Je...

Le bruit des voix étouffées se fit un peu plus net. Plus proche. Comme si les deux hommes venaient vers la porte. Mara regarda Declan. Il haussa les sourcils, puis lui sourit.

— Les toilettes, bien sûr. C'est pour cela que tu es montée.

Elle s'avança vers lui pour lui expliquer tout bas :

— Niels a disparu de la fête. Je voulais le coincer pour lui poser des questions mais, quand je suis partie à sa recherche... Je sais que tu vas croire que je me fais des idées, mais je suis presque sûre que j'ai vu Alan Skacel et qu'il est entré dans cette pièce.

— Qui ?

— Alan Skacel. Le marchand d'art dont je t'ai parlé, celui qui a disparu.

Les voix devenaient plus distinctes. Les deux hommes devaient être juste derrière la porte.

— Tu penses que Niels et Skacel sont dans la pièce à côté ?

Elle acquiesça d'un signe de tête énergique.

— Viens, il faut part…

La poignée de la porte tourna. Trop tard. Mara s'interrompit et regarda Declan.

— Tu veux bien ? demanda-t-elle précipitamment.

— Quoi donc ?

— Recommencer.

— Oui, mais quoi ?

— Tu as dit oui.

Et elle plaqua sa bouche contre la sienne.

Au début, il resta immobile, comme elle l'avait été quand il l'avait embrassée au gala. Puis il se mit à répondre à son baiser et ils s'enflammèrent d'un coup, se cramponnant l'un à l'autre et se dévorant mutuellement en laissant échapper des murmures d'excitation.

Mara ne savait plus où elle était, ni pourquoi. Elle ne pensait plus ni à Niels, ni à Alan Skacel, ni au mystérieux tableau. Il n'y avait plus la moindre place dans son esprit pour son enquête. Seul Declan comptait, son corps puissant, ses caresses et les sensations exquises qu'il faisait naître en elle.

Les mains serrées autour de sa taille, il la plaqua contre lui et elle sentit son sexe durci tandis qu'il l'appuyait contre le bord du bureau. S'il continuait ainsi…

Elle sursauta en entendant un claquement de porte. Ouvrant les yeux, elle rencontra le regard brûlant de Declan.

— Je m'en occupe, murmura-t-il.

Puis il se redressa et ils pivotèrent tous les deux vers les nouveaux arrivants. Ou plutôt le nouvel arrivant. Debout au milieu de la pièce, Niels, les bras croisés, les fixait avec un mélange de surprise et de dédain. Mara avait la tête qui lui tournait.

— Niels, dit Declan. Qu'y a-t-il ? Nous étions occupés.

Niels eut l'air estomaqué.

— C'est ce que je vois, répondit-il. Mais je me permettrai de te rappeler que vous êtes dans mon bureau. C'est un espace privé.

— Peux-tu me reprocher d'avoir cherché un endroit tranquille ? Il suffit de regarder Mara pour me comprendre, dit-il en faisant un geste vers elle, comme si elle n'était qu'un trophée qu'il avait remporté.

Elle le fusilla du regard.

— Mais tu es dans mon bureau, répéta Niels.

— C'est pourquoi je savais qu'il serait inoccupé. Entre les affaires et toi, ce n'est pas le grand amour.

Niels lui adressa un sourire féroce.

— Je dois vous demander de sortir, dit-il en fixant Declan.

Mara avait l'impression d'être un objet auquel personne ne prêtait attention. Elle s'éclaircit la voix et s'écarta de Declan.

— Je suis sincèrement désolée, Niels, je ne me doutais pas que c'était une pièce privée. Je voulais voir les œuvres dont vous m'aviez parlé et Declan a proposé de m'accompagner. Croyez-moi, nous n'avions pas prévu de...

C'était vrai. Elle n'avait eu aucune intention d'embrasser Declan ce soir. Sa priorité était de garder les idées claires.

Ses bonnes résolutions n'avaient pas duré longtemps.

— Je sais que vous n'y êtes pour rien, ma chère, dit Niels en se tournant enfin vers elle. Je serais heureux de vous faire visiter. Nous pourrions prendre rendez-vous pour un autre jour ? Je dois rejoindre mes invités.

— Ce serait avec grand plaisir. Et même si j'ai bien compris que vous ne vouliez pas être filmé, vous accepteriez peut-être un entretien enregistré, uniquement dans le cadre de mes recherches. Je suis sûre que vous avez beaucoup à m'apprendre et que votre point de vue me serait très précieux, dit-elle en lui adressant son plus beau sourire.

Niels se radoucit.

— Nous commencerons par la visite, répondit-il. Ensuite,

nous pourrons peut-être nous asseoir pour bavarder, si vous êtes toujours intéressée. Je m'en réjouis d'avance.

— Moi de même.

Sur ces mots, il mit la main dans son dos pour la guider vers l'escalier. Declan les suivit. Quand ils furent en bas, Niels se tourna vers elle.

— Je vais vous laisser ici. Si vous souhaitez continuer à profiter de la fête, vous êtes la bienvenue mais, comme votre cavalier s'en va, je comprendrais que vous partiez aussi.

— Oui, Declan me ramène, répondit-elle.

— Alors bonne fin de soirée et à bientôt.

Il l'embrassa de nouveau sur les deux joues et serra très brièvement la main de Declan.

— Bonne soirée, Niels, répondit-elle.

Elle attendit qu'il se soit éloigné pour pousser un soupir de soulagement.

— C'était atroce, dit-elle à Declan.

— Mais tu as gagné une nouvelle invitation, et peut-être même une interview. Allons-y maintenant.

Quand ils furent assis sur la banquette arrière de la voiture, Declan demanda au chauffeur de mettre de la musique, puis il lui parla assez bas pour qu'elle soit la seule à l'entendre.

— Je crois que tu avais raison, lui dit-il.

— À quel sujet ?

— Alan Skacel.

— Tu l'as vu ? s'exclama-t-elle en se tournant vers lui. Dans la bibliothèque ?

— Non, Niels est le seul à y être entré. Bien sûr, ajouta-t-il avec un sourire espiègle, comme j'étais un peu distrait, il est possible que j'aie manqué quelque chose.

— J'ai plutôt eu l'impression que tu étais très, très distrait, plaisanta-t-elle. Alors que moi, je suis formelle : une seule personne est entrée dans la pièce, je n'ai pas entendu d'autres pas.

Elle n'en était plus si sûre en fin de compte. Leur baiser l'avait tellement transportée... Mais cela, Declan n'avait pas besoin de le savoir.

Il sourit un peu plus pour lui montrer qu'il ne la croyait pas.

— Peu importe, dit-il. Non, je n'ai pas vu Skacel. Mais regarde ce que j'ai trouvé pendant que tu parlais avec Niels.

Il mit la main dans la poche de sa veste et en sortit un papier qu'il lui tendit. Elle alluma la lampe de son smartphone pour regarder ce qui était écrit.

— C'est un acte de vente, dit-elle. Concernant un tableau qui n'est pas nommé. Et donc ?

— Lis-le en entier.

Elle lut tout haut :

— « À livrer chez »...

Elle leva les yeux vers Declan et compléta :

— « Keith Lochlainn ». C'est insensé. Pourquoi Niels Hansen aurait-il l'acte de vente d'un tableau acheté par Keith Lochlainn ?

— Regarde bien.

Elle fronça les sourcils et reprit sa lecture.

— C'est de plus en plus bizarre. Pourquoi Niels Hansen a-t-il un acte de vente au nom de Keith Locklainn signé par Alan Skacel ?

— Jette un œil à la date.

Elle cligna des yeux.

— C'est postérieur à la disparition de Skacel, comprit-elle.

— Je ne sais pas ce que tu en penses, mais cela me paraît intéressant.

— Et comment ! Cela dit, ce n'est pas une preuve irréfutable de la présence de Skacel chez les Hansen.

— Mais c'est la preuve qu'il existe un lien entre Niels Hansen, Alan Skacel et Keith Lochlainn.

— Alors quelle est la prochaine étape ? demanda-t-elle en pliant le papier pour le glisser dans son sac à main. J'entre par effraction chez le richissime propriétaire de LNT pour inspecter sa collection d'œuvres d'art ? Je risque de me retrouver rapidement au chômage.

— Et si tu n'avais pas besoin de commettre une effraction ?

— Tu es tellement copain avec Keith Lochlainn que tu peux me faire entrer chez lui n'importe quand ?

Elle vit une expression énigmatique passer sur le visage de Declan, mais cela ne dura qu'une seconde.

— Non, je n'irais pas jusque-là, répondit-il. Mais nous pourrions nous rendre à l'inauguration de la nouvelle aile du Museum of Contemporary Culture qui va porter le nom de Jamie Lochlainn.

— Oh ! c'est vrai. C'est le choix que Keith Lochlainn a fait pour célébrer la mémoire de son fils. Et laisse-moi deviner. Tu as une invitation.

Mara ne put retenir un bâillement. Maintenant que l'adrénaline était retombée, elle sentait la fatigue arriver.

— Tu ne m'as toujours pas dit comment tu avais eu ce poste chez LNT, reprit-elle. Est-ce parce que tu leur rappelles Jamie ? Maintenant que j'y pense, tu as le même style que lui en tant que journaliste. Il s'intéressait aux mêmes sujets que toi.

Les traits de Declan se crispèrent de nouveau, à peine plus longtemps que la première fois.

— Declan, ça va ?

Il s'éclaircit la voix et secoua la tête.

— Désolé, dit-il d'une voix rauque. J'ai quelque chose dans la gorge. Et non, je ne pense pas avoir été engagé pour cette raison.

Il toussa à plusieurs reprises.

Mara baissa le large accoudoir placé entre Declan et elle pour ouvrir le compartiment dissimulé derrière. Les voitures avec chauffeurs fournies par LNT contenaient généralement des bouteilles d'eau et des pastilles de menthe, ce dont Declan semblait avoir grand besoin. Sa surprise fut grande quand elle découvrit ce qu'il y avait dans le compartiment de cette voiture. Elle prit deux mignonnettes de whisky et releva l'accoudoir.

— Il n'y a pas d'eau, mais regarde ce que j'ai trouvé, dit-elle en montrant les petites bouteilles à Declan.

— Tu sais qui utilise cette voiture le plus souvent ? demanda-t-il en riant. George Reynolds.

— Non ! C'est vrai ?

George Reynolds présentait le journal télévisé pour LNT depuis des années. C'était une figure du groupe.

— Tu penses qu'il nous en voudra si nous buvons son alcool ?

— Il ne dira rien. Si tu relis ton contrat, tu verras que l'alcool est interdit dans les locaux de LNT et tout ce qui appartient à l'entreprise, y compris les véhicules.

— Des journalistes privés d'alcool ? C'est une provocation, plaisanta-t-elle.

— Il y a eu un incident il y a quelques années. Concernant Reynolds, justement. Et d'autres.

— Il a manifestement retenu la leçon, dit-elle d'un ton ironique.

Elle ouvrit les deux petites bouteilles et en donna une à Declan.

— À la réussite de notre soirée !

Elle but une gorgée avant d'ajouter :

— Merci d'avoir joué le jeu dans le bureau. Je ne sais pas quelle excuse j'aurais pu donner à Niels sans cela.

Il sourit, mais cette fois avec sincérité et non d'un air malicieux. Mara sentit son cœur se mettre à battre la chamade. Sûrement à cause de l'alcool fort, se dit-elle aussitôt. Car malgré la plaisanterie qu'elle venait de faire sur les journalistes, elle s'en tenait habituellement à un peu de vin ou de bière.

— Je suis ravi d'avoir pu te rendre service, répondit Declan. Tu as su faire preuve d'instinct. C'est l'une de tes nombreuses qualités. Tu es aussi fantastique que lorsque je t'ai connue.

Non, ce n'était pas l'alcool qui lui coupait le souffle.

— Merci, murmura-t-elle.

Elle regarda par la fenêtre, impatiente de quitter cet espace confiné qu'elle devait partager avec lui pour se retrouver seule dans son studio et recouvrer son calme.

— Étant donné que je me suis jetée sur toi sans vraiment

attendre ton consentement, j'espère que tu ne regrettes pas de m'avoir dit oui.

— Tu peux m'embrasser quand tu veux, Mara.

Il y avait de l'humour dans sa voix, mais aussi... du désir.

Tournant la tête vers lui, elle vit qu'il affichait un visage sérieux. Elle n'arrivait plus à détourner les yeux.

— Tu le penses vraiment ? demanda-t-elle, tremblante.

— À quoi fais-tu allusion ? Quoi qu'il en soit, la réponse est oui. Absolument.

— Que je suis fantastique et que tu l'as toujours pensé.

— Tu me fascines, Mara.

— Ah bon ?

Il lui prit la main et répondit :

— Tu m'as coupé le souffle dès ce fameux premier cours, avec ton intervention sur la naloxone.

Le regard de Declan se posa sur son visage et lui fit l'effet d'une caresse. Puis il se fixa sur ses lèvres. Elle crut voir des flammes dans ses yeux. Débarrassée de toute hésitation, elle serra ses doigts dans les siens.

— Je t'ai toujours tellement admiré... Au point de me demander si tu étais bien réel. Je crois que c'est la raison pour laquelle j'ai commencé par te détester. Je ne voulais pas être submergée par mon admiration pour toi.

— Je ne t'ai jamais détestée. Mais je ne pensais vraiment pas...

Il se tut quand le chauffeur s'arrêta. Ils étaient sans doute arrivés, mais peu importait. Elle voulait entendre la fin de sa phrase.

— Tu ne pensais vraiment pas ?

— Que tu accepterais de monter chez moi ce soir-là. Et de rester. Mara, je...

Elle ne parvenait plus à respirer. À cet instant, le chauffeur vint lui ouvrir sa portière et Declan s'interrompit. L'air froid la ramena brusquement à la réalité.

Declan recommençait à lui faire du charme, songea-t-elle. Cela ne voulait rien dire.

— Bon, j'y vais, lui murmura-t-elle.

Elle descendit de voiture en sentant le regard de Declan sur elle. Elle fit deux pas vers l'entrée de son immeuble, en prenant conscience de ce qui se jouait entre eux. Plus la situation resterait figée, plus ils contourneraient leur passé dans l'espoir de ne pas empoisonner le présent, voire l'avenir.

Mais comment penser au présent et à l'avenir s'ils n'affrontaient pas courageusement le passé ?

Elle s'arrêta. Il n'était pas question qu'elle endure une nouvelle nuit sans sommeil, qu'elle revive chaque seconde de leur baiser, qu'elle analyse tous les gestes et les mots de Declan en cherchant leur signification et leur portée. Elle avait passé trop de temps à ressasser les mêmes choses depuis son arrivée à New York. Sa belle-sœur avait même menacé de lui faire payer un dollar à chaque fois qu'elle prononcerait le nom de Declan lors de leurs conversations téléphoniques !

Et puis, il y avait autre chose. L'aspect physique. Ses sens étaient en ébullition. Son excitation ne la quittait plus depuis qu'elle revoyait Declan, et ce soir elle se consumait littéralement de désir pour lui.

Elle fit volte-face, contourna la voiture pour aller du côté de Declan et frappa au carreau de sa portière. Il baissa la vitre.

— Tout va bien ? demanda-t-il.

— Ce que tu as dit ensuite. Tu le pensais aussi ?

Il plissa légèrement les yeux, puis acquiesça.

— Je pense toujours ce que je dis.

— Tant mieux. Parce que j'ai envie de t'embrasser.

Elle se pencha par la vitre ouverte et prit possession de sa bouche. Que c'était bon de goûter ses lèvres chaudes et leur légère saveur de whisky, de sentir la maturité de son talent dans les mouvements de sa langue, de lui montrer sans retenue la passion qui l'envahissait...

Non sans peine, elle interrompit leur baiser et le regarda dans les yeux.

— Qu'est-ce que tu allais dire ?

— Quand ? Excuse-moi mais je n'ai plus les idées très claires, déclara-til avec un sourire irrésistible.

— Au moment où le chauffeur a ouvert ma portière. Tu étais en train de dire quelque chose.

Il reprit son sérieux et répondit :

— Que je n'avais aucun regret. Sauf un. La façon dont cela s'est terminé entre nous.

Mara aurait dû grelotter. Elle était debout sur un trottoir de Manhattan, en plein mois de décembre, dans une robe de cocktail qui ne lui couvrait pas les jambes. Pourtant elle n'avait jamais eu aussi chaud.

— Parce que nous ne nous sommes pas vraiment dit au revoir, en fin de compte, affirma-t-elle. Pas comme il le fallait.

— Non.

— Nous sommes d'accord. Et si nous en restons là, je n'arriverai jamais à me concentrer sur mon enquête en ta présence. Or cette enquête me paraît très importante. Et nous travaillons ensemble.

— Je ne suis pas sûr de te suivre.

— J'ai besoin de me concentrer. Tu as le réseau dont j'ai besoin, mais, quand nous sommes ensemble, nous finissons toujours par parler de ce qui s'est passé à l'université...

— Parler ? C'est une définition intéressante de...

— D'accord. Par nous embrasser. Donc, à mon avis, nous devrions... apaiser les tensions.

— Ah oui ? Et comment ?

— En mettant ce point final qui nous manque, répondit-elle. Ce soir. Maintenant. Enfin, si tu en as envie.

— Mara.

Son sourire la fit frissonner de tout son corps.

— Est-ce que tu m'invites chez toi pour parler ? demanda-t-il.

Elle secoua la tête et se lança.

— Non. Je t'invite chez moi pour faire l'amour.

# 7

Embrasser Mara, voilà une chose dont Declan ne se lasserait jamais.

Il s'était souvent remémoré leur histoire, sans l'idéaliser mais avec une certaine nostalgie. L'école de journalisme avait été comme un cocon leur offrant la possibilité de faire toutes sortes d'expériences sans conséquences majeures. Au cours des sept années qui avaient suivi, il s'était heurté à des réalités qu'il n'avait pas connues auparavant. Il avait dû apprendre à assumer les retombées de ses actes. Toutefois un événement de cette période de formation lui avait donné un avant-goût de la vie d'adulte : le jour où il avait mis de côté ses valeurs et son éthique, cédant à la tentation de traiter un sujet qui n'était pas le sien. Après cela, il avait eu tellement honte de lui qu'il n'avait plus trouvé le courage de regarder Mara dans les yeux. La perdre avait été sa punition. Il se l'était infligée en toute conscience, en se préparant à en souffrir jusqu'à la fin de ses jours. La faire entrer chez LNT lui était apparu comme la moindre des choses qu'il pouvait faire pour se rattraper.

Seulement en la revoyant, il avait découvert que la femme qu'elle était devenue surpassait largement tout ce qu'il avait imaginé d'elle. Il avait été sincère en lui racontant la première impression qu'elle lui avait faite, mais la vérité était qu'il était encore plus subjugué aujourd'hui. Subjugué... et fou de désir.

— Pour faire l'amour, répéta-t-il.

Elle mit les mains sur les hanches et demanda :

— Est-ce une si terrible proposition ?

— Terrible ? Non.

Il avait rêvé toute la soirée de poser les mains sur elle. De les glisser sous sa robe pour toucher sa peau nue en haut de ses cuisses.

— Mais est-ce que tu y as bien...

— Si j'y ai bien réfléchi ? Oui. Non. Peut-être. Écoute, je sais que cela pourrait rendre les choses encore plus difficiles. Mais, franchement, au point où nous en sommes... Nous avons participé à deux soirées ensemble et, les deux fois, nous avons fini par nous embrasser. Or j'ai besoin que tu m'emmènes à l'inauguration de la nouvelle aile du musée la semaine prochaine, et j'ai besoin d'être lucide lorsque nous y serons. Par conséquent, selon toute logique, nous devrions...

Elle se tut tandis qu'il ouvrait sa portière pour descendre de voiture. Une fois debout face à elle, il vit ses yeux briller et murmura :

— Je ne voulais pas t'interrompre. Nous devrions quoi ?

— Nous devrions... apaiser les tensions. Pour pouvoir nous concentrer sur notre travail.

— Des tensions ? C'est ce que tu vois ?

Elle se passa la langue sur les lèvres. Comme s'il n'avait pas assez envie d'elle...

— Oui. Il y a une tension physique dont nous devons nous libérer. Une fois pour toutes.

Il la regarda dans les yeux. Elle ne se détourna pas, mais il vit que ses mains tremblaient.

Declan déglutit. Deux voix s'affrontaient dans son esprit. Comme dans un dessin animé, un ange lui criait : « Ne le fais pas ! », tandis qu'un petit diable l'encourageait à céder à la tentation. Il savait qu'il devait écouter l'ange et dire à Mara, gentiment mais fermement, que faire l'amour ne résoudrait rien et n'apaiserait sûrement pas la tension sexuelle qui grandissait chaque jour entre eux.

Mais le démon était tellement plus convaincant ! Depuis sept ans, ce fantasme occupait ses pensées. Mara, son corps nu et brûlant, ses yeux brillants de désir, ses jambes enroulées autour de lui. Mara dans ses bras, prononçant son prénom, réclamant ses caresses et gémissant de plaisir.

Peut-être qu'elle avait raison. Peut-être que cette attirance mutuelle serait moins forte une fois qu'ils auraient couché ensemble. Peut-être que ce qu'ils éprouvaient relevait d'une simple curiosité, d'une réaction naturelle au fait de se revoir après une si longue séparation. D'autant que leur rupture brutale n'était pas née d'une lassitude progressive.

— Alors ? demanda-t-elle, la tête haute. La proposition n'est valable que ce soir. Tu peux l'accepter ou la refuser. Je trouverai bien quelqu'un d'autre pour me faire entrer à la réception des Lochlainn. Niels serait peut-être heureux de m'y accompagner, ajouta-t-elle avec un sourire amusé.

C'était un coup bas, mais très efficace. Il fallait bien le reconnaître.

Il fit taire la voix du petit ange. De toute façon, il quitterait LNT dès que Mara y serait solidement établie – ou même peut-être avant. Sa conversation téléphonique avec Bobbi l'obsédait. Il repartirait bientôt sur le terrain, loin de Mara. Il n'y aurait pas de conséquences, ni pour elle ni pour lui. Ils s'offriraient ce moment de plaisir éphémère en toute connaissance de cause et sans aucun risque d'engager leurs sentiments.

— *Une fois pour toutes,* dit-il en citant les mots qu'elle avait prononcés un peu plus tôt.

— Une fois pour toutes. Et nous n'en reparlerons jamais. Alors tu as intérêt à bien en profiter, Declan Treharne.

Ils rirent à l'unisson, puis Declan s'approcha du chauffeur pour le libérer. Quand la voiture se fut éloignée, il prit Mara dans ses bras. Elle poussa un petit cri de surprise puis se détendit et noua les mains autour de son cou.

— Je vais faire en sorte que tu en profites tout autant, promit-il.

Puis il prit possession de sa bouche.

Il n'aurait su dire comment, mais ils arrivèrent jusqu'au cinquième étage sans jamais cesser de s'embrasser. À chaque fois qu'elle mettait la main sur son sexe, il devait l'écarter de crainte de perdre le contrôle.

Quand ils furent enfin dans le studio de Mara, alors que plus personne ne risquait de les surprendre et qu'ils pouvaient se laisser aller librement, elle adopta soudain une attitude différente, presque inhibée. Elle s'écarta de lui et se mit à lui présenter des excuses à propos de la taille de son appartement.

Cela n'avait pourtant pas la moindre importance à ses yeux. Tout ce qu'il regardait, c'était le lit double placé au fond de la pièce, avec sa couette et ses oreillers blancs. Cette vision réveilla un souvenir enfoui depuis longtemps au fond de lui : Mara dans sa chambre d'étudiante de première année, assise sur son lit simple tout blanc, riant d'une plaisanterie de sa colocataire. La tête rejetée en arrière, les joues roses et ses boucles rousses dansant autour de son visage, elle l'avait tout simplement émerveillé.

S'il avait été honnête avec lui-même à l'époque, il aurait reconnu que c'était ce moment-là, la première fois qu'il était tombé amoureux…

Amoureux ?

Mara cligna des yeux et suivit son regard en direction du lit.

— Les draps sont tout propres, dit-elle précipitamment. Ce n'est pas parce que j'avais prévu… enfin… mais je les change toujours le vendredi. C'est une habitude que j'ai prise. Mais si tu préfères que nous allions ailleurs, je comprendrai. Ce petit studio ne ressemble pas aux endroits que tu dois fréquenter, et puis en comparaison de l'appartement des Hansen…

Il la prit doucement par la taille et la fit reculer vers le fond de l'appartement, jusqu'à ce que ses jambes touchent le matelas.

— Je crois que nous devrions tous les deux arrêter de réfléchir, dit-il.

Puis il l'embrassa en refermant les mains sur ses fesses. Elle soupira et s'abandonna contre lui, comme si elle ne comptait plus que sur lui pour la maintenir debout. Puis elle poussa un cri de surprise quand il la lâcha et qu'elle tomba en arrière sur le lit, le haut du corps étendu sur le matelas. Il se mit aussitôt à genoux devant elle et promena les mains sur ses mollets, sur ses cuisses, l'incitant à ouvrir les jambes pour lui. Elle le laissa faire et leva les bras pour l'aider à lui ôter sa robe.

Il n'y avait plus qu'un petit morceau de dentelle noire entre lui et le sexe de Mara.

Se hissant sur les coudes, elle susurra d'une voix rauque :

— S'il te plaît, ne déchire pas ma petite culotte, elle m'a coûté... Oh !

Il pressa les lèvres contre l'intérieur de sa cuisse, la dévorant de baisers en remontant lentement vers la zone la plus sensible de son corps.

— Promis, répondit-il, je vais faire attention.

Il glissa les doigts sous la dentelle et se délecta de ses soupirs sonores. Puis il lui ôta sa petite culotte et recommença à la caresser. Tout en lui massant le clitoris, il baissa la tête et passa la langue sur son sexe. Elle cria en se cambrant, puis son bassin se mit à onduler au rythme de son excitation.

Plus il la sentait s'approcher de l'extase, plus il était excité. C'était bon de la découvrir libre, de voir qu'elle n'avait pas peur de le guider pour qu'il lui fasse encore plus de bien.

Elle lui avait manqué. Jusqu'à présent, il ne s'était pas rendu compte à quel point elle lui avait manqué. Il s'était jeté à corps perdu dans le travail pour éviter de penser au vide laissé dans sa vie personnelle. Mais il savait désormais qu'elle faisait partie de lui, qu'il avait besoin d'elle comme il avait besoin d'eau pure et d'air frais.

Ses gémissements se firent plus intenses, jusqu'au moment où elle cria son prénom en atteignant l'orgasme. Il resta sans bouger, savourant cet instant magique et attendant qu'elle retrouve son souffle. Au bout de quelques instants, il l'entendit émettre un minuscule ronflement.

Il se redressa doucement et la regarda. C'était une image qu'il voulait garder à jamais gravée dans sa mémoire. Mara comblée, endormie, les bras étendus en étoile et sa masse de cheveux étalée sur sa couette blanche.

Alors qu'il allait se lever pour la laisser se reposer, elle lui saisit le bras avec une force inattendue.

— Oh ! non. Pas question, dit-elle avec un air espiègle.

Elle le tira vers elle jusqu'à ce qu'il se retrouve allongé sur le lit à côté d'elle.

— Tu es beaucoup trop couvert, dit-elle. Tu deviens timide avec l'âge ?

— Je pense t'avoir prouvé que non. À moins que je ne doive recommencer ?

— Non, non.

Elle se mit à cheval sur lui. En voyant ses magnifiques seins nus, il ne put s'empêcher de les prendre dans ses mains. Mais elle les écarta et entreprit de déboutonner lentement sa chemise tout en déposant un baiser à chaque endroit de son torse qu'elle découvrait. Arrivée en bas de son ventre, elle trouva la fermeture Éclair de son pantalon et la baissa en prenant tout son temps. Elle avait manifestement décidé de le torturer et, à en croire son regard satisfait, elle y prenait un plaisir tout particulier. Mais lorsqu'elle libéra enfin son érection et retint son souffle en la regardant, ce fut à lui de ressentir une certaine satisfaction.

— C'est toujours agréable quand la réalité surpasse nos souvenirs, dit-elle d'une voix rauque.

Puis elle le prit dans sa bouche, et il perdit toute notion de la réalité. Les mouvements de ses lèvres et de sa langue sur son sexe le rendaient fou. Il était partagé entre l'envie qu'elle continue et l'impatience de la serrer dans ses bras pour lui faire l'amour.

Comme si elle lisait dans ses pensées, elle s'éloigna de lui un instant pour ouvrir le tiroir de sa table de chevet. Il la regarda prendre un préservatif et le dérouler sur son érection. Puis elle se hissa au-dessus de lui et le fit entrer en elle.

Il fut saisi par l'expression de son visage. Elle exprimait du plaisir, mais pas seulement. Il n'aurait su dire exactement ce qu'il voyait dans ses yeux. En tout cas, cette vision ne fit qu'accroître ses propres sensations et il souleva le bassin pour aller à sa rencontre.

Les mains sur les cuisses de Mara, il se mit à aller et venir tandis qu'elle bougeait au-dessus de lui.

— Vas-y, murmura-t-elle. Laisse-toi aller.

Il jouit en voyant une myriade d'étoiles. Pendant de longues secondes, sa vision resta trouble. Puis son regard se fixa sur les yeux de Mara et il eut le sentiment d'être chez lui.

# 8

Declan fut réveillé par la lumière du soleil, ce qui ne lui arrivait jamais. Il dormait toujours dans le noir, avec les volets hermétiquement fermés. C'était une habitude qu'il avait prise à force de voyager tout autour du globe, afin de pouvoir s'endormir à n'importe quelle heure.

Quelque peu désorienté, il cligna des yeux plusieurs fois.

Puis il se rappela.

Son pied gauche était prisonnier de la couette. Le lit ressemblait à un champ de bataille sur lequel les deux parties avaient trouvé le meilleur compromis après des heures de corps-à-corps intense. Mara était allongée sur le côté, dos à lui. Les rayons de soleil filtrés par les rideaux blancs donnaient à ses cheveux un éclat doré. Il mourait d'envie de caresser ses épaules blanches et douces, de descendre le long de sa colonne vertébrale, jusqu'au bas de son dos et à ses fesses rondes.

Il adorait sa peau. Le velours de ses cuisses. La callosité à l'intérieur du majeur de sa main droite, née de sa façon si particulière de tenir un stylo. Les petites rides qui commençaient à apparaître au coin de ses yeux.

Elle avait besoin de dormir. Tout comme lui, du reste.

Pourtant, il ne résista pas à la tentation de lui effleurer le dos de la pointe du doigt. Elle soupira et s'étira, puis replongea dans un profond sommeil. Il allait l'imiter lorsque son téléphone, abandonné à quelques pas du lit dans la poche de son pantalon, se mit à vibrer.

Il avait acquis le réflexe de répondre systématiquement. Une source, une piste, un renseignement. S'il ne décrochait pas, il prenait le risque de passer à côté de la révélation du siècle. Mais c'était samedi matin et il n'avait aucune enquête en cours. Il n'était pas non plus d'astreinte pour le *Globe*. Il y avait peut-être une urgence chez LNT mais, si tel était le cas, il avait des adjoints parfaitement capables de la gérer. Quant à son entourage personnel... il ne voyait pas qui pouvait avoir besoin de lui un week-end.

Un week-end qu'il commençait dans le lit de Mara, et il y était trop bien pour autoriser quiconque à l'en sortir. Si c'était important, son correspondant lui laisserait un message.

Son portable cessa de vibrer, et Declan ferma les yeux.

Presque aussitôt, les vibrations reprirent. Cette insistance le fit pester intérieurement et il se leva à contrecœur en comprenant qu'on ne le laisserait pas tranquille tant qu'il n'aurait pas décroché. Et le bruit risquait de finir par réveiller Mara.

Il jeta un coup d'œil vers elle et son cœur se serra. Il ne l'avait jamais vue aussi belle.

Puis il regarda l'écran de son téléphone et le nom qui s'affichait le ramena brutalement à la réalité.

Mara ouvrit les yeux. Elle n'avait pas dormi aussi longtemps ni aussi profondément depuis... En fait, cela ne lui était jamais arrivé.

Elle s'étira et sentit des courbatures inhabituelles dans ses membres. Ces petites tensions lui rappelèrent la nuit merveilleuse qu'elle venait de passer.

Declan.

Elle tourna la tête et découvrit qu'elle était seule dans le lit. Cependant, il y avait encore la trace de sa présence à côté d'elle. Et elle sentait encore son parfum. Après avoir pris une profonde inspiration, elle s'appuya sur un coude pour explorer du regard son petit appartement. Non, Declan n'était pas là. Ses vêtements non plus.

Inutile d'être déçue. C'était sans doute mieux qu'il soit parti. Ils s'étaient seulement promis une nuit de plaisir, et, même si elle était certaine de se rappeler longtemps ces quelques heures passées avec lui, elle était consciente que ce souvenir aurait pu être terni par tout ce qu'elle aurait pu lire sur son visage au réveil : le regret, voire la déception, ou pire encore, la pitié. Oui, un regard de pitié l'aurait anéantie, cela ne faisait aucun doute.

Elle entendit un bruit de clé dans sa serrure. Machinalement, elle remonta la couette sur son torse nu et essaya de se rappeler où elle avait rangé la bombe lacrymogène que son frère lui avait offerte en apprenant qu'elle s'installait à Manhattan. Qui pouvait bien avoir la clé de chez elle et s'en servir un samedi matin ?

— J'ai des gâteaux pour toi et des bagels pour moi, dit Declan en entrant. Et du café, bien sûr.

Il lui sourit et ajouta :

— J'espère que tu ne m'en voudras pas d'avoir emprunté tes clés. Je ne voulais pas laisser la porte déverrouillée alors que tu dormais.

— Je n'en veux jamais à quelqu'un qui m'apporte des gâteaux au réveil. Même après l'avoir pris pour un cambrioleur.

Elle laissa retomber la couette et leva les braspour s'étirer, non sans savoir que ce mouvement allait attirer le regard de Declan sur ses seins. En voyant qu'elle obtenait la réaction attendue, elle crut qu'il allait venir vers elle. Peut-être même la rejoindre pour répondre à l'appel de son corps nu, chaud et impatient. Mais il resta où il était, puis fit juste un pas pour poser le petit déjeuner sur la table dont elle se servait à la fois pour travailler et prendre ses repas. Elle fronça les sourcils et se couvrit de nouveau.

— Tu as l'air préoccupé, dit-elle.

— Tu mets toujours deux sucres dans ton café ? demanda-t-il en déballant ce qu'il avait acheté.

— Oui, merci.

Elle prit le gobelet qu'il lui apportait mais le posa à côté d'elle, sur la table de chevet. Apparemment, la nuit était bel et bien terminée.

C'était ce qu'elle avait voulu, non ? *Une fois pour toutes.* Ils s'étaient mis d'accord. Elle aurait dû lui être reconnaissante de tenir parole.

— Tu peux t'en aller, tu sais, lui dit-elle. J'apprécie cette attention, sincèrement, mais si tu es gêné, rien ne t'oblige à rester. Autant que j'aille prendre une douche. Je ne tiens pas à ce que tu me fasses ton numéro du lendemain matin.

— Je ne fais pas de numéro, marmonna-t-il.

— Je pourrais peut-être te croire si tu ne t'étais pas comporté exactement de la même façon il y a sept ans.

Elle essayait de parler sur un ton léger mais doutait d'être très convaincante.

— Nous avons dit une nuit, nous avons eu une nuit...

— Une nuit géniale..., commença-t-il.

— C'est vrai. Je ne vais pas te contredire sur ce point.

— Tant mieux.

Il s'assit sur le bord du lit et reprit :

— Mara, nous ne sommes pas il y a sept ans.

— Je sais. Nous n'avons pas à nous justifier, ni à faire semblant.

— Mara...

— Nous avons fait ce dont nous avions envie. Maintenant nous pouvons reprendre le cours de notre vie. Vas-y, on se voit lundi, conclut-elle en lui faisant signe de partir.

Il la scruta en plissant les yeux, puis finit par hocher la tête.

— Si c'est ce que tu veux.

— Nous étions curieux. Notre curiosité est assouvie. Ce n'est que du sexe, Declan. Tu m'invites toujours à l'inauguration de l'aile Jamie Lochlainn ?

Il se leva. Peut-être était-ce le fruit de son imagination, mais elle crut le voir soudain blêmir.

— À ce sujet, tu sais...

— Ah non, tu ne vas pas me faire ça.

Elle se leva tout en s'enroulant dans la couette.

— Tu ne vas pas te désister maintenant, insista-t-elle.

— Ce n'est pas du tout mon intention, mais il se pourrait que la réception n'ait pas lieu. Tu veux un gâteau ? demanda-t-il en s'approchant de la table. Je me suis souvenu que tu aimais le strudel aux cerises.

— La meilleure pâtisserie du monde.

Toutefois elle ne comptait pas se laisser amadouer, même si le sac était celui de sa boutique préférée du quartier.

— Pourquoi la réception n'aurait-elle pas lieu ? demanda-t-elle.

Il ouvrit une petite boîte de fromage à tartiner qu'il étala sur une moitié de bagel.

— Keith Lochlainn est à l'hôpital, répondit-il.

— C'est vrai ?

Elle prit son smartphone et se connecta à ses applications de réseaux sociaux.

— Je ne vois rien sur Internet, dit-elle. C'est quelqu'un de chez LNT qui t'a prévenu ?

— Non, je... Enfin, oui. Un membre de la Lochlainn Company m'a téléphoné.

— C'est grave ?

— D'après ce qu'on m'a dit, c'est plutôt une précaution.

— Tant mieux.

Elle l'observa avec circonspection. Si elle ne se trompait pas, cela faisait trois fois qu'il mettait du fromage à tartiner sur la même moitié de bagel. Soit il aimait les grosses portions, soit il cherchait par tous les moyens à éviter de croiser son regard.

Intéressant. Cela semblait se répéter à chaque fois qu'ils mentionnaient les Lochlainn.

Certes, Keith Lochlainn était le grand patron. Même si Declan n'était pas en lien direct avec lui, il était logique qu'il soit affecté par ses ennuis de santé. Mais pourquoi l'avait-on prévenu personnellement ? La nouvelle n'avait pas encore été rendue publique. Pourquoi devait-il être au courant ?

Peut-être que, en tant que responsable d'un nouveau service du groupe, il lui fallait se tenir prêt à réagir au cas où cette simple « précaution » deviendrait quelque chose de sérieux ?

Non, cela paraissait insensé. Il y avait un service communication pour cela, et une armée de cadres dirigeants installés depuis longtemps au sein de la firme. Et si elle avait eu le moindre doute, l'attitude pour le moins étrange de Declan prouvait qu'il lui cachait quelque chose.

Elle but son café en essayant de trouver une explication.

— À quoi penses-tu ? demanda-t-il en la regardant enfin.

— Je me demande ce qui t'a valu un appel de la Lochlainn Company.

— Pourquoi cela te paraît si extraordinaire ?

— Tu n'as pas un statut de directeur. Tu n'es pas le président de LNT. Alors... pourquoi ?

— Pourquoi pas ?

Il mordit dans son bagel.

— Je ne sais pas. Je...

Elle rit en le regardant.

— Tu as du fromage sur le nez.

Il se passa le doigt sur le nez et ne fit qu'étaler le fromage.

— Attends, dit-elle. Laisse-moi faire.

Elle prit une serviette en papier et lui essuya le nez. Puis elle le regarda à nouveau et sa gorge se noua. Il était tellement beau. Pas seulement parce que ses traits étaient harmonieux, mais parce qu'il était lui. Parce que son regard brillait comme aucun autre quand il était enthousiasmé par quelque chose, parce que le sourire qu'il lui adressait n'était que pour elle.

Ce sourire irrésistible qui était une invitation très claire à faire l'amour.

— Mara, murmura-t-il.

Elle allait s'en vouloir pour sa faiblesse, c'était certain. Mais elle ne put s'empêcher de se pencher vers lui et de mettre les mains sur son torse.

— Oui ?

— Tu as de la crème…

Il montra la commissure de ses lèvres.

— Ah oui ?

Elle toucha le coin de sa bouche mais ne sentit rien.

— Ici, susurra-t-il en passant doucement le pouce sur sa lèvre inférieure.

Alors elle plongea la pointe de l'index dans la boîte de fromage à tartiner et en répandit sur la lèvre supérieure de Declan.

— Ah, on dirait que je n'ai pas tout enlevé, plaisanta-t-elle.

— Tu devrais t'en occuper.

— Oui, sans doute.

Elle approcha son visage du sien et passa la langue sur sa bouche. Après s'être laissé faire, il l'attira tout contre lui pour l'embrasser.

Tant pis pour le petit déjeuner. Elle n'avait envie que de lui, et, à en croire l'érection qu'elle sentait à travers la couette, il était tout prêt à la satisfaire.

— Une nuit, dit-elle tout contre ses lèvres. Une seule. Et nous n'en reparlerons jamais.

Il la lâcha et elle regretta aussitôt ses paroles.

— Oui, dit-il. Désolé, je…

— Mais le mot « nuit » n'a pas été clairement défini. On pourrait dire qu'il correspond à la moitié d'une journée, ce qui signifie douze heures. Or nous sommes arrivés chez moi à minuit, par conséquent…

— Il nous reste deux heures et demie.

Il l'enlaça de nouveau et la dévora de baisers en faisant tomber la couette dont elle s'était couverte. Elle était si excitée que, lorsqu'il passa la main entre ses cuisses et inséra un doigt en elle, cela suffit presque à la faire jouir.

Mais elle voulait faire durer l'attente. Maintenant qu'elle

avait obtenu un délai supplémentaire de deux heures trente, elle voulait en profiter pleinement. Surtout si c'était la dernière fois. Elle voulait créer des souvenirs inoubliables qu'elle porterait en elle, qui n'appartiendrait qu'à elle et qu'elle préserverait comme des joyaux.

— Tu as parlé d'une douche tout à l'heure, non ? demanda-t-il en enfouissant le visage dans son cou.

Tout en lui parlant, il lui massait les seins en appuyant légèrement sur ses mamelons avec ses pouces.

— Il n'y a absolument pas de place pour deux dans ma douche, répondit-elle entre deux soupirs de plaisir.

— Quand on veut, on peut.

Tout en la touchant et en l'embrassant, il la guida jusqu'à la minuscule salle de bains, avec sa baignoire à taille d'enfant et sa pomme de douche accrochée au mur.

— Tu vois ? dit-elle. Retournons dans le lit.

Elle le déshabilla pour retrouver sa peau nue et chaude. Il sourit et la mit face au grand miroir qui couvrait un mur, en se plaçant derrière elle.

— Je crois que nous devrions rester ici, insista-t-il en la contemplant dans la glace.

En voyant ses bras autour d'elle et ses doigts sur ses seins, sur son ventre, sur son sexe, elle ne put le contredire. Il pressa son pénis durci contre ses fesses. Que c'était bon...

Comme il lui donnait du plaisir avec ses doigts, elle ferma instinctivement les yeux.

— Garde les yeux ouverts, lui murmura-t-il à l'oreille. Regarde-toi jouir.

Il inséra un doigt en elle et trouva juste le bon endroit, le bon mouvement.

— Regarde, répéta-t-il sans la quitter des yeux.

Elle se sentait à la fois si vulnérable et si forte. Elle était à sa merci, mais le regard qu'il posait sur elle la rendait invincible.

Bientôt, l'orgasme monta en elle comme une vague brûlante.

Les yeux rivés sur ceux de Declan, elle trembla de tout son corps et poussa un cri d'extase.

Ce ne fut que beaucoup plus tard, alors qu'ils s'endormaient dans son lit après s'être enivrés de plaisir, qu'elle se rappela qu'il n'avait pas répondu à sa question sur l'appel qu'il avait reçu.

Quand Mara se réveilla pour la seconde fois, il était 13 heures. Leur nuit était bel et bien terminée.

Declan n'était plus à côté d'elle. Il avait laissé ce simple mot sur son oreiller :

*Bon week-end, à lundi.*

Elle froissa le papier avec agacement avant de se raviser et de le lisser de nouveau. Ce qui se passait aujourd'hui n'avait rien à voir avec ce qui s'était passé sept ans plus tôt. Elle avait eu envie de lui, et il avait suivi les règles qu'elle avait elle-même édictées. Ils avaient simplement agi comme deux adultes consentants.

# 9

Bobbi n'arrêtait pas de lui téléphoner. Voyant qu'elle l'appelait encore, Declan laissa sa messagerie répondre à sa place et regarda par la fenêtre de son bureau. C'était dimanche mais il était tout de même venu chez LNT, ne sachant quoi faire d'autre. Son appartement n'était pour lui qu'un lieu de passage où il se contentait de dormir, de se laver et de changer de vêtements. Il n'avait pas eu le courage de rester face au mur blanc qu'il n'avait pas encore pris la peine de décorer. Il n'était pas amateur de films ni de séries, et Mara occupait trop son esprit pour qu'il réussisse à se concentrer sur un livre ou une revue.

Le travail était le meilleur refuge dans ces cas-là. Le seul qu'il connaissait. La seule chose qu'il contrôlait vraiment.

Quitter le lit de Mara lui avait demandé un effort surhumain. Cela avait été comme s'arracher à quelque chose de plus précieux que la vie elle-même, mais auquel il n'avait pas droit.

Il n'avait pas pour habitude de se torturer en pensant à ce qu'il ne pouvait pas obtenir. En ne prêtant de l'attention qu'à ce qui était accessible dans le présent, il s'épargnait les remords du passé et l'angoisse de l'avenir. Cela avait toujours été sa ligne de conduite.

Jusqu'à ce qu'il tombe par hasard sur Cam Brower et découvre ce qu'il avait fait à Mara involontairement. Depuis, il ressassait beaucoup plus souvent le passé.

Il se demandait sans cesse ce qui serait arrivé s'il n'avait pas été si résolu à prouver ses torts à Keith Lochlainn, à faire regretter à l'homme d'affaires de ne pas avoir reconnu qu'il était bien le fils biologique de Jamie. S'il n'avait pas foncé tête baissée pour remporter la bourse sans se demander comment le sujet de son reportage lui était tombé entre les mains à ce moment précis.

Et tout cela pour quoi ? Keith était peut-être en train de mourir. Declan avait détruit sa relation avec Mara pour se faire remarquer par son grand-père biologique, et ce dernier allait peut-être terminer sa vie sans l'avoir jamais reconnu, même oralement. Son geste le plus significatif aurait alors été de l'engager chez LNT en lui promettant, à condition qu'il se montre à la hauteur, de le placer sur son héritage. Ce que Declan ne lui avait jamais demandé.

Mais il ne pouvait pas revenir en arrière. Les regrets et les questionnements ne servaient à rien. Quant à son rêve de se coucher avec Mara tous les soirs, de s'asseoir en face d'elle en silence pour que chacun rédige son article, de partir en reportage avec elle... il ne serait jamais que cela. Un rêve. Ce ne serait jamais une réalité. *Sa* réalité.

Sa réalité, c'était son téléphone qui vibrait de nouveau. Il soupira avant de répondre.

— Oui, Bobbi.

— Tu veux ce billet d'avion pour Paris, oui ou non ? Réponds-moi maintenant où il sera pour Griff Breachwood.

— Griff ? Tu ne vas pas confier cette enquête à Griff. Ce bluff est indigne de toi.

— Je ne peux plus attendre. L'affaire de la Vigny va nous passer sous le nez. *WaPo*, le *Guardian*, *Le Monde*, tout le monde est sur le coup. Pour l'instant, nous sommes les seuls à avoir une piste solide. Et nous sommes les seuls à t'avoir, toi, avec tout le travail que tu as déjà fait. Du moins, nous devrions t'avoir. Tu m'avais promis que si je t'accordais ce congé, tu reviendrais quand un sujet majeur se présenterait. Je ne sais pas ce qu'il te faut.

Il resta muet et regarda le bureau de l'immeuble d'en face.

La femme qu'il y voyait depuis son arrivée chez LNT travaillait un dimanche, comme lui. Toujours la même routine. Le même décor tous les jours, du matin au soir. Il commençait à avoir des fourmis dans les jambes.

À cet instant, la porte du bureau d'en face s'ouvrit et une autre femme y entra, accompagnée d'un petit enfant dont elle tenait la main. L'occupante du bureau se leva et embrassa la nouvelle venue, puis se mit à genoux pour serrer l'enfant dans ses bras. Même de là où il se trouvait, Declan percevait leur bonheur.

— Dec ? Tu es toujours là ? cria Bobbi. Tu m'as entendue ? Si tu ne passes pas tout de suite à l'action, nous allons nous faire doubler par le *Daily Mail*.

— Le *Daily Mail* ne se soucie que des détails scabreux. Le reste de l'enquête ne les intéresse pas le moins du monde, nous sommes tranquilles de ce côté-là.

Que lui arrivait-il ? Pourquoi n'était-il pas déjà dans l'avion pour Paris ? Il vivait pour des missions comme celle-ci.

L'image qu'il avait vue un instant plus tôt lui restait en tête. Il apercevait encore, du coin de l'œil, la scène qui se déroulait dans le bureau d'en face. La joyeuse famille s'apprêtait à quitter le bureau pour poursuivre sa journée ailleurs.

On n'était donc pas obligé de vivre uniquement pour le travail. Oui, peut-être qu'il existait d'autres choses qui donnaient envie de se lever le matin.

— Dernière chance, prévint Bobbi.

Declan oubliait souvent que sa rédactrice en chef avait dépassé les soixante-dix ans mais, pour la première fois depuis qu'il la connaissait, il entendait une femme qui aurait préféré être à la retraite plutôt que de s'acharner à convaincre un journaliste récalcitrant.

— J'aimerais être celle qui publiera cette enquête, insista-t-elle. Nous suivons cette histoire depuis longtemps. Tu as travaillé dur. Mais si tu ne peux pas...

— D'après ce que je connais d'Alice, je ne pense pas qu'elle parlera aux autres. Nous avons un peu de temps. Je dois rester à New York cette semaine encore. C'est non négociable, dit-il en entendant que Bobbi allait protester. Après le week-end prochain, je donnerai ma démission à LNT et je m'arrangerai pour effectuer mon préavis en télétravail depuis Paris. Je vais transmettre mes notes à Breachwood pour qu'il commence à travailler sur le contexte de l'enquête.

— Tu as intérêt à monter dans cet avion, dit Bobbi.

Puis elle raccrocha.

Une semaine. Il avait une semaine devant lui pour achever ce qu'il avait à faire chez LNT puis transmettre les rênes à ses adjoints. Ils avaient amplement prouvé leur valeur et il savait que LNT Plus serait entre de bonnes mains.

Concernant les Lochlainn, en revanche...

En partant plus tôt que prévu, Declan allait enfreindre les règles du défi que lui avait lancé Keith. Il ne figurerait donc pas sur son testament, mais peu lui importait. Ce n'était pas l'argent des Lochlainn qui l'intéressait.

Ce qu'il voulait, c'était être reconnu comme le fils de Jamie, ce qui n'avait jamais fait partie des termes de la proposition. Declan avait espéré, sans vraiment se l'avouer, obtenir des réponses sur lui-même en venant travailler au sein du groupe Lochlainn. Sa passion pour ce métier, l'avait-il héritée de Jamie ? Et cette volonté de démasquer ceux qui exploitaient les plus faibles qu'eux ? Jamie avait traité le même type de sujets à son époque. Si c'était le cas, quelles conclusions pouvait-il en tirer à propos de sa relation avec Keith ? Pouvait-elle être meilleure que celle de Jamie et Keith ?

Si Keith mourait...

Declan se gratta la nuque. Si Keith mourait, son espérance inavouée de pouvoir un jour rassembler la famille Lochlainn serait perdue pour toujours. Il devrait renoncer à combler le vide laissé par Jamie, à devenir un fils de substitution pour Keith.

Dans son enfance, Declan n'avait jamais pensé avoir besoin d'un père. Sa mère lui avait offert une vie merveilleuse, remplie d'expériences enrichissantes. Elle l'avait ouvert à la culture et à la diversité des gens et des idées. Auprès d'elle, il n'avait manqué de rien.

Mais quand sa mère était morte et qu'il avait découvert que Jamie était son père biologique… eh bien, c'était sans doute naturel qu'il ait voulu rencontrer les gens dont il portait les gènes.

Il prit une boule d'élastiques, la lança en l'air et la rattrapa tout en poursuivant sa réflexion. Son esprit tourné vers l'investigation était sans cesse assailli de questions. Qu'est-ce qui faisait qu'une famille était une famille ?

La lumière se ralluma dans le bureau d'en face et la petite famille revint. Apparemment l'enfant avait oublié quelque chose car les deux femmes se baissèrent pour regarder sous les meubles. Finalement, l'une d'elles se remit debout et leva les bras en signe de victoire. Elle avait un petit objet dans la main. L'autre femme prit l'enfant, qui se blottit contre elle. C'était une scène banale, et pourtant si belle à voir.

Oui, Keith allait peut-être mourir sans avoir reconnu son petit-fils. Et alors ? Declan n'avait pas besoin d'être un Lochlainn pour avoir une famille. Il pouvait choisir d'avoir une partenaire, un enfant, une vie en dehors du travail.

Il posa les yeux sur son téléphone. Machinalement, il le prit et regarda la liste de ses contacts récents. Mara figurait tout en haut…

Avec Bobbi.

Il soupira. Il avait des engagements qu'il ne pouvait pas ignorer et qu'il tenait à honorer. Des engagements utiles à la société. Il avait atteint l'objectif principal qui lui avait fait accepter ce poste chez LNT : Mara était en route vers le succès qu'elle aurait dû avoir depuis longtemps. Il n'avait plus de raison de rester.

Dans huit jours, il s'envolerait pour Paris. C'était décidé.

Mais il avait un million de choses à faire avant de donner sa démission.

Il alluma son ordinateur et créa un nouveau document. Ce n'était pas la peine de continuer à regarder son téléphone, de toute façon Mara avait été claire. Si elle avait envie de lui parler, elle l'appellerait.

Pourtant, assis face à son écran d'ordinateur, la seule image qu'il vit fut celle de Mara debout contre lui, nue, face au miroir de sa salle de bains. Dans les yeux qu'elle avait fixés sur lui, il avait lu bien plus qu'un désir éphémère. Il avait vu son âme, il avait vu sa volonté de se lier à lui.

Aussi forte que celle qu'il avait de se lier à elle.

Mara ne vit pas Declan ce lundi. Son producteur avait programmé des interviews avec un galeriste de SoHo et un professeur d'histoire de l'art de l'université de Columbia pour parler de la vie de Robaire et de son influence sur le monde de l'art et de la pop culture. Deux interviews passionnantes qui apporteraient un contenu précieux à leur documentaire, mais qui leur avait aussi pris beaucoup de temps. Quand Mara était revenue au bureau en fin de journée, l'assistante de Declan lui avait dit qu'il était parti en rendez-vous professionnel.

Elle ne le vit pas non plus le mardi. Ni le mercredi. Ni les deux jours suivants. Leurs emplois du temps étaient mal synchronisés, et, quand arriva la réunion hebdomadaire, Mara resta bloquée dans les transports en commun. Puis ce fut Declan qui manqua leur entretien en tête à tête, car l'un des correspondants avait mis un sénateur en colère et Declan avait dû se charger d'apaiser le conflit. Ils fixèrent un autre rendez-vous, qu'elle annula quand un tuyau éclata chez ses voisins et qu'elle dut recevoir son propriétaire pour qu'il constate les dégâts dans son appartement. Ensuite, Declan avait d'autres impératifs. Elle finit donc par comprendre qu'elle ne le reverrait pas avant l'inauguration de la nouvelle aile du musée.

Les échanges téléphoniques qu'ils eurent au cours de la semaine concernèrent exclusivement le travail. Aucun d'eux ne fit allusion à ce qui s'était passé le week-end dernier.

Pourquoi n'avait-elle rien dit ?

Par lâcheté. Parce qu'elle s'était pleinement livrée à lui et qu'il était parti sans attendre qu'elle soit réveillée. Parce qu'elle avait peur de l'avoir fait fuir en lui montrant malgré elle que ce moment avait représenté bien plus que du sexe pour elle.

Elle avait fait le contraire de ce qu'elle aurait dû faire pour se protéger. Elle avait dévoilé sa vulnérabilité, comme si elle n'avait pas eu conscience du risque qu'elle prenait. Celui de souffrir encore bien plus que sept ans auparavant.

Quand le samedi arriva, elle avait les nerfs plus tendus que jamais. Elle mit sa tenue de sport et décida d'aller se défouler à la salle de sport, ce qu'elle ne faisait pas assez souvent. C'était un endroit petit et accueillant, équipé de machines simples. Les horaires d'ouverture ne lui permettaient pas d'y aller autant qu'elle l'aurait souhaité, mais elle aimait cette atmosphère sans prétention.

Elle se réjouit en voyant que le sac de sable était libre. C'était exactement ce dont elle avait besoin. Elle se mit en position, bien flexible sur ses jambes, et enchaîna des frappes en rythme. Son corps ne tarda pas à bouger de lui-même et son esprit la ramena une semaine plus tôt – précisément ce qu'elle avait voulu éviter.

Et dire qu'elle avait couché avec Declan précisément pour faire disparaître la tension. Y avait-elle vraiment cru ? Ou s'était-elle menti à elle-même ? Quoi qu'il en soit, depuis une semaine, elle pensait à lui dans les moments les plus inopportuns, par exemple au milieu d'une interview. Tout en posant une question, elle revoyait les mains de Declan sur elle et se mettait à bafouiller. Elle devait alors faire semblant de tousser et boire une gorgée d'eau pour se ressaisir. Son producteur et son cameraman commençaient à la regarder avec curiosité quand cela se produisait. Il fallait que cela cesse.

Elle frappa le sac avec plus de force qu'elle ne l'avait prévu.

— Oh ! s'exclama Amaranth Thomas en venant vers elle.

Amaranth était copropriétaire de la salle. C'était ici que Mara l'avait rencontrée et qu'elles étaient devenues amies.

— Ne casse pas le matériel.

— Désolée, dit Mara. J'ai beaucoup de choses en tête.

Elle s'écarta du sac et reprit son souffle.

— Tu veux en parler ? demanda Amaranth. Ou continuer à te défouler ?

Elle fit un signe en direction du ring de boxe qui se trouvait dans la pièce voisine.

— Ma cliente a annulé sa séance. Tu veux faire quelques rounds ?

Mara regarda l'horloge fixée au mur. Elle avait plusieurs heures devant elle avant la réception des Lochlainn.

— Volontiers, répondit-elle. Tu m'accordes dix minutes pour me préparer ?

— Sept minutes.

— Cinq.

Mara trottina en direction du vestiaire où elle gardait son matériel dans un casier. Elle refit sa queue-de-cheval et mit ses gants de boxe. Quatre minutes plus tard, elle était sur le ring avec Amaranth.

— Vas-y doucement, dit-elle à son amie. Je dois aller à une soirée mondaine ce soir.

— Encore ? Laisse-moi deviner. Avec le même cavalier ?

Amaranth sautilla et décocha un direct du droit que Mara esquiva.

— C'est un problème ?

— Oui, oui et oui, répondit Mara. C'est compliqué.

Elle esquiva de nouveau, puis frappa à son tour.

— Qu'est-ce qui ne l'est pas ? Les loyers augmentent, le meilleur ami de mon fils s'est mis à l'éviter dans la cour de récréation et les algorithmes font apparaître ma salle de sport en dernier sur les moteurs de recherche. Mais on se relève et on avance.

Un enchaînement dont Amaranth avait le secret l'envoya dans les cordes.

— Je suis triste d'apprendre que Trey a des problèmes avec son ami, dit Mara d'une voix essoufflée. Je compatis. Tu sais, le cavalier en question ? C'est un homme qui m'a évitée pendant sept ans. Juste après avoir couché avec moi.

Amaranth s'immobilisa mais n'oublia pas d'esquiver le direct du gauche de Mara.

— D'accord. Je ne suis pas sûre que la boxe suffise. Une discussion autour d'un verre me paraît plus appropriée. Je t'offre un smoothie ?

— J'attendais que tu le proposes, plaisanta Mara.

Elles descendirent du ring et Mara fit quelques étirements. Elle était fatiguée malgré la brièveté de sa séance. Il fallait vraiment qu'elle vienne ici plus souvent, non seulement pour retrouver sa condition physique, mais surtout parce que Amaranth était sa seule amie à New York et que cela lui faisait un bien fou de la voir. Elle restait en contact avec ses proches, mais les conversations téléphoniques n'avaient pas la même saveur qu'un moment passé ensemble.

Quand elles furent assises au bar, Mara raconta à Amaranth toute l'histoire de sa relation avec Declan, de leur rencontre à l'école de journalisme à samedi dernier, quand elle s'était réveillée seule dans son lit avec un mot à côté d'elle. Amaranth l'écouta sans faire de commentaire.

— Et ce soir ? demanda-t-elle quand le récit de Mara fut terminé. De quel événement s'agit-il ?

— L'une de ces réunions entre riches qui se congratulent d'être riches et de le rester. La famille Lochlainn a financé une nouvelle aile du Museum of Contemporary Culture qui portera le nom de Jamie Lochlainn.

— Les Lochlainn ? Comme Keith Lochlainn ? Il paraît qu'il est malade, non ?

Mara acquiesça. La nouvelle était parue dans les médias quelques heures après le coup de téléphone reçu par Declan.

— Il l'était, répondit Mara. Visiblement il va mieux, donc l'inauguration aura bien lieu, même si je doute qu'il soit présent.

— Et qui est Jamie ?

— Le fils de Keith. Il a disparu il y a sept ans et est déclaré officiellement décédé depuis peu. C'était un très grand journaliste d'investigation. Comme sa mère était une artiste renommée et que Jamie était lui-même passionné d'art, cela explique sans doute que Keith ait choisi de lui rendre hommage de cette façon.

— Tout cela paraît plutôt positif. Donc ton problème n'est pas l'événement en lui-même, si je comprends bien.

— Plus ou moins. En fait, j'agis sur une intuition. Et si mon intuition est juste, cela pourrait devenir une enquête capitale pour moi. Un tournant dans ma carrière. Mais je ne sais pas du tout si j'ai raison. Ni si la personne que j'ai besoin de voir va venir. Je m'appuie sur des éléments concordants et sur mon instinct mais, pour l'instant, je n'ai aucune preuve tangible.

— Mais ce n'est pas pour cette raison que tu t'acharnais sur mon pauvre sac de sable.

— Non, admit Mara en riant.

— C'est cet homme.

— Oui, c'est cet homme.

— Et pourquoi cet homme est-il un problème ?

— Parce que c'est un problème ! Que veux-tu que je te dise ?

— Je ne sais pas. Je n'ai pas l'impression que cela va si mal que cela entre vous.

— Il m'a rayée de sa vie il y a sept ans !

— D'accord, mais de l'eau a coulé sous les ponts. Et il t'a présenté ses excuses, non ?

— Oui, mais...

— Et vous avez de nouveau couché ensemble, et d'après ce que j'ai vu dans tes yeux, c'était plutôt très bien.

— Oui, mais...

— Et ce soir tu te rends de nouveau à une grande soirée avec lui. Une soirée à laquelle il n'est pas obligé d'aller. Il le fait pour toi, c'est bien cela ?

— Oui, mais…

— Non, il n'y a pas de « mais ». Écoute, je ne connais pas Declan mais, d'après mon expérience, un homme célibataire ne s'inflige pas un événement mondain et ennuyeux avec une femme célibataire par simple obligation. Tu lui plais. Et il te plaît. Alors pourquoi cela devrait-il être un problème ?

— C'est mon patron.

— Ah.

Amaranth posa son verre sur le bar.

— Mais il a prévenu les ressources humaines que nous étions sortis ensemble autrefois, afin d'éviter tout malentendu, ajouta aussitôt Mara. Et il a suggéré que nous signions un contrat de consentement mutuel, au cas où les gens penseraient que nous entretenons une relation. C'était avant qu'il passe la nuit chez moi. Il faut croire qu'il sait prédire l'avenir.

— Ou qu'il espérait qu'il se produirait quelque chose entre vous. Mais toi, tu es à l'aise avec l'idée de sortir avec ton patron ? Le fait qu'il y ait un rapport hiérarchique entre vous peut compliquer les choses, c'est vrai.

— Nous ne sortons pas ensemble.

— Vous allez à des soirées et vous avez couché ensemble. Tu connais une autre définition de « sortir avec quelqu'un » ? Si oui, je suis curieuse de l'entendre.

— Peut-être qu'il faut aussi que les deux personnes se soient mises d'accord sur le fait qu'elles sortaient ensemble.

— C'est un détail. Je vais te reposer la question. Où vois-tu un problème exactement ? Tu as envie de lui, apparemment c'est réciproque, vous avez mis les choses au clair avec votre entreprise. Alors quel est le problème ?

Mara ferma les yeux.

— Il pourrait de nouveau me laisser tomber.

— Bonne nouvelle, tu sais déjà que tu es capable d'y survivre.

Et vous travaillez ensemble, donc cela ne pourrait pas se passer de la même façon que la première fois. Autre chose ?

— Je ne pense pas... Enfin... Je...

Mara inspira profondément.

— Je veux remporter des prix, reprit-elle. Des Emmy, des Pulitzer. Je veux écrire des livres sur mes plus grandes enquêtes et faire des tournées de promotion.

Amaranth la regarda en plissant les yeux.

— C'est génial. Quel rapport avec le fait de sortir avec lui ?

— Je ne veux pas renoncer à ma carrière. Même pas pour lui.

Cette fois, Amaranth s'esclaffa.

— Et pourquoi devrais-tu faire une chose pareille ?

— Parce que c'est ce que font les femmes que je connais ! Elles rencontrent quelqu'un, tombent amoureuses et abandonnent leur passion pour se consacrer à leur couple.

— Ce n'est pas ce que j'ai fait, assura Amaranth. Regarde cet endroit, dit-elle en montrant sa salle de sport. Je l'ai créé quand j'étais avec le père de Trey. Excuse suivante.

Mara baissa les yeux.

— Je... j'ai peur, admit-elle.

— Ma chérie, tout le monde a peur. Mais cela vaut la peine. Même si finalement les choses ne marchent pas entre vous.

— Nous avons passé une nuit fantastique, mais ce n'est pas son genre de s'engager dans une relation. Le mien non plus. Et nous n'avons pas vraiment parlé depuis...

— Vous vous voyez ce soir.

— Oui.

— À une réception où il y aura du champagne et des huîtres. Je ne vois toujours pas de problème.

— Je ne sais pas s'il y aura des huîtres, répondit Mara en riant.

— Vous pourrez toujours aller en manger ensemble après. Problème résolu.

Amaranth regarda l'heure.

— Ma prochaine cliente ne va pas tarder à arriver. Tu viens au cours collectif mardi ?

— Je ferai tout mon possible pour être là.

— Tant mieux, parce que j'attends le récit de la soirée. Avec les détails croustillants, précisa-t-elle en riant. Alors à mardi.

— Promis, répondit Mara en riant avec elle. Et merci.

— Je t'en prie.

Elles s'embrassèrent chaleureusement. Amaranth s'éloigna ; Mara resta assise le temps de finir son smoothie.

Son amie avait-elle raison ? Est-ce que Mara inventait des obstacles à sa relation avec Declan ? Pouvait-elle envisager d'être avec lui, *vraiment* avec lui ? Des grasses matinées le dimanche, des discussions le soir autour d'un verre de vin, des week-ends ensemble dans la ferme de ses parents. Était-ce ce dont il avait envie ?

Et ce dont elle avait envie ?

Au secours. Elle était retombée amoureuse de Declan.

Oh ! qu'elle arrête de se mentir à elle-même. Elle n'avait jamais vraiment cessé de l'être.

C'était horrible.

C'était merveilleux.

Cela pouvait la rendre plus heureuse que jamais, ou la détruire.

# 10

Declan arriva au musée une heure avant le début de la cérémonie d'inauguration de l'aile Jamie Lochlainn. L'organisation réglait les derniers détails de la réception : on disposait des sacs de cadeaux sur les tables, on retouchait les bouquets de fleurs et une experte parcourait l'exposition pour s'assurer que l'éclairage des œuvres était parfaitement réglé.

En regardant tous ces gens s'affairer comme des abeilles dans une ruche, il regretta que Mara ne soit pas avec lui pour observer ce spectacle. Mais quand on lui avait demandé de venir en avance, il avait renoncé à lui proposer de l'accompagner et s'était arrangé pour qu'un chauffeur passe la prendre juste à l'heure pour la réception.

Ce n'était pas par manque d'envie de passer plus de temps avec elle. Au contraire, plus le nombre de jours sans la voir augmentait, plus il avait l'estomac noué. Si cela continuait, il allait avoir un ulcère avant l'âge de trente ans. Il fallait qu'il parle avec elle. Rapidement. Il allait donner sa démission le lundi suivant et voulait absolument le lui annoncer avant. Bien sûr, il aurait préféré rester chez LNT Plus jusqu'à l'aboutissement de son enquête sur la vente de faux tableaux, mais il avait confiance en elle. Ce reportage allait faire l'événement.

En réalité, il aurait déjà dû l'appeler pour la prévenir qu'il partait. Lui envoyer un SMS. Lui laisser un message vocal. Mais à chaque fois qu'il avait pris son téléphone pour le faire, quelque chose au fond de lui l'en avait empêché.

S'il le lui disait, cela deviendrait réel. Cela rendrait concret le fait qu'il ne la verrait bientôt plus.

Oh ! ils auraient certainement l'occasion de se croiser, lors de cérémonies ou de conférences. Peut-être même qu'ils couvriraient les mêmes événements et se retrouveraient autour d'un verre pour parler de leurs sources respectives.

Cette perspective le déprimait.

Voilà pourquoi il s'accrochait au présent autant qu'il le pouvait, s'efforçant de régler les derniers détails chez LNT tandis que le souvenir de sa nuit avec Mara l'obsédait chaque jour un peu plus.

Il ne songeait plus qu'à elle, du matin au soir. Et il avait envie de savoir à quoi elle pensait. Avait-elle lu l'article du *Globe* sur les dangers des réseaux sociaux concernant les atteintes à la vie privée ? Comment avait-elle réagi à l'émission d'ABN, le principal concurrent de LNT, sur l'influence politique grandissante des personnalités de moins de vingt ans ? Quand il lui arrivait quelque chose d'amusant, il le gardait en tête pour pouvoir le lui raconter plus tard. Le jour où il avait croisé, dans les couloirs de LNT, l'une des autrices préférées de Mara, il avait enfreint ses propres règles vis-à-vis des célébrités pour l'aborder et lui faire dédicacer l'exemplaire de l'un de ses romans pour Mara.

Il n'avait toujours pas eu l'occasion de le lui offrir.

Comme il se retournait, il vit arriver la personne qui lui avait demandé de venir en avance et la salua. C'était Catalina Lochlainn. Il était difficile d'imaginer que si Keith l'avait reconnu comme son petit-fils, cette femme serait devenue sa belle-grand-mère.

— Merci d'être venu si tôt, lui dit-elle.

Catalina avait une voix grave et une pointe d'accent castillan. Declan savait qu'elle était née à Madrid et y avait commencé une carrière dans la publicité avant de quitter l'Espagne pour épouser Keith.

— C'est une invitation que je ne pouvais pas refuser, répondit-il.

Mais cela, vous le saviez. Comment va Keith ? Son retour chez lui s'est bien passé après l'hospitalisation ?

Il parlait d'un ton neutre, tout en sachant qu'il ne fallait pas s'attendre à beaucoup d'informations de la part des Lochlainn.

— Il se remet, mais il ne sera pas en mesure de venir ce soir.

— J'espère qu'il sera vite rétabli.

Les phrases toutes faites évitaient de montrer ses véritables sentiments. En l'occurrence, une profonde déception qui le surprit lui-même.

— En tout cas me voilà, ajouta-t-il. Comme vous me l'avez demandé. Que puis-je faire pour vous ?

Elle regarda autour d'elle et répondit :

— J'espérais que les préparatifs seraient plus avancés et que nous pourrions prendre le temps de parler. Malheureusement, il me reste beaucoup de choses à faire. Alors je n'irai pas par quatre chemins : en l'absence de Keith, j'aimerais que vous montiez sur scène avec moi pour le discours d'hommage.

Declan resta bouche bée.

— En tant que journaliste ayant choisi de marcher dans les pas de Jamie en se battant pour le bien commun, précisa-t-elle. Il n'est plus parmi nous, mais vous avez repris le flambeau.

— Je...

Elle le prenait vraiment au dépourvu.

— Je suis flatté, balbutia-t-il. Mais je ne suis pas sûr que... Enfin, ce serait peut-être malvenu. J'aurais l'impression de mentir. Nous savons vous et moi qu'il existe un autre lien entre Jamie et moi. Un lien que Keith refuse de reconnaître. Il préfère mettre son jeu en place et me lancer un défi professionnel, mais seulement pour me placer sur son testament.

Il hésita avant de poursuivre :

— Il fut un temps où j'aurais sauté sur l'occasion d'être associé à la famille Lochlainn. Même de cette façon-là. Mais je ne devrais pas avoir besoin de vous rappeler Jamie. Mon existence devrait suffire. *Je* devrais suffire.

— Je sais, reconnut Catalina. Vous avez raison. Et je suis désolée. Keith est… Keith. Même s'il est fondé à agir de la sorte, je ne cesse de lui répéter qu'il ne fait que vous blesser, Anna et vous.

— Anna ? Qui est Anna ?

Declan fut pris d'un vertige.

— Pardon, dit aussitôt Catalina. Je suis tellement préoccupée par la réception que je n'ai plus les idées claires.

Elle prit une profonde inspiration avant de s'emparer de sa main.

— Nous avons découvert…, commença-t-elle. Enfin, le détective privé de Keith a découvert que le sperme de Jamie avait permis la conception de deux enfants. Vous et Anna.

Declan cligna des yeux. C'était apparemment le seul mouvement qu'il était en mesure de faire. Le reste de son corps était paralysé

— J'ai une demi-sœur, murmura-t-il lentement. Et vous le saviez, vous et Keith.

— Oui. Mais Keith ne voulait pas vous donner l'impression d'être en compétition l'un avec l'autre. Vous comprenez, son père, Archibald Lochlainn, avait tenu à ce que Keith mérite sa place à la tête de la Lochlainn Company. À présent Keith est obsédé par le fait de transmettre le groupe à un héritier qui l'aura mérité, lui aussi. C'est pourquoi il a décidé que chacun de vous ferait connaissance avec l'entreprise familiale en se confrontant à un domaine que Jamie chérissait. Anna a été chargée de vendre Lakes of Wonder, où Jamie a passé une grande partie de son enfance, et…

— Et j'ai été placé chez LNT. Parce que je suis journaliste, comme l'était Jamie.

Elle acquiesça.

— Je crois que Keith espérait qu'au moins l'un de vous se prendrait de passion pour sa tâche, et qu'il saurait ainsi à qui léguer la Lochlainn Company.

Declan se mit à hocher la tête de gauche à droite avant même que Catalina achève sa phrase.

— Je quitte LNT, déclara-t-il. Je présenterai ma démission

lundi. Et si Keith voulait savoir ce que je pensais d'hériter de son entreprise, il n'avait qu'à venir me voir.

Il préféra mettre de côté le sujet de sa demi-sœur, qui lui paraissait beaucoup trop considérable pour qu'il le traite en même temps que les urgences de ce soir.

— Je comprends, dit Catalina. J'ai prévenu Keith que c'était une mauvaise idée, mais...

Elle se mordilla la lèvre, puis haussa les épaules.

— Revenons-en à la cérémonie d'aujourd'hui, reprit-elle. Je crois toujours que cela aurait du sens que vous montiez sur scène avec moi. Keith a peut-être choisi un musée pour rendre hommage à Jamie, mais nous savons que le cœur de sa vie, c'étaient ses reportages. Et même si votre lien personnel avec lui n'est pas connu, vous restez son héritier le plus légitime, professionnellement parlant.

— Je vais y réfléchir.

Il aurait voulu pouvoir en discuter avec Mara. D'un côté, participer à un événement ayant pour but d'honorer son père biologique – et surtout son héros en tant que journaliste – aurait du sens en effet. Mais d'un autre côté, le fait que Keith envisage de lui léguer son entreprise alors qu'il refusait toujours de le reconnaître comme son petit-fils... cela lui faisait mal.

Rien ne l'empêchait de faire lui-même une annonce publique, bien sûr. Pourquoi ne pas révéler qu'il était le fils biologique de Jamie Lochlainn ? Il avait un test de paternité pour le prouver. Keith l'avait exigé avant qu'il commence sa mission chez LNT.

Mais le puissant homme d'affaires n'avait pas besoin que le monde reconnaisse son lien de sang avec Jamie.

Declan n'attendait pourtant que cela de son grand-père.

Et il risquait d'attendre longtemps.

Catalina lui posa la main sur le bras.

— Merci de bien vouloir y réfléchir, lui dit-elle. C'est déjà beaucoup et je sais que je ne peux pas vous en demander davantage.

Quelqu'un l'appela et elle tourna la tête.

— Excusez-moi, dit-elle à Declan, c'est le conservateur en chef du musée. Je dois y aller. Voici mon numéro, ajouta-t-elle en lui tendant sa carte de visite. Si vous voulez bien m'envoyer un message pour me faire part de votre décision. Même si la cérémonie est déjà commencée.

— Attendez. J'ai une question, s'il vous plaît. Le Robaire que vous allez dévoiler ce soir, en connaissez-vous la provenance ?

Elle fronça les sourcils avant de répondre :

— Il appartenait à un collectionneur privé. Un Portugais qui le possédait depuis toujours, c'est pourquoi il va être exposé pour la toute première fois. La vente aux enchères a été âpre, mais Keith était déterminé à obtenir cette œuvre pour cette occasion. Pourquoi ?

— C'est une toile inédite et je suis un admirateur de Robaire, répondit-il en guise d'explication.

— C'est un autre point commun entre vous et Jamie. Robaire était son artiste préféré. Juste après Diana, sa mère, évidemment. Quelle tristesse que vous n'ayez pas pu faire sa connaissance. J'attends votre message, conclut-elle.

Puis elle s'éloigna.

Ce Robaire venait donc lui aussi de la fameuse collection privée. Voilà qui allait intéresser Mara.

L'agitation cessa peu à peu et chaque personne rejoignit son poste. L'heure de la réception approchait. Declan déambula dans la salle pour admirer les œuvres d'art, dont un tableau de Diana Lochlainn. Sa grand-mère biologique. C'était une peinture abstraite sauvage et passionnée, débordante d'émotions. En lisant l'affiche qui l'accompagnait, Declan apprit qu'elle datait de l'année de la disparition de Jamie. Diana était morte deux ans plus tard.

Il contempla la photo de Diana et Jamie enfant imprimée au bas de l'affiche. C'était réconfortant de penser que le public pourrait voir ce tableau pendant des années et des années. Il ne rencontrerait jamais Diana et Jamie, mais, ici, il se sentait proche d'eux. Et peut-être que cela suffisait. Peut-être que c'était tout ce qu'il voulait des Lochlainn : les connaître.

Il regarda sa montre. Mara allait arriver d'une minute à l'autre. Avec la proposition de Catalina, il n'avait même pas réfléchi à ce qu'il allait dire à Mara pour tout lui expliquer.

Pour lui dire au revoir.

Mara monta le large escalier du musée. Heureusement, ce soir, elle n'avait pas eu besoin de mettre une grande robe de Lavinia et des escarpins à talons aiguilles. Mais elle avait passé des heures à chercher la tenue adéquate dans son propre placard. En quittant son appartement pour monter dans la voiture qui l'attendait devant chez elle, elle avait laissé les trois quarts de ses vêtements répandus sur le sol après une séance d'essayage interminable. Finalement, elle avait opté pour un tailleur-pantalon en flanelle gris foncé, peut-être un peu trop classique, mais élégant et confortable. Pour l'égayer, elle avait mis son chemisier préféré en soie vert émeraude. Elle savait qu'il mettait ses yeux en valeur. Il était légèrement transparent, mais elle n'aurait qu'à garder sa veste sur elle. Sauf si elle était seule avec Declan.

L'excitation la fit frissonner. C'était la première fois qu'elle allait le revoir depuis leur nuit ensemble. Depuis qu'elle avait compris qu'elle l'aimait profondément.

Devait-elle lui avouer ses sentiments ? Comment réagirait-il ? Que ferait-elle si elle lisait un rejet dans son regard ? Ou de la pitié ?

Elle ne se croyait pas capable de survivre à sa pitié.

Trop occupée à se frayer un chemin au milieu de la foule, elle ne prêta attention ni à l'architecture du lieu ni aux tableaux accrochés aux murs. En temps normal, elle aurait été enchantée de pouvoir se promener dans un musée en dehors des heures d'ouverture, avec une flûte de champagne à la main. Mais ce soir elle ne voulait voir qu'une seule personne.

Où était-il ?

Enfin, elle l'aperçut devant un tableau qui devait être de Mark Rothko. Son cœur se mit à tambouriner dans sa poitrine. Elle n'aurait su dire par quel miracle ses jambes continuaient à la porter. Il était en pleine conversation et ne l'avait pas encore vue, mais...

— Mara, quelle délicieuse surprise !

Niels Hansen venait de se mettre en travers de son chemin. Elle dut s'arrêter net.

— Ah, bonsoir, Niels, répondit-elle avec une politesse forcée. Je suis ravie de vous revoir. J'espère que Freja et vous avez bien reçu les fleurs que je vous ai envoyées pour vous remercier après le cocktail ?

— C'était un charmant bouquet, mais pas aussi charmant que votre compagnie.

Il lui fit le baisemain.

— Vous êtes très aimable de me dire cela, fit-elle. Compte tenu de... Une fois encore, je suis désolée.

— Non, non, ne soyez pas désolée. J'ai bien conscience que ce n'est pas à vous de me présenter des excuses.

— Je ne crois pas qu'il serait juste de reprocher à Declan...

— Je le connais suffisamment pour savoir à quoi m'en tenir avec lui. Mais ce n'est pas ce dont je souhaitais vous parler. Vous m'avez fait très forte impression, Mara.

Il la regarda dans les yeux. Elle avait eu peur d'être gênée en revoyant Declan après avoir couché avec lui, mais ce qu'elle avait imaginé n'était rien en comparaison de ce moment.

— Merci, Niels. Mais... il se trouve que... je *suis* avec Declan.

C'était en tout cas ce que Niels devait croire. Et si c'était la réalité ? Elle ne demandait que cela.

— Alors je ne peux pas..., balbutia-t-elle. Je veux dire...

C'est alors qu'elle se rendit compte que Niels riait.

— Non, non, ma chère Mara. Je parlais de vos interrogations à propos de ma nouvelle acquisition. Vous m'avez donné matière à réflexion. Voyez-vous, dans ma joie d'avoir enfin ajouté un Robaire à ma collection, j'ai peut-être laissé passer quelques imprécisions sur la provenance du tableau. J'ai donc fait analyser la toile. Et les résultats ont été… désagréables à entendre. Apparemment, vous aviez raison d'être suspicieuse à propos du bleu cobalt. Le rapport chimique montre que ce pigment est entré sur le marché après la période d'activité de Robaire.

— Oh ! s'exclama-t-elle en sortant son téléphone. Vous voulez bien que j'enregistre notre conversation ?

— Je ne préfère pas pour l'instant. Je dois d'abord échanger avec mes avocats, vous comprenez.

— Bien sûr. J'espère tout de même que vous serez d'accord pour me tenir au courant des conclusions.

— J'ai commandé d'autres études. Je ne peux pas avoir de certitudes après un seul avis. Mais je dois vous remercier, ma chère. Vous avez peut-être évité à ma famille de perdre plusieurs millions de dollars.

— Tant mieux si j'ai pu vous être utile. Et si vous voulez me rendre la pareille, vous savez ce que j'aimerais le plus, dit-elle en agitant son téléphone.

— J'ai encore mieux à vous proposer. Si des analyses concordantes prouvent que le Robaire est un faux, je vous accorderai une interview filmée.

— C'est formidable.

Elle n'en revenait pas. L'apparition d'un collectionneur aussi célèbre que Niels Hansen dans son documentaire attirerait forcément les spectateurs. L'homme répondait rarement aux journalistes, si bien que les gens regarderaient la vidéo rien que pour le voir.

— Je vous remercie infiniment, dit-elle.

— C'est la moindre des choses. J'ai une dette envers vous.

Il lui fit de nouveau le baisemain avant d'ajouter :

— Si vous voulez bien m'excuser, je dois aller saluer certaines personnes de ma connaissance. À plus tard.

— À plus tard.

Elle le regarda s'éloigner en prenant sur elle pour contenir ses émotions. Elle avait envie de sauter, de crier... Et d'embrasser Declan pour fêter cette nouvelle !

Il était toujours au même endroit, mais seul désormais. Il était tourné dans sa direction. Il avait dû observer sa rencontre avec Niels, car, sitôt ce dernier parti, il haussa les sourcils en signe d'interrogation. Elle lui répondit par un hochement de tête qu'il dut interpréter correctement, car il lui adressa un grand sourire. Ils marchèrent à la rencontre l'un de l'autre.

— Salut, dit-il de sa voix chaude.

— Salut.

Elle le dévora du regard à défaut de pouvoir le faire littéralement. Il lui avait tellement manqué...

— Je suis volontairement resté à l'écart, dit-il. Tu ne devais pas avoir envie que je m'immisce dans ta conversation avec Hansen.

— Tu as bien fait. Il avait des choses à me dire.

— Quoi donc ?

Elle lui raconta leur échange.

— J'espère encore mettre la main sur Skacel, ajouta-t-elle. Mais si je peux avoir Niels à l'écran, cela donnera du poids à mon documentaire.

— Bien joué.

— N'est-ce pas ? Je n'étais pas sûre d'avoir une première vidéo convaincante à temps pour le lancement, mais cela s'annonce bien.

— Je te le souhaite.

— Comment ça ? Tu doutes de moi ? demanda-t-elle avec incompréhension.

— Ce n'est pas moi qui déciderai de la publication ou non de ta vidéo.

— Bien sûr que si ! Tu es chez LNT pour ça.

Elle fit un pas en arrière pour le dévisager. Ce qu'elle vit ne la rassura pas.

— As-tu peur que l'on me soupçonne d'avoir échangé des faveurs sexuelles contre une promotion ?

— Ton sujet est excellent et j'ai toute confiance dans ton travail. Tu mérites que ta vidéo soit mise en ligne. Néanmoins...

Il se passa la main dans les cheveux, ce qui ne fit que les décoiffer et le rendre encore plus sexy.

— Ce n'est pas le moment, dit-il, mais il faut qu'on parle.

Voilà une phrase qui n'annonçait rien de bon.

— D'accord, fit-elle lentement.

Elle vit un éclair dans ses yeux.

— Non, assura-t-il, ce n'est pas ça. Tu m'as mal compris.

Il était agité. Cela ne lui ressemblait pas.

— Tu m'intrigues. J'ai hâte que tu m'expliques.

— Je le ferai.

Il fixa un point derrière elle et elle se retourna pour voir ce qui avait attiré son attention, ou plutôt qui. Catalina Lochlainn le regardait avec un air interrogateur. Declan lui adressa un sourire attristé et fit oui de la tête avant de se concentrer de nouveau sur elle.

— Je dois y aller, reprit-il. On m'a demandé de participer à la cérémonie d'hommage.

— Ah bon ? Tu ne me l'avais pas dit. Enfin, tu n'es pas censé me tenir au courant de tout, seulement...

— Je te l'aurais dit si je l'avais su. Catalina ne m'en a parlé que ce soir.

— Ah ? Pour quelle raison ?

— Tu trouves que je ne suis pas assez important ? répliqua-t-il avec humour. Je suis journaliste, comme Jamie. Et je travaille pour LNT.

— Oui, dit-elle en roulant des yeux. Je sais que tu es très important mais, chez LNT, tu es responsable d'un service qui n'est même pas encore lancé. Pourquoi ne pas avoir demandé à la présidente de LNT ? Regarde, elle est au bar. Ou à quelque autre membre du comité directeur du groupe ? Je crois qu'ils sont tous là.

Il haussa les épaules.

— Tu devras poser la question à Catalina.

Son regard partit de nouveau vers la gauche. Personne ne lui avait donc dit que ce tic le trahissait quand il dissimulait la vérité ? Ou bien personne n'avait été assez proche de lui pour le remarquer. Cette pensée la rendit à la fois heureuse d'être la seule à avoir eu ce privilège et un peu triste d'imaginer la solitude que Declan semblait s'imposer.

— Tu recommences, Declan.

— Je recommence quoi ?

— Quand tu ne dis pas la stricte vérité, ton regard fuit, comme ça.

Elle l'imita pour lui montrer.

— Non, je ne fais pas ça, contesta-t-il.

— Si, je t'assure. La première fois que je l'ai remarqué, nous étions en deuxième année. Nous travaillions sur ce projet commun, celui que j'ai dû finir toute seule parce que tu étais occupé à enquêter secrètement sur le piratage informatique de l'école d'ingénieurs. Quand tu devais justifier ton absence à un rendez-vous entre étudiants, tu donnais de fausses excuses et ton regard fuyait.

Elle fit une nouvelle démonstration.

Il n'avait jamais eu l'air aussi mécontent. Son air boudeur lui serra le cœur.

C'était mauvais signe. Si elle ne supportait pas de le voir contrarié, au point de vouloir le faire rire pour effacer cette mine triste, elle était en mauvaise posture, songea-t-elle. Surmonter le désir, c'était une chose, mais des sentiments aussi profonds que ceux qu'elle commençait à éprouver pour lui…

— Je n'en reviens pas que tu ne me l'aies jamais dit.

— Ne t'inquiète pas, avec moi ton secret est bien gardé, promit-elle en souriant. Tes partenaires de poker ne sauront rien.

Manifestement, il n'avait pas envie de rire.

— Mara, il faut qu'on… Bon sang, je dois y aller. Catalina me fait signe. Promets-moi de ne pas partir tant que nous n'aurons pas parlé.

Elle sonda son regard.

— D'accord. Je ne comptais pas m'en aller tout de suite de toute façon. J'aimerais bien parler à Catalina Lochlainn de l'acquisition du Robaire.

— Elle m'a dit qu'il venait aussi de chez ce collectionneur portugais.

— C'est vrai ? Mais je n'ai trouvé aucune trace de cet homme. Tu pourrais m'obtenir une interview avec elle ?

— Je vais essayer.

Enfin, l'expression de Declan se détendit. Mara ne résista pas à l'envie de l'embrasser sur la joue. Puisque tout était au clair avec les ressources humaines de LNT, autant en profiter.

— Bonne chance pour la cérémonie, lui dit-elle.

Elle ne savait pas à quelle réponse elle s'était attendue de sa part, mais certainement pas à celle-ci. Il lui prit le visage entre les mains et plongea les yeux dans les siens.

— Nous allons parler, dit-il. Dès que ce sera fini.

— Je serai là.

Tandis qu'il rejoignait Catalina, Mara fronça les sourcils. Pourquoi la femme de Keith lui avait-elle demandé de participer à la cérémonie ? C'était encore un lien inexplicable entre Declan et la famille Lochlainn.

Elle ne pouvait s'empêcher de penser qu'il lui cachait quelque chose à ce sujet. Quelque chose d'important.

# 11

La cérémonie d'hommage se passa bien malgré l'absence de Keith Lochlainn, pour qui la plupart des invités avaient dû venir ce soir. À la fin, tandis que la salle se vidait progressivement, Mara resta dans la salle en attendant que Declan soit libéré. Il restait auprès de Catalina pour répondre aux sollicitations des médias et remercier les donateurs.

Alors que Mara commençait son troisième tour de l'exposition, elle s'arrêta devant un tableau de Diana Lochlainn. Elle avait déjà remarqué lors de ses précédents passages la photo en noir et blanc de Diana et son fils. Diana posait dans son atelier, habillée de sa blouse, avec sa palette à la main. Mais, cette fois, ce fut le petit garçon debout contre la jambe de la peintre qui attira son regard. Le petit Jamie avec ses cheveux blonds et son regard intense. À côté de lui se dressait un chevalet à sa taille, avec un tableau qu'il avait visiblement peint lui-même.

Comme tous les journalistes, Mara s'était intéressée à Jamie Lochlainn et avait déjà vu des photos et des vidéos de lui. C'était une véritable légende dont le professionnalisme n'avait eu d'égal que son humanité.

Mais elle connaissait le Jamie adulte. Celui qui avait tourné le dos à son père quand ce dernier avait divorcé de Diana. Celui qui avait subi de nombreux chocs au cours de sa vie. C'était la première fois qu'elle voyait son visage d'enfant consciencieux.

Et elle connaissait cette expression.

Elle l'avait vue récemment… dans son studio, dans son lit, sur le visage de Declan quand il avait entrepris de relier ses taches de rousseur avec la pointe de son index, et qu'elle avait ri de le voir aussi sérieux.

Elle secoua la tête. Non. Elle se faisait des idées. Elle perdait la tête, sans doute parce qu'elle n'avait rien bu depuis son smoothie avec Amaranth. C'était un symptôme de déshydratation, il lui fallait un verre d'eau. Et puis elle était tendue à force de vouloir des choses qu'elle ne devait pas vouloir, comme Declan.

C'était pour cela qu'elle le voyait partout.

Pourtant…

En se dirigeant vers le bar, elle regarda Declan qui se tenait toujours à côté de Catalina, à quelques mètres de là. Elle se retourna aussitôt vers la photo de Diana et Jamie. Ce faisant, elle percuta quelqu'un et faillit tomber.

— Oh ! pardon.

C'était un homme grand et elle dut lever les yeux pour voir son visage.

— Cam ? s'exclama-t-elle. Cam Brower, c'est toi ?

— Salut, Mara !

Son ancien colocataire l'embrassa chaleureusement.

— Je suis contente de te voir ! Tu travailles toujours pour l'*Inquisitor* ?

— Tu sais bien que oui, répondit-il en montrant son appareil photo dernier cri.

— Je n'en reviens pas de tomber sur toi. Littéralement, dit-elle en riant.

— Oui, c'est drôle. Tu es là avec Dec, c'est ça ? Je vous ai aperçus ensemble tout à l'heure.

Elle détourna le regard et espéra qu'il ne la voyait pas rougir.

— Je suis là pour le travail, répliqua-t-elle.

— Le travail, mais bien sûr. J'ai vu la photo prise au Poets and Artists Ball, chuchota-t-il avec un clin d'œil.

— La photo ? Quelle photo ?

Rien n'était sorti dans les médias.

— Elle était floue et on voyait principalement le dos de Declan, c'est pourquoi nous ne l'avons pas publiée, mais j'aurais dû reconnaître cette chevelure rousse. Le baiser avait l'air très chaud.

Cam afficha un large sourire. Mara leva les yeux et voulut nier être la femme de la photo, mais il ne lui en laissa pas le temps.

— Tu sais, Dec m'a dit qu'il allait se rattraper avec toi quand je l'ai vu. Ravi de voir qu'il l'a fait.

Se rattraper avec elle ? Que fallait-il comprendre ?

— Tu lui as parlé ce soir ? demanda-t-elle.

— Non, il y a quelques mois.

— Quand ?

— Euh, en septembre dernier je crois. Je l'ai interviewé pour l'*Inquisitor*.

Septembre. Donc avant le jour où Declan était venu la voir à Roseville.

— Declan a accepté de donner une interview à l'*Inquisitor* ? Mais peu importe. Que t'a-t-il dit sur moi ?

— Je ne dirais pas qu'il a accepté. Je l'ai croisé par hasard dans un café et ensuite j'ai noté ce qu'il m'avait dit. Il faut savoir faire feu de tout bois.

— Mais qu'est-ce qu'il t'a dit exactement ?

— Je ne sais plus trop. Nous parlions de nos années d'études et de l'enquête qui avait lancé sa carrière. J'ai souligné qu'il t'en avait piqué le sujet et voilà. Il a dit qu'il allait se rattraper.

Mara se massa machinalement les tempes.

— Quel sujet ? demanda-t-elle.

— Celui grâce auquel il a décroché la bourse. L'histoire du gynécologue du campus qui abusait des étudiantes. Je sais que tu travaillais dessus en premier, j'avais vu les notes sur ton ordinateur. Je soutiens mes amis ! lança-t-il en se tapant sur le cœur. Je t'en prie, Mara, ne me remercie pas.

— Quoi ? Mais non ! Tu te trompes, Cam. Declan et moi, nous

enquêtions tous les deux sur cette affaire. Il a obtenu un témoignage essentiel avant moi, c'est tout. J'admets que je ne l'ai pas très bien vécu sur le moment, mais il ne m'a rien volé du tout.

— Ce n'est pas ce qu'il avait l'air de croire. Quoi qu'il en soit, ça fait plaisir de voir que tout est réglé entre vous et que vous êtes ensemble maintenant. Eh, tu m'offres l'info ? Tu sais, que tu es la mystérieuse femme de la photo ? La petite amie de Declan Treharne ?

— Nous ne sommes pas ensemble.

Voir son nom et sa photo dans un tabloïd, c'était bien la dernière chose dont elle avait besoin.

— Je te l'ai dit, c'est pour le travail, insista-t-elle.

— Oui, oui. Bien sûr.

Il lui fit encore un clin d'œil.

— Écoute-moi bien, Cam. Je ne sors pas avec Declan et je ne sortirai jamais avec lui. Nous étions à la fois rivaux et amis à l'université et maintenant nous sommes collègues. C'est tout. Fin de l'histoire.

Cam leva les mains en signe de capitulation.

— D'accord, si tu le dis. Salut, Dec ! lança-t-il en regardant par-dessus l'épaule de Mara. C'est sympa de te voir.

Mara se figea.

— Declan est derrière moi ? marmonna-t-elle, la mâchoire crispée.

— Oui, je suis derrière toi, confirma Declan. Et me voilà à côté de toi, dit-il en avançant. Salut, Cam.

Cam brandit son appareil et les prit en photo avant que Mara ait pu protester.

— La première est la bonne, dit-il en regardant l'écran de son appareil. Merci à tous les deux. Bonne soirée, à bientôt !

— Nous ne...

Mara essaya en vain de protester. Cam était déjà loin.

— C'est vrai, dit-elle à Declan d'une voix désespérée. Nous ne sommes pas ensemble. De toute façon, ça ne regarde pas Cam. Et encore moins l'*Inquisitor*.

— C'est vrai, nous ne sommes pas ensemble.

*Aïe.*

— D'accord, répondit-elle en essayant de ne pas avoir l'air trop vexée, mais tu n'étais pas obligé d'approuver aussi rapidement.

— J'approuve le fait que, pour Cam, nous ne sommes pas ensemble. Pour Niels Hansen, nous sommes ensemble.

Il lui sourit mais il manquait quelque chose. Une étincelle, peut-être. Elle l'observa avec attention et fut frappée par son air fatigué.

— C'était si épuisant que cela de monter sur l'estrade ? demanda-t-elle pour plaisanter. Tu as une mine épouvantable.

— Merci. Je ne peux pas en dire autant de toi. Tu es toujours aussi belle. Oh ! avant que j'oublie.

Il enfouit la main dans la poche de son pantalon et en sortit une carte de visite.

— Tiens, dit-il, c'est le numéro de portable de Catalina Lochlainn. Elle attend ton appel à propos du Robaire.

— Son numéro de portable ? Tu as encore fait des miracles.

Elle regarda autour d'elle et vit qu'il n'y avait presque plus personne. Cam était parti. Elle prit le visage de Declan entre ses mains.

— Merci, susurra-t-elle contre ses lèvres. Je ne sais pas jusqu'où je serais allée dans cette enquête sans toi. Je te suis reconnaissante de m'avoir fait venir chez LNT.

Puis elle l'embrassa. Comme à chaque fois, elle eut aussitôt envie de se serrer contre lui, mais il s'écarta d'elle.

— Mara.

— Je sais, je sais, ce n'est pas le bon endroit ni le bon moment. Désolée. Mais je suis tellement…

— Mara. Je quitte LNT. Je présenterai ma démission lundi.

Elle cligna des yeux.

— Excuse-moi, je dois avoir les oreilles qui sifflent. J'ai cru entendre que tu allais démissionner de LNT lundi.

— C'est bien ce que j'ai dit, Mara.

Il tendit les mains vers elle, mais elle garda les bras le long du corps.

— Tu… Je ne… Mais pourquoi, Declan ? Avant le lancement ? Alors que tu… que nous avons tellement travaillé…

C'était incompréhensible. Elle s'était attendue à tout sauf à cela. Quelques secondes plus tôt, elle avait été envahie par un désir brûlant. Et voilà que son cœur était glacé, brisé.

Declan s'éclaircit la voix.

— J'ai un travail à terminer ailleurs, dit-il. Quant à LNT… j'ai fait ce que j'avais à y faire.

Il ne comptait pas dire toute la vérité à Mara ici, debout au milieu du musée. Il voulait l'inviter à boire un verre pour prendre le temps de lui parler. Pourquoi pas chez lui ? Rien ne leur interdisait de profiter d'une seconde nuit ensemble. Mara avait raison, ils ne sortaient pas ensemble. Il n'y avait pas d'ambiguïté entre eux. Il n'était pas question de sentiments, seulement de désir.

Le souvenir de cette matinée chez elle resterait gravé en lui éternellement, mais c'était son problème à lui. Pas celui de Mara.

Elle continuait à le dévisager, attendant manifestement qu'il s'explique.

— Tu emploies des mots trop vagues, dit-elle finalement. Parle-moi. Pourquoi quitter LNT maintenant ?

Comment pouvait-il rester, maintenant qu'il savait que Keith attendait de lui une chose qu'il n'accepterait jamais ? Il n'avait aucune envie de diriger la Lochlainn Company.

À quoi bon avoir fait tout cela ?

Cela lui avait servi à une chose, cependant. Il avait fait venir Mara chez LNT et elle allait enfin avoir la carrière qu'elle méritait.

Il lui prit les mains et sentit qu'elles étaient gelées. Il s'en voulait d'en être la cause, mais elle le remercierait un jour.

— Je m'envole pour Paris lundi, annonça-t-il. Alors j'aimerais...

— Lundi. Déjà ? demanda-t-elle dans un souffle.

— C'est pour une enquête. Une...

— Une enquête importante, devina-t-elle. C'est toujours le cas avec toi.

— Il y a un an, j'étais sur la trace d'Alice de la Vigny, qui a disparu. Mais elle a récemment été vue en France. Elle fournit des jeunes femmes à des hommes très riches. Si j'arrive à la faire parler, à lui faire donner les noms de ses clients...

Le regard de Mara s'adoucit.

— C'est important, concéda-t-elle. Mais... le lancement...

— Le lancement de LNT Plus est en très bonne voie. Brian, Mads, la série sur la santé et le bien-être, la table ronde sur la politique internationale, tout est prêt. Je ne sers plus à rien, assura-t-il avec un sourire qu'il sentait crispé.

— Et moi ? demanda-t-elle doucement. Et nous ? Nous ne servons à rien non plus ?

Était-ce la dernière fois qu'il la voyait de si près ? Qu'il sentait son parfum ? Qu'il pouvait compter ses taches de rousseur ?

— Tu vas devenir une star, dit-il. J'ai parlé à la présidente de LNT. Je lui ai montré des extraits de tes vidéos et elle a été très impressionnée.

Mara ne réagit pas.

— Tu as entendu ce que je t'ai dit ? insista-t-il. Tu es en chemin pour obtenir tout ce dont nous parlions à l'école. Tout ce que tu aurais dû avoir aussitôt ton diplôme obtenu.

— J'ai entendu, répondit-elle calmement. J'ai entendu que tu n'avais pas répondu à ma question. Et j'allais très bien avant d'entrer chez LNT. J'étais heureuse chez WRZT.

— Bien sûr, mais... Tu aurais pu faire plus, dit-il en lui montrant le Robaire, ou prétendu Robaire. Tu fais plus aujourd'hui. Et tu mérites d'aller encore plus loin.

— C’est important, les informations locales.

— Je ne dis pas le contraire, répliqua-t-il en se grattant la nuque. Je dis juste que tu rêvais de couvrir des actualités qui comptent.

— Les actualités locales comptent. Elles comptent beaucoup.

— Oui, mais je te connais. Nous avons souvent parlé de ce que tu rêvais de faire. Tu n’as jamais évoqué la couverture d’un concours de tourte à la citrouille.

Pourquoi s’obstinait-elle à le contredire sur ce point ?

Declan avait l’habitude de contrôler ses émotions. Sa mère, diplomate de talent, lui avait appris à ne pas se vexer pour des choses qui relevaient le plus souvent de malentendus. Surtout lorsqu’on allait d’un pays à l’autre comme ils l’avaient fait, à la rencontre de cultures différentes. Et quatre années passées dans un pensionnat suisse au milieu d’héritiers arrogants tels que Niels Hansen lui avaient appris à prendre sur lui. Mais la semaine qui venait de s’écouler avait fortement perturbé son équilibre. Il y avait d’abord eu cette nuit de passion avec Mara, puis l’appel de Bobbi et la décision de partir en France, et enfin l’hommage à Jamie ce soir où Catalina avait tenu à ce qu’il préside la cérémonie tout en lui confirmant que Keith refusait de le rencontrer.

— Alors pourquoi..., commença-t-elle.

— Parce que je te connais, Mara. C’est toi qui, la première, as découvert le scandale du gynécologue à l’école. C’est toi qui as trouvé Jane Doe et l’as incitée à donner son témoignage. Cette affaire a transformé l’établissement, et bien au-delà. Des lois ont été votées pour protéger les jeunes femmes. Voilà la journaliste que tu es. Voilà le genre de sujets auxquels tu devrais te consacrer.

— Je n’ai pas fait tout ça, nia-t-elle en secouant énergiquement la tête. C’est toi. C’était ton reportage. Tu m’as doublée sans tricher.

— J’ai reçu un tuyau anonyme à propos du gynécologue. J’ai toujours cru que c’était l’une de ses victimes qui me l’avait envoyé. Mais maintenant... je crois savoir de qui il venait en réalité.

Elle ne put soutenir son regard. Il n’était pas le seul à avoir un tic quand il refusait d’admettre la vérité.

— C'est toi qui aurais dû remporter la bourse de fin d'études, Mara. Pas moi.

Elle émit un rire forcé.

— C'est à cause de ce que Cam t'a dit ? demanda-t-elle. Je sais que tu l'as vu quelques semaines avant de venir me chercher à Roseville.

Elle blêmit d'un coup. Après un silence, elle ajouta :

— Declan, est-ce pour cela que tu tenais à m'engager chez LNT ? Parce que Cam Brower, ce garçon tellement sérieux et fiable, t'a dit que tu m'avais volé mon sujet ?

— Il n'a pas dit « volé »...

— Écoute-moi, Declan. Oui, Jane Doe était ma source en premier. Oui, j'ai fait une grande partie des recherches que ton informateur mystère t'a fournies. Mais je n'ai pas pu boucler mon enquête. Certaines victimes étaient mes amies. Alors j'ai choisi d'être leur confidente et de garder leur secret. Ce n'était pas mon histoire. C'était la leur. Il fallait que ce reportage soit fait par une personne extérieure, capable de rester objectif et détaché. Et j'étais heureuse quand ton papier est sorti. Grâce à toi, cet homme a été renvoyé puis jugé.

— Tu ne m'as pas félicité... Pardon. C'est mesquin de ma part de te dire ça.

— Tu venais de rompre avec moi ! Je n'étais pas tout à fait d'humeur à te féliciter.

— J'ai cru... Peu importe.

— Est-ce que je voulais cette bourse ? Oui. Est-ce que mon propre reportage était insignifiant en comparaison du tien ? Oui. Mais cette enquête était la tienne. C'est toi qui as rédigé l'article. C'est toi qui as gagné. Tandis que moi ? Moi, apparemment, j'obtiens les choses parce qu'on a pitié de moi et non parce que je les mérite.

*Pardon ?*

— Tu ne peux pas penser sérieusement que je t'ai fait venir chez LNT parce que je me sentais mal vis-à-vis de toi.

— C'est comme ça que tu agis avec moi. Par pitié. C'est aussi ce qui t'a poussé à venir chez moi il y a une semaine, hein ? Je ne dis pas que tu n'as pas apprécié, comme il y a sept ans. Mais maintenant tu pars. Comme il y a sept ans.

Il la prit par les épaules et la sentit se figer.

— Mon départ n'a rien à voir avec toi. Rien. Tu serais ma seule raison de rester.

— Alors pourquoi tu ne restes pas ? demanda-t-elle dans un souffle.

Il laissa retomber ses mains.

— Je te l'ai dit. Alice. Je peux la faire parler.

— Et personne d'autre ne peut le faire ? Tu es le seul qui puisse se charger de cette enquête, ou bien tu refuses de la laisser à quelqu'un d'autre ? Pourquoi es-tu venu chez LNT, si c'était si important de courir après Alice ?

— Je te l'ai dit. Elle avait disparu.

— S'il y a un domaine dans lequel tu excelles, c'est bien la persévérance. À ton avis, pourquoi ai-je pensé que tu étais le mieux placé pour faire tomber le gynécologue ? Parce que je savais que tu ne te laisserais pas intimider par la direction de l'école qui aurait peur d'une mauvaise publicité.

— Je la croyais morte quand on m'a proposé ce poste chez LNT.

— Oui, à propos...

Il la vit regarder en direction du tableau de Diana Lochlainn.

— Tu ne m'as jamais vraiment expliqué pourquoi LNT t'avait confié cette mission.

— Si, je te l'ai dit, assura-t-il.

— Non. Tu as toujours évité de me donner une réponse claire. Alors ?

Il ne demandait qu'à lui raconter toute l'histoire. À lui parler de sa mère qui désirait un enfant et avait fait appel à un donneur de sperme anonyme. De lui qui avait fini par découvrir que ce donneur n'était autre que Jamie Lochlainn. De Keith Lochlainn qui l'avait d'abord rejeté, et qui se servait maintenant de cette mission chez LNT pour estimer sa valeur.

— Viens avec moi à Paris. Nous enquêterons ensemble.

Il n'avait pas prévu de lui faire cette proposition. Il ne s'agissait pas d'un voyage touristique. Il partait vers l'inconnu et, s'il savait qu'Alice n'était pas dangereuse, il en allait autrement des gens qu'elle fréquentait. Il ignorait aussi combien de temps il devrait rester à Paris. Si Alice décidait de s'enfuir, comme elle l'avait fait la dernière fois, il serait contraint de la suivre.

Mais il ne pouvait pas en rester là avec Mara. Il voyait la douleur sous le masque qu'elle s'efforçait d'afficher. Il ne supportait pas qu'elle croie qu'il l'avait engagée chez LNT pour soulager sa conscience. Oui, peut-être qu'il s'était rendu à Roseville dans l'intention de rattraper ses erreurs, mais dès qu'il l'avait vue...

Dès qu'il l'avait vue, il avait pris conscience de l'importance qu'elle avait eue pour lui. Qu'elle avait encore. Et qu'elle aurait toujours. Il allait parvenir à s'expliquer avec elle.

— Je peux te prendre un billet, m'arranger pour avoir du temps libre...

Elle le regarda avec un air triste. Il sentit qu'elle n'était pas triste pour elle-même, mais pour lui.

— Je ne peux pas aller à Paris. Tu le sais bien, Declan.

— Oui. Tu es en plein milieu de ton enquête. Mais une fois que tu auras terminé...

— Je ne peux pas y aller parce que tu me brises le cœur. Involontairement, mais c'est ce que tu fais.

Il vit des larmes briller dans ses yeux.

— Il y a une semaine, chez moi, je t'ai montré que j'étais prête à me donner à toi corps et âme. Tandis que tu refuses de me donner ne serait-ce qu'un petit morceau de toi.

Elle l'embrassa sur la joue et murmura :

— Va sauver le monde, super héros. Trouve Alice et mets un terme à son trafic.

Il crut sentir le sol se dérober sous ses pieds. Perdu, il essaya de se raccrocher à ce qu'il pouvait.

— Je t'appellerai, dit-il.

— Ne fais pas de promesses que tu ne pourras pas tenir.

Elle s'en alla et Declan resta immobile jusqu'à ce qu'un agent de sécurité lui demande de quitter les lieux. Partir à Paris était la bonne décision. Il n'avait plus rien à faire au sein de la Lochlainn Company, avec un homme qui voulait un héritier mais à ses propres conditions. Alors que des vies seraient sauvées si Alice se décidait enfin à révéler ce qu'elle savait.

Alors pourquoi avait-il la sensation que la Terre avait cessé de tourner à l'instant où Mara l'avait laissé ?

# 12

*Deux mois plus tard*

Les locaux de LNT Plus étaient en pleine effervescence. Pour une fois, c'était cet étage, l'épicentre de la tour Lochlainn. Le bruit courait que l'enjeu n'était pas seulement de réussir le lancement de ce site de streaming pour assommer la concurrence, mais que Keith Lochlainn lui-même suivait l'événement de très près car l'avenir de la firme tout entière en dépendait.

Assise face à un miroir, Mara se faisait coiffer et maquiller. Elle était sereine. La présidente de LNT, qui avait vu ses vidéos, l'avait félicitée personnellement pour son enquête sur la vente de faux tableaux. Selon elle, ce travail de grande qualité avait en plus le mérite de mêler intrigue et grandes fortunes. Tout ce que le public adorait. La présidente avait tellement apprécié sa série documentaire qu'elle lui avait offert un créneau en direct pour une interview de Niels Hansen. Ce dernier avait fini par accepter de répondre à ses questions sur le faux Robaire qu'il avait acheté.

Tout en se préparant, Mara guettait la sonnerie de son portable. Niels devait arriver d'une minute à l'autre et le responsable de la sécurité avait promis d'appeler dès qu'il verrait sa voiture.

Elle inspira profondément en songeant que c'était la première fois depuis des semaines qu'elle avait quelques minutes de tranquillité. Elle avait tellement travaillé pour être prête le jour J ! Sans oublier les trois autres sujets qu'elle commençait à préparer pour la suite de la programmation. Autant dire qu'elle avait passé plus de temps dans son bureau que dans son appartement, et qu'elle n'avait pas mis les pieds à la salle de sport depuis une éternité. Elle allait souffrir la prochaine fois qu'elle monterait sur le ring avec Amaranth.

Bien sûr, elle aimait son travail et voulait prouver qu'elle n'était pas là par hasard. Mais ce n'était pas la seule raison pour laquelle elle se démenait à ce point. À quoi bon le nier ? Elle avait besoin de s'occuper l'esprit pour éviter de penser à Declan. Il lui avait téléphoné en arrivant à Paris mais, depuis, plus rien. Elle s'y était attendue. Et pourtant…

— Du nouveau ?

— Pardon ? demanda-t-elle en sursautant.

Jack, le maquilleur, fit un signe en direction de son téléphone.

— Vous avez des nouvelles de votre invité ? demanda-t-il. Nous allons être disponibles pour lui. Vous êtes prête.

Elle se regarda dans la glace et sourit.

— Merci, Jack. C'est parfait, comme d'habitude. Et non, je l'attends toujours.

Une assistante de production fit alors irruption dans la pièce.

— Allumez la télévision, dit-elle.

En disant ces mots, elle se précipita vers le poste et mit NCN, le principal concurrent de LNT. Mara approcha son visage de la glace pour s'assurer que sa coiffure était bien en place.

— Merci d'avoir accepté notre invitation sur News Channel Network, annonça le présentateur de la matinale.

— Merci de me recevoir, répondit une voix masculine.

Une voix que Mara ne connaissait que trop bien.

Elle tourna la tête et resta bouche bée en voyant Niels Hansen sur l'écran. En direct sur une autre chaîne.

— C'est lui que vous attendiez, non ? demanda Jack. Vous pensez qu'il s'est trompé de chaîne ?

— Très drôle, lança Mara.

Niels regarda la caméra et déclara :

— J'ai appris que certaines personnes s'étaient associées pour jeter le discrédit sur plusieurs œuvres d'art inédites en prétendant qu'il s'agissait de faux. Ce groupe de gens s'en prend même à ma sœur et moi et nuit à notre réputation en tant que collectionneurs d'art. Je suis convaincu que nous sommes face à une attaque contre notre honneur, menée par ceux qui veulent porter atteinte au monde de l'art...

— Mais dans quel but ? demanda le présentateur. Qui tirerait profit d'une telle campagne ? Quelles seraient leurs motivations ?

— Il y a tellement d'explications possibles, répondit Niels avec un air innocent. Créer de la confusion sur le marché de l'art, manipuler artificiellement les prix, entre autres. Un tableau de Robaire vaut des millions, mais si son authenticité est mise en doute, son prix s'effondrera et l'acquéreur se retrouvera avec une toile qui ne vaut même pas le prix du cadre.

— Certains cadres coûtent une petite fortune, commenta le présentateur.

Niels ne sembla pas apprécier la plaisanterie.

— Il n'y a pas de quoi rire, répliqua-t-il. Nous avons affaire à un lobby qui tente de détruire ses rivaux.

— C'est une accusation sérieuse. Vous savez de qui il s'agit ?

— Demandez-vous qui a publié ce reportage et qui est à la tête du groupe de médias en question. Vous aurez votre réponse.

Un murmure se répandit dans la salle de maquillage.

— C'est bon, dit Mara. Nous en avons vu assez. Éteignez la télévision.

Elle sentit son téléphone vibrer dans sa poche et regarda l'écran. C'était exactement l'appel qu'elle attendait.

— Oui, madame, fit-elle en sortant. Je serai en plateau dans une minute.

Elle remonta le couloir tout en passant quelques appels et en tapant des notes rapides sur son téléphone.

— Bonjour, dit-elle en arrivant dans le studio. Je sais que la venue de Niels Hansen était très attendue et que, de toute évidence, il ne sera pas parmi nous ce matin, mais j'ai...

— Mara, quel plaisir de te voir.

Elle tourna la tête. Declan.

Son cœur fondit à la seconde où elle le vit. Il était magnifique. Ses cheveux avaient poussé, sa peau était bronzée et il avait des mèches blondies par le soleil. Il n'avait pas dû se raser depuis au moins une semaine, et, malgré ses cernes, il affichait un sourire plus lumineux que jamais.

Elle mourut d'envie de se jeter à son cou pour l'embrasser. Hélas, ils étaient entourés de techniciens et de dirigeants de LNT qui étaient exceptionnellement sortis de leur bureau.

— Salut, Declan. Tu as l'air fatigué. Tu viens d'arriver ?

Elle ne savait pas quoi lui dire d'autre. Ce qu'elle avait en tête lui aurait probablement valu un licenciement, si cette décision n'était pas déjà prise par la direction.

— Tu es superbe, comme toujours, lui répondit-il.

— Oui, oui, nous sommes tous superbes, dit Nan Greenwald, la présidente de LNT, en s'approchant d'eux entourée de ses assistants.

Mara prit place à son poste. Declan s'installa à côté d'elle, ce qui était à la fois réconfortant et perturbant. Que faisait-il donc ici ?

— Tout est OK ? demanda Nan.

Puis elle se tourna vers le réalisateur et ajouta :

— Je veux que tout soit parfait, compris ?

— Parfait pour quoi ? demanda Mara.

— Pour l'interview en direct, voyons.

Mara ne comprenait plus rien.

— Oui, dit-elle. À ce sujet, j'ai quelqu'un pour remplacer Niels Hansen. Il sera là dans cinq minutes.

— Il est déjà là, rectifia Nan.

— Pardon ?

Declan s'éclaircit la voix.

— Coucou, fit-il.

— Quoi ? s'exclama Mara. Mais je ne vais pas t'interviewer, Declan.

— Il te faut bien un invité. Niels ne viendra pas.

— Je sais…

— Et tu as besoin d'un sujet assez important pour faire diversion face à ses accusations. Alors me voilà.

Mara ne put s'empêcher de rire.

— Écoute, super héros, j'apprécie que tu sois apparu comme par magie pour nous sauver, et d'ailleurs je me demande comment tu savais que Niels ne viendrait pas, mais je contrôle la situation.

— L'interview est annoncée depuis des semaines. Dès que j'ai su que tu devais recevoir Niels en direct, j'ai compris qu'il te faudrait un invité de secours.

— Mais tu n'as pas pris la peine de me prévenir…

— Parce que je n'étais pas sûr d'y arriver.

— D'arriver à quoi ? À revenir de Paris ?

— Il parle de moi, dit une voix d'homme bourrue derrière elle.

Quand elle pivota sur son siè-ge, Mara vit Keith Lochlainn, appuyé sur une canne. C'était la première fois qu'elle se trouvait face à lui.

— C'est normal que je me sente obligée de faire la révérence ? chuchota-t-elle à Declan.

— J'ai entendu, dit Keith. Ne vous en privez pas.

Puis il se tourna vers Declan.

— Ravissante, commenta-t-il.

— Mara est surtout une excellente journaliste, intervint Declan. Vous êtes prêt à vous faire équiper par les techniciens ?

— Attendez, vous pouvez m'expliquer ce qui se passe ? demanda Mara.

— Je vais te donner le scoop du siècle, répondit Declan. Je suis…

— Un Lochlainn, interrompit Mara. Je l'ai compris le soir de l'inauguration. Et la présence de M. Lochlainn m'en apporte la confirmation.

Elle regarda son téléphone. Il lui restait une demi-heure avant la prise d'antenne.

— Viens, Declan, il faut que je te parle. En privé. Si vous voulez bien nous excuser, dit-elle à Nan et à Keith.

Mara emmena Declan dans la petite loge qu'on lui avait attribuée. Une fois la porte bien fermée, elle se tourna vers lui.

— Bon sang, Declan !

— Moi aussi je suis content de te voir.

— Mais qu'est-ce que tu fabriques ? Et ton enquête en France ? Comment as-tu pu l'abandonner ?

— Griff Breachwood s'est assuré la coopération d'Alice. Son article devrait paraître dimanche prochain dans le magazine du *Globe*.

— Griff ? Mais c'était *ton* enquête ! Tu t'es donné tant de mal...

Declan fit un pas vers elle. Il était si beau. Il lui avait tellement manqué.

— Et Griff en fera un excellent papier. J'étais assis au soleil, dans un café du sud de la France, en train de discuter avec Bobbi des reportages à présenter pour différents prix, quand j'ai compris que la seule opinion qui comptait vraiment pour moi, c'était la tienne. Depuis toujours.

— La mienne ? balbutia-t-elle. Depuis toujours ? Pourtant tu es parti il y a sept ans. Au bout d'une semaine.

— Je ne sais pas si tu te rappelles, mais j'ai rédigé un article sur Jamie Lochlainn pour le journal de l'école. Après avoir interrogé ses anciens amis et fait quelques recherches, je suis arrivé à la conclusion qu'il était sûrement le donneur anonyme qui avait permis à ma mère de m'avoir. C'est cette semaine-là que j'ai apporté les preuves à Keith et qu'il m'a envoyé promener.

— Oh ! Declan. Je suis désolée, murmura-t-elle en lui prenant la main.

— J'étais blessé. J'avais honte. La bourse m'offrait l'occasion de lui prouver que j'étais quelqu'un. Alors je l'ai prise et je suis parti sans me retourner. Je ne voulais pas regarder en arrière.

Peux-tu me pardonner d'avoir abandonné ce qui m'était arrivé de plus beau ? Parce que c'est toi, Mara. Rien ne m'est jamais arrivé de plus beau que toi. Et rien de plus beau ne m'arrivera jamais.

Elle devait être en train de rêver. Il n'y avait pas d'autre explication.

— Je t'ai pardonné à la seconde où je t'ai vu arriver à Roseville.

Elle lui lâcha la main, mais seulement pour pouvoir s'accrocher à son cou.

— Merci de m'avoir dit la vérité à propos de Jamie. Et tu es réconcilié avec Keith maintenant ?

— J'ai passé toute ma vie d'adulte à chercher son approbation. Ce n'est que lorsque j'ai dit non à son ultimatum et que je lui ai demandé à la place de reconnaître publiquement, en direct, que j'étais le fils de Jamie, que j'ai gagné un minimum de respect de sa part.

— Tu as affronté Keith pour moi ?

— Je t'aime, Mara. Je te donne non pas un morceau de moi, mais moi tout entier, abîmé et cabossé, comme je suis. Si tu veux bien.

Alors elle ne rêvait pas.

— Je t'ai toujours voulu et je te voudrai toujours, Declan. Je t'aime tellement.

Comme il allait l'embrasser, elle sursauta et sortit de sa poche son téléphone qui vibrait.

— Je dois être en plateau dans dix minutes, lui rappela-t-elle.

— Donc moi aussi.

— En fait, non, Declan. Parce que mon invité de secours est prêt.

Elle lui montra son écran pour qu'il lise les messages affichés.

— Skacel ? s'exclama-t-il. Tu as trouvé Alan Skacel ?

— Oui, et il est plus que prêt à révéler en direct que le trafic de faux tableaux a été organisé par Niels Hansen. Nous avions deviné qu'il contre-attaquerait, à la fois pour se protéger et pour jeter le soupçon sur toi. Alan attendait dans un café au coin de la rue, prêt à venir si Niels nous donnait raison et que j'avais besoin de lui pour le remplacer. Il va raconter tous les détails de l'affaire, et ensuite ce sera aux autorités d'agir.

— Tu sais que tu es très sexy quand tu parles de ton enquête ?

— Sept minutes. Tu as sept minutes pour me montrer à quel point tu me trouves sexy.

— Et pourquoi pas le reste de notre vie ? demanda-t-il tout contre ses lèvres.

— J'accepte de relever le défi, répondit-elle en riant.

Et elle l'embrassa.

# Épilogue

*Un an plus tard*

Keith Lochlainn allait mourir.

Mais pas aujourd'hui. Et pas cette année.

Pas dans un futur proche non plus.

Il avait lu le rapport médical une bonne quinzaine de fois. Durant son récent séjour à l'hôpital, son nouveau médecin avait fait refaire des analyses. Il s'était avéré que, contrairement à ce que pensait le précédent, il existait un traitement efficace pour soigner ce dont il souffrait. Keith n'avait pas bien compris les détails, mais cela n'avait pas d'importance. Tout ce qui comptait, c'était qu'il ne s'était jamais senti aussi bien depuis sept ans. Depuis la mort de Jamie.

Bien sûr, il pouvait remercier son talentueux médecin pour cela. Mais la raison de sa bonne santé était surtout là, autour de lui, rassemblée pour le dîner de Thanksgiving.

Assise à sa gauche, il y avait Anna, sa petite-fille, blonde et pétillante. Elle riait de quelque chose que lui avait dit Ian, son mari. Son sourire était aussi généreux que son cœur. Keith n'arrivait toujours pas à croire qu'un Blackburn était entré dans sa famille, après des décennies d'intense rivalité. Mais il fallait se rendre à l'évidence : Ian Blackburn rendait Anna infiniment heureuse, et ils avaient ensemble redonné vie à Lakes of Wonder.

Jamie avait tellement aimé ce parc que, dans l'esprit de Keith, l'un n'allait pas sans l'autre. C'est pourquoi il avait délaissé Lakes of Wonder à partir du jour où Jamie lui avait tourné le dos. Le seul fait d'entendre le nom du parc était devenu une souffrance.

Désormais tout avait changé. Pour que le souvenir de Jamie soit toujours présent, Anna avait mis des photos de lui dans les bureaux, ainsi que dans l'appartement du Phare qui accueillait des enfants malades et quelques invités de marque.

Ian était assis entre Anna et Mara. Mara qui était devenue, par alliance, sa petite-fille. Elle et Declan faisaient une halte à New York entre leur couverture du sommet du G6 en Europe et leur reportage dans un pays du sud de l'Asie où se tiendrait bientôt une élection importante.

Et puis il y avait Declan. Le mot « regret » ne faisait pas partie du vocabulaire de Keith. Autrement, il n'aurait pas pu se lever le matin en pensant aux années perdues avec Jamie. Alors il allait de l'avant, sans jamais se retourner.

Mais s'il avait eu des regrets... Juste après Jamie, ils auraient concerné Declan et la façon dont Keith l'avait traité. Declan lui avait sans doute trop rappelé Jamie, à la fois physiquement et professionnellement. C'est pourquoi il l'avait repoussé tout en sachant que le garçon ne mentait pas, qu'il était bel et bien le fils biologique de Jamie.

Keith ne serait jamais le père qu'il aurait dû être pour Jamie. Il était trop tard. En revanche il pouvait encore être le grand-père d'Anna et de Declan.

Hélas, comme ils n'étaient intéressés ni l'un ni l'autre par la direction de la Lochlainn Company, la question de la transmission de l'entreprise familiale n'était toujours pas réglée.

— Tout va bien ? demanda Catalina. Tiens, regarde ce que le chef a préparé spécialement pour toi.

Elle posa devant lui une assiette de filet de dindenature, avec des choux de Bruxelles cuits à la vapeur. Tous les autres convives se mirent à déguster leur viande rôtie, bien grasse, et leurs pommes de terre sautées.

Il poussa un chou avec la pointe de sa fourchette, puis leva les yeux vers sa femme et lui sourit.

— Ça ne pourrait pas aller mieux, répondit-il.

— Tant mieux. Je dois dire que les repas de famille sont plus agréables depuis que tu as renoncé à harceler Anna et Declan pour qu'ils te rejoignent à la tête de la Lochlainn Company.

— Ils n'en ont pas envie. Je respecte leur choix.

Catalina cligna des yeux avec stupeur, puis sourit à son tour.

— Tu fais preuve d'une grande maturité d'esprit, Keith. Bravo.

Il devait admettre qu'un peu de calme à table faisait du bien.

Il prit une bouchée de dinde. Ce n'était pas si mauvais. Et si ce régime pouvait lui permettre de vivre encore vingt ou trente ans, il l'acceptait volontiers. D'autant plus que, s'il ne se trompait pas, Anna était enceinte. Son verre de vin était intact et elle échangeait avec Ian des regards pleins de sous-entendus, comme s'ils mouraient d'envie de faire une annonce mais qu'il était encore trop tôt.

Mara, elle, buvait du champagne comme si c'était son dernier repas de fête. Tant mieux. Au moins quelqu'un profitait de ses bonnes bouteilles, puisqu'il ne pouvait plus le faire. Mais il comptait bien la convaincre de lui donner aussi des arrière-petits-enfants, un jour.

La famille Lochlainn compterait bientôt de nouveaux héritiers. Et Keith savait parfaitement comment s'y prendre pour désigner celui qui lui succéderait à la tête de son empire.